Durbridge-Edition Band Nr. 23

Francis Durbridge

Porträt von Alison

(Portrait of Alison)

Kriminalroman

aus dem Englischen übersetzt von

Dr. Georg Pagitz

mit einem Vor- und Nachwort des Übersetzers

– Williams & Whiting –

Von Francis Durbridge sind bereits bei Williams & Whiting erschienen (Bandnummer in Klammer):

Die Anhalterin (12)
Die Frau im Hintergrund (13)
Die gelbe Windmühle (5)
Mitten ins Herz / Der Mann, der das Quiz gewann / Paul Temple und die vorsichtige Miss Helvin (6)
Das Messer (21)
Operation Diplomat (17)
Paul Temple muss her! (3)
Paul Temple und der Fall Valentine (8)
Paul Temple und der Fall Dr. Belasco (10)
Paul Temple und der Fall Sullivan (20)
Paul Temple und der Fall Z.4 (19)
Paul Temple und die Marquis-Morde (11)
Schöne Grüße von Mister Brix (4)
Schritt ins Dunkel (2)
Sie wussten zu viel / Das Gesicht der Carol West (7)
Stichtag für Harry / Paul Temple und der vorausgesagte Mord (1)
Die Teckman-Biographie (18)
Tim Frazer und das Rätsel von Melynfforest (22)
Vorsicht vor Johnny Washington! (14)
Das zerbrochene Hufeisen (16)
Zwanzig Minuten von Rom (15)
Zwei Fälle für Paul Temple: McRoy / Westfield (9)

Erstveröffentlichung durch Williams & Whiting, 2024

Coverdesign: Timo Schröder

ISBN 9781915887566
Williams & Whiting (Publishers)
15 Chestnut Grove, Hurstpierpoint,
West Sussex, BN6 9SS, England

Inhalt

Vorwort 7

Porträt von Alison 13
– Kapitel eins 15
– Kapitel zwei 47
– Kapitel drei 53
– Kapitel vier 68
– Kapitel fünf 84
– Kapitel sechs 114
– Kapitel sieben 122
– Kapitel acht 138
– Kapitel neun 147
– Kapitel zehn 163
– Kapitel elf 167
– Kapitel zwölf 176
– Kapitel dreizehn 183

Nachwort 199

Weitere Durbridge-Bücher
bei Williams & Whiting 225

Vorwort
von Dr. Georg Pagitz

Portrait of Alison, so der Originaltitel dieses Kriminalromans, erschien 1962 erstmals auf Englisch und zwar ungewöhnlicherweise zuerst in den USA im März bei Dodd, Meat & Co., ehe das Londoner Verlagshaus Hodder & Stoughton das Buch im August des gleichen Jahres auf den Markt brachte. 1967 erschien der Roman erst- und letztmalig auch in Deutschland im Goldmann-Verlag mit der Nummer 2266 in der Übersetzung von Tony Westermayr unter dem unpassenden und irreführenden Titel *Das Kennwort* (dazu später mehr).

Vorliegende Ausgabe trägt den Titel *Porträt von Alison* und ist eine Neuübersetzung, da *Das Kennwort* gekürzt war. Auch wenn es sich bei Westermayrs deutscher Version um eine sehr gute Übersetzung handelt, wurden häufig Worte und ganze Sätze ausgelassen. Außerdem besteht die Goldmann-Variante aus 30 Kapiteln während das Original nur 13 umfasst, die wiederum in einige Unterkapitel zerfallen. Diese stimmen aber nicht immer mit den Abschnitten der Westermayr-Übersetzung überein.

Dieses Buch gibt den Originalroman ungekürzt und im korrekten Umfang der Kapitel wieder. Sehen wir uns nun die Hintergründe zu der Geschichte an.

Francis Durbridge (1912–1998) wollte immer Krimis schreiben und sah seine Chance, als sein Förderer, der BBC-Produzent Martyn C. Webster, 1938 einen neuen Krimihelden für eine Hörspielserie suchte. Über Nacht kreierte Durbridge, damals erst 26 Jahre alt, den an Kriminologie interessierten Schriftsteller Paul Temple, der fortan zahllose Fälle lösen sollte. Die Abenteuer wurden auch international ein großer Erfolg und multimedial ausgewertet.

Als die BBC die erste mehrteilige Kriminalserie im Fernsehen auf Sendung schicken wollte, war es nur logisch, dass der Erfolgsautor Francis Durbridge diese verfassen sollte. *The Broken Horseshoe* (das Originaldrehbuch ist als *Das zerbrochene Hufeisen* als Band 16 dieser Edition erschienen) war 1952 der Auftakt zu insgesamt 20 mehrteiligen Kriminalserien, die der britische Autor verantwortete. Viele davon wurden im Ausland mit dort bekannten Darstellerinnen und Darstellern verfilmt und wurden zu Straßenfegern.

Eine solche Serie, genauer gesagt die vierte, war *Portrait of Alison.* Sie wurde wöchentlich zwischen dem 16. Februar und dem 23. März 1955 von der BBC ausgestrahlt und war ein Riesenerfolg. Patrick Barr (Titelrolle bereits 1954 in *The Teckman Biography* (Band 18, *Die Teckman-Biographie*)) spielte darin den Kunstmaler Tim Forester, der in einen Teufelskreis gerät, nachdem sein Bruder bei einem Autounfall in Italien gemeinsam mit einer jungen Frau tödlich verunglückt und deren Vater ihn darum bittet, ein Porträt von ihr zu malen.

Die Idee zu dieser Geschichte kam Francis Durbridge während einer seiner zahlreichen Auslandsreisen auf den Kontinent, die ihn vorzugsweise in die Schweiz (wegen der Berge) und nach Italien (wegen der Kunst) zogen. Beim Besuch einer Gemäldegalerie in Venedig kam ihm der aufregende Gedanke, einen Krimi rund um das Gemälde einer jungen Frau zu konstruieren. Gleichermaßen kombinierte er diese Idee mit einer Personenkonstellation, die ihm gefiel: Drei Brüder sollten im Zentrum des Interesses stehen, einer davon Maler. Was heraus kam, war *Portrait of Alison.* Diesbezüglich ist übrigens auch interessant, dass es tatsächlich ein Gemälde dieses Titels aus dem Jahr 1930 gibt, das der österreichische Künstler Hugo von Bouvard (1879–1959) schuf. Ob Durbridge es kannte und ob er es vielleicht sogar in der venezianischen Galerie sah, ist unbekannt.

Verlieren wir nun noch ein paar Worte über die TV-Produktion. Wie damals gedreht wurde, ist heute unvorstellbar: Man probte eine ganze Woche, ehe man am Abend der Sendung die Episode live spielte. Regisseur Alan Bromley und Autor Durbridge sorgten für Spannung auch bei den

Mitwirkenden, denn die Darstellerinnen und Darsteller erhielten immer nur das Skript für die jeweilige Folge und wussten fünf Wochen lang selbst nicht, wer von ihnen der Täter war.

Dass die Sendung damals live war und nur einmal ausgestrahlt wurde, hatte seine Nachteile: Wer an dem entsprechenden Abend die Ausstrahlung verpasste, hatte Pech gehabt. Da Durbridge selbst immer wieder zahllose Zuschriften erhielt, was in der einen oder anderen Episode seiner Hör- und Fernsehspiele geschehen war, entschloss er sich, aus den Drehbüchern Romanfassungen zu entwickeln.

Dies geschah auch bei *Portrait of Alison*, allerdings mit sieben Jahren Verspätung, auch wenn aus einem Briefwechsel zwischen Durbridge und dem Autor Tim Carew vom 16. Mai 1960 hervorgeht, dass die Romanfassung schon früher ein Thema war.

Wer ist nun dieser Tim Carew? Er ist einer von sieben Koautoren von Francis Durbridge, die im Laufe der langen Karriere des Briten aus Hörspiel- und Fernsehmanuskripten Belletristik schufen. Warum? Durbridge war wahrscheinlich der meistbeschäftigte TV- und Hörfunkautor jener Jahre. Der Erfolg seiner Stücke brachte mit sich, dass man ständig mehr Material von ihm verlangte. Er sah sich auch nicht als Schriftsteller, sondern als Dramatiker im eigentlichen Sinne des Wortes: Seine Stärke waren Handlung, Plot und Dialoge, nicht aber das beschreibende Erzählen. So machte Durbridge aus der Not eine Tugend und engagierte begabte Ghostwriter, die um seine Dialoge die nötigen Floskeln bastelten, um daraus einen Roman zu machen. Um Ihnen die Möglichkeit zu geben, die Drehbuch- mit der Romanfassung zu vergleichen, finden Sie im Nachwort einige ausgewählte Textstellen.

Da Durbridge im Laufe der Jahre mehrere Ghostwriter beschäftigte, resultiert daraus eine Uneinheitlichkeit im Stil und in der Erzähltechnik. Plakatives Beispiel: Die ersten beiden Tim-Frazer-Romane werden in der Ich-Form erzählt (beide wurden von Tim Carew bearbeitet), während der dritte Roman plötzlich einen allwissenden Erzähler aufweist (hier war der Ghostwriter James McConnell alias Douglas Rutherford). Auch die Anzahl der Kapitel hing vom jeweiligen Bearbeiter ab. Rutherford beispielsweise machte aus jeder TV- oder Hörspielepisode nur ein Kapitel (was zur Folge hatte, dass manche Romanfassungen überhaupt nur drei oder sechs Kapitel umfassten), Tim Carew, der auch *Portrait of Alison* verantwortete, teilte die Kapitel in zwei bis fünf Unterkapitel, die er auch numerierte ein, während andere beliebig die Kapitel setzten und oft gar nicht auf die ursprünglichen Cliffhanger in Durbridges Geschichte Rücksicht nahmen.

Der Begriff ›Cliffhanger‹ ist ein wichtiges Stichwort: Sie sind eine Quintessenz in Durbridges Erzählweise. Auf sie arbeitet der Autor die ganze Episode über hin, wobei er ständig Drehungen und Wendungen einstreut, die dann von der Überraschung am Ende getoppt werden. Wo die Cliffhanger in der TV-Fassung von *Portrait of Alison* lagen, können Sie im Nachwort nachlesen.

In den ersten Jahren, in denen Durbridge für das Fernsehen arbeitete, sprangen Filmproduzenten rasch auf den Erfolg auf und erwarben die Rechte an den jeweiligen Geschichten, um sie für das Kino auszuwerten und dem Publikum – das vielleicht die eine oder andere Folge verpasst hatte – so noch einmal die Möglichkeit zu geben, die gesamte Handlung erleben zu können.

Die Kinoadaptionen waren mehr oder weniger gelungen und erlaubten sich mehr oder weniger Freiheiten. Im Falle des bis dato nicht auf deutsch synchronisierten Films *Portrait of Alison* (amerikanischer Titel: *Postmark for Danger*, Regie: Guy Green) mit Robert Beatty aus dem Jahr 1955 handelt es sich um eine äußerst unzufriedenstellende Version. Durbridge war nicht am Drehbuch beteiligt – und das merkt man auch. Regisseur Green nimmt einige Ereignisse, Drehungen und Wendungen viel zu früh in der Handlung vorweg und raubt der Geschichte somit einiges an Spannung.

Gleiches gilt übrigens für die Inhaltsangabe der Goldmann-Ausgabe zu *Das Kennwort*. Hier wird die Handlung nicht nur teilweise unrichtig, sondern auch in der falschen Reihenfolge wiedergegeben und nimmt in nur fünf Sätzen soviel von der Geschichte vorweg, dass ein Teil der Spannung verloren geht. Das Kennwort, auf das sich der Titel bezieht, ist außerdem viel zu nebensächlich und taucht erst nach rund 80% der Handlung auf.

Abschließend wollen wir noch erwähnen, dass Durbridge pro Fernsehepisode von *Portrait of Alison* 73 Pfund erhielt, lukrativer dürfte allerdings das Filmgeschäft gewesen sein. Ende März 1953 verzeichnet er zwei Zahlungen von einer Filmgesellschaft für die Rechte an dem Stoff: insgesamt 1850 Pfund!

Der Roman *Portrait of Alison* erschien auch auf Niederländisch (*Portret van Alison / De zaak Alison*), Französisch (*Le portrait d'Alison*), Italienisch (*Ritratto di Alison*), Kroatisch (*Alisonin Portret*) und Polnisch (*Portret Alison*).

Der Titelheld im Buch heißt Greg Forrester, während er in der TV-Fassung noch Tim Forester (mit einem »R«) hieß. Grund für die Umbenennung war, dass *Portrait of Alison* 1962 kurz nach dem Roman *The World of Tim Frazer* erschien, dessen Protagonist auch der Titelheld einer äußert populären achtzehnteiligen Durbridge-TV-Serie von 1960/61 war.

Im Nachwort zu diesem Buch finden Sie die Stab- und Besetzungslisten zum Fernsehmehrteiler und Kinofilm sowie Anmerkungen zu diesen Produktionen, außerdem zeitgenössische Kritiken dazu. Zudem finden Sie dort auch die Inhaltsangaben der englischen Buchausgabe und den verräterischen (falschen) Klappentext zu *Das Kennwort*. Abgerundet wird dieses Buch durch einige exemplarische Szenen aus dem Originaldrehbuch.

Porträt von Alison stellt wie wenige andere Romane von Durbridge ein Musterbeispiel für dessen Schaffen dar und ist mit seinem Protagonisten, der in einen Teufelskreis hineingezogen wird, und seinen fast auf jeder Seite auftretenden Wendungen, Drehungen und Cliffhangern ideal für alle, die den britischen Autor kennenlernen und in dessen Krimiwelt eintauchen wollen. Spannende Lektüre beim 21. von 41 Kriminalromanen von Francis Durbridge!

Francis Durbridge

Porträt von Alison

Die handelnden Personen

GREG FORRESTER	Kunstmaler
DAVID FORRESTER	Erzieher und Lehrer an einem Internat
LEWIS FORRESTER	Auslandskorrespondent bei der *Daily Gazette*
JILL STEWART	Fotomodell
HENRY CARMICHAEL	Farmer, Jill Stewarts Verlobter
ALISON FORD	Schauspielerin
NORMAN BRIGGS	Reicher Geschäftsmann, Alison Fords Vater
INSPEKTOR LAYTON	Scotland-Yard-Beamter
MAJOR COLBY	Scotland-Yard-Beamter
REGINALD DORKING	Gebrauchtwagenhändler
PETER FENBY	Journalist bei der *Daily Gazette*
MARY HEPBURN	Inhaberin einer Agentur für Mannequins
SERGEANT REED	Kriminalbeamter
CHARLES WHITE	Ehemaliger Jagdflieger
MORGAN	Laborchemiker
GREMALDA	Italienischer Journalist

Der Roman spielt in London und Umgebung
im Jahr 1962.

Kapitel eins

– 1 –

Auf den ersten Blick fiel es schwer, den Raum mit Kunst in Verbindung zu bringen: Er war groß und gut eingerichtet und hatte etwas von der Gemütlichkeit, in der sich Männer wohlfühlen. Es war eindeutig das Wohnzimmer eines erfolgreichen Mannes. Die Teppiche waren schön, die Tapeten geschmackvoll, der Cocktailschrank gut bestückt. Auf dem Beistelltisch stand eine hübsche Zigarettendose, flankiert von einem Stapel Hochglanzmagazinen und einem opulenten Tischfeuerzeug.

Dieses gut ausgestattete Wohnzimmer, das im obersten Stockwerk eines beschaulichen Hauses am Eaton Square lag, war jedoch auch ein Atelier. Am anderen Ende befand sich ein erhöhtes Podest, um das herum die verschiedensten Utensilien des Künstlers standen: Staffeleien, Pinsel, Paletten und Leinwände. Greg Forrester, erfolgreicher und gefragter Porträtmaler, war ein Mann, der sich gerne neben seinem Arbeitsort entspannte.

Das Äußere von Greg Forrester verriet nur wenig über seinen Beruf. Er war dreiunddreißig Jahre alt, knapp einen Meter achtzig groß und von schlanker Gestalt. Sein Haar war schwarz, üppig und neigte dazu, unordentlich zu wirken. Die meiste Zeit war sein langes und eher schmales Gesicht ruhig und verriet nur selten, was er dachte oder fühlte. Aber der Schein in seinen grauen Augen veränderte sich häufig und wurde schelmisch und humorvoll und sein Gesicht entspannte sich oft zu einem Lächeln von seltenem Charme.

Frauen fanden Greg Forrester interessant und Jill Stewart, ein professionelles Mannequin, das für sein aktuelles Bild Modell saß, war diesbezüglich keine Ausnahme.

Jill Stewart war in der Tat ein reizvoller Anblick, ihr herrlicher Teint war ein Meisterwerk an dezentem Make-up, ihr Haar war kurz, blond und lockig. Ihre Figur entsprach dem Standard eines Modells: 88-50-88. Ihre Lippen waren vollmundig, ihre Nase leicht nach hinten gezogen, ihr Gesichtsausdruck aufreizend offenherzig. Jill Stewart, so schlussfolgerte Greg, war eine kluge junge Frau, die genau wusste, was sie wollte – und es meistens auch bekam.

Sie posierte für ein konventionelles Kopf-Schulter-Porträt und trug dafür ein kurzes, schulterfreies Abendkleid, das ihre Figur und ihre Beine optimal zur Geltung brachte. In einem kurzen, unprofessionellen Augenblick befand Greg Forrester, dass sie äußerst begehrenswert aussah.

Er verpasste einer Locke den letzten Schliff, trat von der Leinwand zurück und zündete sich eine Zigarette an. Jill streckte sich genüsslich und hob die Arme über den Kopf.

»Wissen Sie«, sagte Greg, »Sie sehen hinreißend aus, wenn Sie das machen.«

»Ich weiß«, sagte sie in einfachem Ton. »Deshalb mache ich es ja auch. Sind wir dann fertig?«

»Es dauert nicht mehr lange. Müde?«

»Nur ein bisschen. Mädchen, die denken, dass Mannequins den ganzen Tag nur herumlümmeln und glamourös aussehen, haben keine Ahnung, wie es wirklich ist. Haben Sie eine Zigarette für mich?«

Greg zündete sich eine an und reichte sie ihr. Sie blies eine große Rauchwolke in die Luft und musterte ihn mit einem Blick, der sowohl nachdenklich als auch kalkuliert kokett war.

»Übrigens, wie sieht es mit einer Haushälterin aus?«

»Unverändert. Ich habe noch immer keine gefunden.«

»Warum geben Sie keine Anzeige auf?«

Greg betrachtete sie neugierig. »Miss Stewart, wahrscheinlich lesen Sie die *Times* nicht.«

Sie schüttelte den Kopf. »Ich doch nicht.«

»Das sollten Sie aber«, sagte er, »meine Suchanzeigen

nach einer Haushälterin werden dort langsam zu einem regelmäßigen Bestandteil. Ich fühle mich schon mehr als Spender denn als Inserent.«

Jill lachte wohlklingend. »Wenn ich könnte, würde ich diesen Job selbst übernehmen.«

»Wenn Sie könnten, dann würde ich Sie sofort nehmen«, erwiderte Greg.

Die Einladung in ihren Augen war nun klar zu erkennen. »Nun, warum eigentlich nicht?«

Auf Gregs Gesichtszügen zeichnete sich tiefe Nachdenklichkeit ab. Dann sagte er ernst: »Können Sie Kaffee kochen – ich meine nicht Instantkaffee, das kann sogar ich – sondern guten, starken, schwarzen Kaffee?«

»Wenn es sein muss. Aber ich mixe den raffiniertesten trockenen Martini in ganz Mayfair.«

Greg lachte. »Das kann ich mir vorstellen.«

Jill sah erst Greg und dann das Porträt an. »Sind wir für heute fertig?«

»Ja, ich denke, wir sollten für heute Schluss machen.«

»Gut.« Sie hob ihre Pelzstola auf, stieg vom Podium und setzte sich schließlich auf die Armlehne eines Stuhls. Sie musterte Greg weiterhin nachdenklich.

»Wissen Sie«, sagte sie schließlich, »das ist schon etwas seltsam.«

»Was ist seltsam?«

»Seit fast zwei Wochen komme ich jeden Tag hierher, sitze in diesem Stuhl und sehe Ihnen beim Malen zu – und doch weiß ich nichts über Sie, außer« – sie zählte mit wohlgeformten Fingern die Punkte auf – »dass Sie erstens Junggeselle sind, zweitens keine Haushälterin haben und drittens starken schwarzen Kaffee mögen.«

»Was möchten Sie sonst noch wissen?«

»Ach, viele Dinge. Was für ein Mensch sind Sie? Was für Bücher lesen Sie so? Warum haben Sie mich noch nicht zum Essen eingeladen?«

Greg Forrester lächelte. Er war, so sagte Jill Stewart zu sich selbst, außerordentlich attraktiv. Im Gegensatz zu vielen anderen Künstlern, die sie kannte, sah er aus, als würde er regelmäßig baden, sein Haar fiel ihm nicht in verfilzten Strähnen bis auf die Schultern und er konnte sich auf amüsante und intelligente Weise auch über andere Themen als Kunst unterhalten. Ein weiterer Punkt (auch wenn sie sich nicht sicher war, ob das für ihn sprach) war, dass er noch nicht versucht hatte, ihr Avancen zu machen. Damit wurde er ihrer Meinung nach noch faszinierender und interessanter.

»Klären wir die wichtigste Frage zuerst?«, fragte er. »Ich habe Sie nicht zum Essen eingeladen, weil Ihr Agent am ersten Tag, an dem er Sie hierher begleitete, diesbezüglich etwas gesagt hat.«

»Dieser Schuft!«, rief sie aus. »Erzählen Sie mir nicht, dass er hinter meinem Rücken über mich geredet hat! Was hat er gesagt?«

»Unter anderem sagte er, dass Sie ein außergewöhnlich gutes Modell sind.«

»Nun, das ist nett von ihm. Was noch?«

»Er sagte, dass Sie dazu neigen, besitzergreifend zu sein.«

»Ich sehe schon«, sagte Jill mit gefährlicher Süße, »dass ich mir sehr bald einen neuen Agenten suchen muss. Aber fahren Sie fort, es wird langsam interessant.«

»Es wird noch interessanter«, fuhr Greg fort. »Er sagte weiter, dass Sie mir sofort Ihre Lebensgeschichte erzählen würden, wenn ich zu freundlich wäre. Ich nehme an, es ist ein kurzes Leben, aber eine sehr, sehr lange Geschichte.«

Jill Stewarts Lippen zogen sich zu einer dünnen, geraden Linie zusammen.

»Eines Tages«, sagte Sie mit bedrohlichem Ton, »werde ich diesem Mann eins über den Kopf ziehen, so wahr ich hier sitze. Gibt es noch etwas, das ich über mich wissen sollte?«

»Noch eine Sache. Er sagte, Sie seien mit einem sehr netten Mann namens Henry Carmichael verlobt.«

Jill war jetzt eindeutig verärgert. »Er hat kein Recht, Ihnen das zu erzählen«, sagte sie.

Greg zuckte mit den Schultern. »Ach, ich weiß nicht. Stimmt es denn nicht?«

»Nun ja, schon – aber darum geht es nicht.«

Er zog die Augenbrauen leicht hoch und sah sie scharfsinnig an. »Ich glaube, *das* ist der Punkt. Würde es Ihrem Verlobten denn gefallen, wenn ich Sie zum Essen ausführe?«

»Seien Sie nicht albern! Er erfährt doch nichts davon.«

»Das glauben Sie doch selbst nicht«, sagte Greg mit einem Augenzwinkern. »Wahrscheinlich würde er am Nebentisch sitzen.«

Er blickte quer durch den Raum auf das halbfertige Porträt. »Können Sie am Donnerstagvormittag schon um zehn Uhr kommen, Miss Stewart, statt um elf?«

Jill sah ihn mit einem langen, starren Blick an. Dann erhob sie sich von der Stuhllehne und ging zu dem Tisch in der Mitte des Raumes hinüber. Sie sagte: »Hören Sie, auch wenn Sie mich nicht zum Essen ausführen wollen, sollten wir diesen Mr.-Forrester-Miss-Stewart-Unsinn nicht sein lassen?«

»Sehr gerne«, sagte Greg.

»Sehr gerne, Jill«, korrigierte sie ihn.

Sie stand einen Moment lang neben dem Tisch und spielte gedankenlos mit der Zigarettendose und dem Feuerzeug herum. Dann fiel ihr Blick auf eine Postkarte, die eine italienische Briefmarke und einen Stempel von Neapel trug. Sie drehte die Karte um und entdeckte eine grobe Skizze eines jungen Mannes, der in einer Haltung äußerster Trägheit unter einer Palme saß. Neben ihm stand ein Eiskübel mit einer Flasche Champagner. Auf der Postkarte war mit nachlässiger und ausschweifender Hand gekritzelt: »Ich arbeite hart und lange. Beste Grüße, Lewis.«

Jill studierte die Postkarte mit Interesse und nicht wenig Neid. »Wer ist Lewis?«, erkundigte sie sich.

»Mein Bruder«, antwortete Greg.

Sie sah sich die Postkarte genauer an. »Er ist in Italien, wie ich sehe.«

»Ich weiß nie, wo er gerade ist, das kann sich minütlich ändern«, sagte Greg. »Er ist ständig unterwegs. In diesem Augenblick ist er in Timbuktu, soweit ich weiß.«

»Sehr schön für ihn«, kommentierte Jill. »Was macht er beruflich, oder muss er gar nicht arbeiten?«

»Er ist Journalist – Auslandskorrespondent bei der *Daily Gazette*. Er ist ein kluger Junge, unser Lewis.«

Jill schnippte plötzlich mit den Fingern. »Lewis Forrester! Aber natürlich!«

»Sind Sie ihm denn schon mal begegnet?«

»Ja«, sagte sie, »einmal – vor langer Zeit. Er hat ein Buch mit dem Titel *Kapriolen auf dem Kontinent* geschrieben, nicht wahr?«

»Richtig«, sagte Greg. »Haben Sie es gelesen?«

»Ja, und ich fand es faszinierend. Ich kann lesen, wissen Sie das nicht? Hat Ihnen mein Agent nicht gesagt, dass ich lesen kann?«

»Dieser Punkt geht an Sie«, lachte Greg.

Jill Stewart ließ sich in einen Sessel sinken, die wohlgeformten Beine unter sich überkreuzt. »Jetzt erfahre ich endlich etwas über Sie«, sagte sie fröhlich. »Haben Sie noch weitere Brüder?«

»Einen – David. Er ist die Intelligenzbestie der Familie: Winchester, Jesus-College, Cambridge – die ganze Palette. Er hat mehr graue Zellen als Lewis und ich zusammen.«

Die Fragestunde ging weiter. »Und was macht er beruflich?«

»Er ist Erzieher und Lehrer in einem Internat in der Nähe von St. Albans. Aber genug von der Familie Forrester, erzählen Sie mir etwas über Henry.«

»Da gibt es nicht viel zu erzählen«, sagte Jill, ohne offensichtliche Begeisterung. »Wir haben uns vor etwa sechs Monaten auf einer Hausparty kennengelernt. Er hat mir einen

Antrag gemacht und ich habe ihn angenommen.«

»Einfach so?«

»Einfach so. Er ist übrigens Farmer.« Greg hob die Augenbrauen.

»Farmer?«

»Ja«, sagte sie mit einem entwaffnenden Schmollmund, »und ich weiß genau, was Sie jetzt denken. Sie können sich mich nicht so recht als Frau eines Farmers vorstellen.«

»Nun«, sagte Greg, »das kommt ganz auf den Farmer an. Schließlich gibt es einige von ihnen, die sich nicht einmal die Stiefel schmutzig machen.«

»Oh, Henry ist wirklich ein Profi in seinem Fach«, sagte Jill. »Er hat die beste Herde von – wie nennt man diese schwarz-weißen Dinger?«

»Kühe?«

»Ja, das weiß sogar ich, aber …«

»Sie meinen Friesisches Rind.«

»Das war es! Friesisches Rind«, sagte sie, »ich konnte mir den Namen nie merken. Er hat die beste Friesenherde in Berkshire.«

»Da müssen Sie aber sehr stolz sein.«

Jill sah ihn einen Moment lang an und stand dann auf. Sie hatte das unangenehme Gefühl, dass Greg Forrester sich über sie lustig machte. Sie sagte etwas knapp: »Dann also Donnerstagvormittag um zehn Uhr.«

»Abgemacht«, sagte Greg.

Sie war schon auf halbem Weg zur Tür, als es klingelte. Greg öffnete und sagte mit einem Ausdruck freudiger Überraschung: »Was denn? Hallo, David!«

David Forrester war eine schlankere und ernstere Ausgabe von Greg, sein Haar war jedoch etwas dünner, aber dafür gepflegter. Er trug eine Hornbrille und sah gleichzeitig gelehrtenhaft und besorgt aus. Er trug eine Reisetasche und hatte kein Lächeln als Antwort für seinen Bruder parat. Er sagte leise: »Hallo, Greg.«

»Das ist aber eine Überraschung«, sagte Greg. »Komm rein, alter Junge.«

Er fragte sich, warum sein Bruder einen so mürrischen Gesichtsausdruck hatte.

Jill Stewart bedachte die Männer mit einem strahlenden Lächeln und sagte: »Wir sehen uns am Donnerstag, Greg.« Sie dachte, dass auch David interessant sein könnte, aber er sah nicht gerade wie ein Hingucker aus. Sie nahm an, dass alle Erzieher an Privatschulen so aussahen.

Als Jill die Wohnung verlassen hatte, wandte sich David an Greg. Er sagte: »Ich habe leider sehr schlechte Nachrichten.«

»Das dachte ich mir schon«, sagte Greg leichthin. »Du siehst aus, als hätte man dir sämtliche Schulferien gestrichen. Was ist los?«

»Es ist wegen Lewis«, sagte David düster.

Greg blickte scharf auf. »Du meinst doch nicht etwa ...«

David nickte heftig. »Sein Auto geriet ins Schleudern und krachte gegen eine Wand. Er war auf der Stelle tot.«

Greg sah seinen Bruder mit schockiertem Unverständnis an. »Aber wo? Wann? Wie ist das passiert?«

Davids Stimme war müde. »Ich kenne die Details nicht, anscheinend ist es letzte Nacht in Italien passiert, irgendwo zwischen Amalfi und Positano.«

»Wie hast du davon erfahren?«

»Ein Mann namens Fenby hat mich angerufen. Er arbeitet bei der *Gazette.*«

Greg nickte. »Ich habe ihn kennengelernt. Er war ein Freund von Lewis.«

»Die Zeitung hat ein Sonderflugzeug gechartert. Fenby fliegt heute Nachmittag dorthin. Einer von uns muss mit ihm fliegen, Greg.«

Greg nickte abwesend. Das Gefühl des schockierten Unglaubens hielt an: Es schien unmöglich, dass der lebensfrohe, absolut liebenswerte, unberechenbare Lewis tot war.

»Also, wie sieht es aus? «, sagte David. »Willst du fliegen oder soll ich?«

»Wir werden beide fliegen«, sagte Greg.

David schüttelte den Kopf. »Das hat keinen Sinn. Hör mal, überlass es lieber mir: Ich kenne mich mit solchen Dingen besser aus als du und ich spreche Italienisch. Außerdem ist mein Pass in Ordnung und ich bezweifle, dass deiner das auch ist.«

»Du hast recht«, sagte Greg, »er ist abgelaufen.« Er blickte plötzlich auf. »David, es kann sich doch um keinen Irrtum handeln, oder?«

David schüttelte den Kopf. »Es ist kein Irrtum.«

Greg zündete sich eine Zigarette an und begann, nervös im Zimmer auf und ab zu gehen. Er sagte ruckartig: »Ich kann es nicht glauben, ich habe erst gestern eine Karte von ihm bekommen.«

David sagte: »Ich könnte jetzt einen Drink gebrauchen. Hast du einen Scotch?«

»Ich könnte auch einen vertragen«, sagte Greg. Er ging zum Schrank und holte eine Flasche, einen Siphon und zwei Gläser hervor. Während er die Getränke mischte, sagte er über seine Schulter: »War noch jemand mit Lewis im Wagen?«

»Ich habe gar nicht daran gedacht, danach zu fragen«, sagte David. »Aber ich nehme nicht an, dass ...« Er brach ab, als das Telefon klingelte. »Das wird Fenby sein. Ich habe ihm gesagt, dass er mich hier erreichen kann.«

Greg nahm den Hörer ab und hörte die lebhafte, aber besorgte Stimme von Fenby, der mit David sprechen wollte.

Nachdem David vereinbart hatte, Fenby am Flughafen zu treffen, flüsterte Greg seinem Bruder zu: »Frag ihn, ob noch jemand im Wagen war.«

David wiederholte die Frage und hörte einige Sekunden lang aufmerksam zu. Dann verabschiedete er sich schließlich und legte den Hörer auf.

»Eine Frau war mit ihm unterwegs«, sagte er leise. »Eine Schauspielerin namens Alison Ford. Sie wurde ebenfalls bei dem Unfall getötet.«

– 2 –

Es war halb zwölf am Donnerstagmorgen, als Greg Forrester dem Porträt von Jill Stewart den letzten Schliff gab. Er rötete die Lippen leicht, tupfte ein paar Mal geistesabwesend auf die rechte Augenbraue und wich dann von der Staffelei zurück.

Jill streckte sich ausgiebig und sagte: »Ist es fertig?«

»Ich denke schon«, sagte Greg mit entmutigter Stimme.

»Sie scheinen nicht sehr sicher zu sein«, sagte sie, »oder sehr enthusiastisch. Das ist nicht sehr schmeichelhaft für das Modell, wissen Sie.«

Greg lächelte schief: »Das Modell ist nahezu perfekt.«

»Was stört sie dann daran?«

»Ach, nichts Besonderes. Ich würde es nur gerne verschrotten und von vorne anfangen.«

Jill blickte auf ihre Uhr. »Nun, heute Vormittag nicht mehr, vielen Dank. Ich habe um zwölf Uhr eine Anprobe und jetzt ist es schon zehn vor.«

Greg lächelte sie an. »Danke, Jill«, sagte er, »Sie waren sehr geduldig mit mir. Ich kenne kein anderes Modell, das es mit mir ausgehalten hätte.«

Ihre Hand ruhte einen Moment lang sanft auf seinem Arm. »Es war nicht leicht für Sie, nicht wahr? Ich hoffe, ich sehe Sie wieder, Greg.«

»Garantiert«, sagte Greg. »Vielleicht haben Sie Lust, einmal mit mir zu Abend zu essen?«

»Habe ich!«, sagte Jill freudestrahlend. »Nur zu gern.«

»Mit Henry natürlich«, fügte Greg hinzu.

»Natürlich«, sagte Jill mit gespielter Ernsthaftigkeit. Sie stand auf, holte Lippenstift und Puder heraus und betrachtete ihr Gesicht mit großer Konzentration. »Wenn Sie jemals in Upper Netherington festsitzen sollten, rufen Sie mich an.«

»Sagten Sie Upper Netherington?«

»Ja, das sagte ich. Warum?«

»Upper Netherington in Berkshire?«

»Es ist das einzige, das ich kenne.«

»Dort werden Sie wohnen, wenn …«

Jill steckte die Puderdose und den Lippenstift wieder in ihre Tasche.

»Richtig! Mrs. Henry Carmichael, Foxdown Farm, Upper Netherington, Berks. Das bin dann ich.«

»Das ist ja unglaublich!«, rief Greg aus.

»Da kann ich Ihnen nur zustimmen«, sagte Jill. »Manchmal überrascht es mich sogar selbst.«

»Das meine ich nicht.«

»Was denn dann?«

»Ich habe ein Cottage in Melford«, erklärte Greg, »eine Art Wochenendversteck. Es ist nur etwa drei Meilen von Upper Netherington entfernt.«

»Das ist ja wunderbar!«, sagte Jill begeistert. »Dann sind wir fast Nachbarn.«

Greg schien in tiefe Gedanken versunken zu sein. »Einen Moment«, sagte er langsam, »Henry Carmichael … Foxdown Farm … Der Groschen fällt gerade erst bei mir. Er ist unglaublich reich!«

Jill nickte. »Natürlich ist er das, Sweetie. Sie glauben doch nicht, dass ich mir all diese schwarz-weißen Dinger gefallen lassen würde, wenn er es nicht wäre, oder? Ich denke ernsthaft darüber nach, eine kleine Farm im Regent's Park einzurichten.«

Greg lachte. »Sie sind unverbesserlich, Jill.«

»Absolut«, stimmte sie zu. »Wann fahren Sie wieder nach Melford?«

»Wahrscheinlich dieses Wochenende. Ich bin mir aber noch nicht sicher.«

»Dann rufen Sie mich einfach unter Netherington 17 an. Wir veranstalten eine Cocktailparty.«

»Cocktailpartys sind nicht gerade meins«, sagte Greg. »Das sollten Sie inzwischen wissen.«

Jill verzog ihr Gesicht. »Henry mag auch keine. Aber er gibt sie trotzdem, denn der arme Kerl wird am Samstag vierzig und braucht etwas, das ihn aufmuntert.«

»Er hat doch sie«, bemerkte Greg.

»Noch nicht ganz«, korrigierte Jill. »Also, Wiedersehen.«

Sie war schon auf halbem Weg zur Wohnungstür, als es klingelte. Zwei Männer standen im Flur. Einer war um die fünfzig, sah freundlich aus und war mittelgroß. Der andere, einige Jahre jünger, hatte einen gepflegten Schnauzbart und machte einen sehr gepflegten Eindruck.

Der ältere Mann sagte: »Mr. Forrester?«

»Ja.«

»Mein Name ist Layton, Sir. Kriminalinspektor Layton …« Er deutete auf den anderen Mann. »Das ist Major Colby, ein Kollege von mir.«

Greg sah überrascht aus. »Nun – äh – guten Tag.«

Laytons eher eintönige Gesichtszüge entspannten sich zu einem Lächeln.

»Ich frage mich, ob Sie uns einen Moment entbehren können, Sir. Wir würden uns gerne mit Ihnen unterhalten.«

»Natürlich«, sagte Greg. »Kommen Sie herein.«

Jill rückte ihre Pelzstola zurecht und machte sich gerade auf, zu gehen.

Greg sagte: »Das ist eine Bekannte von mir.«

»Sehr erfreut!«, sagte Layton höflich. »Inspektor Layton und Major Colby«, stellte Greg ihr die beiden vor.

Jill schenkte den Neuankömmlingen ein strahlendes Lächeln. »Hallo!«

Sie warf Layton einen offenen Blick zu und sagte: »Tja, ich muss jetzt los. Ich hoffe, wir sehen uns am Wochenende, Greg, wenn nicht vorher. Bye, Darling!« Zu Forresters verwirrtem Erstaunen ging sie auf ihn zu, legte ihm leicht die Hände auf die Schultern und küsste ihn auf den Mund, dann verschwand sie durch die Haustür mit einem fröhlichen Winken, das alle drei Männer umarmte.

Greg tupfte sich mit einem Taschentuch die Lippen ab. »Miss Stewart – ähm – arbeitet für mich«, sagte er schwach.

»Verstehe, Sir«, sagte Layton völlig ausdruckslos.

»Sie ist eine Art Modell«, fuhr Greg fort.

»Eine Art Modell, Sir?«, sagte Layton.

»Na ja, ich meine, sie *ist* ein Modell, ein sehr gutes sogar.«

Layton neigte den Kopf. »Da bin ich mir sicher, Sir.« Er warf einen Blick auf das fertige Porträt. »Nun, ich sehe, Sie sind ein vielbeschäftigter Mann, Mr. Forrester, also kommen wir gleich zur Sache.« Er sah Major Colby an.

Colby sagte: »Ihr Bruder, Mr. Lewis Forrester, ist bei einem Autounfall ums Leben gekommen.« Seine zwanglose und kultivierte Stimme passte zu seinem eleganten Auftreten. Seine Augen, so bemerkte Greg, waren aufmerksam und wachsam.

»Ja«, sagte Greg.

»Wir führen ein paar Routineuntersuchungen über den Unfall durch«, fuhr Colby fort, »und wir dachten, dass Sie uns vielleicht helfen könnten.«

»Selbstverständlich«, sagte Greg, »wenn ich kann.« Er zeigte auf zwei Stühle. »Setzen Sie sich doch bitte beide.«

»Danke«, sagte Colby. Er setzte sich in einen Sessel und schlug ein Bein in der makellosen Hose über das andere.

Layton blieb stehen. »Wann haben Sie zuletzt von Ihrem Bruder gehört, Mr. Forrester?«

»Ich erhielt eine Postkarte von ihm, einen Tag bevor er starb.«

»Haben Sie die Karte?«, fragte Colby.

»Ja.«

»Ich würde sie gerne sehen, wenn es Ihnen nichts ausmacht.«

Greg ging zu einem Beistelltisch und öffnete eine Schublade, um die Karte herauszunehmen. Dann überreichte er sie Colby. Dieser betrachtete sie eingehend.

»Ihr Bruder scheint diese kleinen Skizzen sehr gemocht zu haben«, bemerkte er.

»Ja«, sagte Greg, »sie waren typisch für Lewis. Einige von ihnen waren wirklich ziemlich gut.«

Colby reichte die Karte an Greg zurück. »Gibt es noch mehr Postkarten wie diese, Sir?«

»Ich glaube, in meinem Schlafzimmer ist eine.«

»Ich würde sie gerne sehen, wenn ich darf«, sagte Colby.

Die zweite Postkarte folgte dem gleichen trägen und genusssüchtigen Muster wie die erste: Sie zeigte einen jungen Mann, der im Meer schwimmt, vor einem Hintergrund von sich wiegenden Palmen und einer gleißenden Sonne. Die Karte war mit dem Poststempel von Sorrent versehen und die handschriftliche Nachricht lautete: »Wünschst du dir nicht auch, Auslandskorrespondent zu sein? Liebe Grüße an David. Lewis.«

Colby reichte die Postkarte an Greg zurück. »Danke, Mr. Forrester«, sagte er.

Greg meinte mit einem Anflug von Ungeduld: »Könnten Sie mir vielleicht sagen, was es mit dieser Routineuntersuchung auf sich hat?«

Colby entspannte sich in seinem Stuhl. »Vor etwas mehr als zwei Wochen«, sagte er, »hat Ihr Bruder eine Postkarte an jemanden geschickt. Sie wurde in Neapel aufgegeben und enthielt eine Skizze«, er deutete auf die Karte in Forresters Hand. »Es war so eine wie diese hier, nur dass auf der Skizze eine Hand abgebildet war – eine Mädchenhand, wie es aussieht –, die eine Flasche Chianti hielt.«

Greg sah verwirrt aus. »Na und?«

Colby lehnte sich in seinem Stuhl vor. »Haben Sie jemals so eine Karte erhalten, Mr. Forrester?«

»Nein.«

»Sind Sie sicher?«

»Ganz sicher«, sagte Greg ohne jeden Zweifel. »War auch eine Nachricht auf der Karte?«

»Das glauben wir nicht, Sir«, sagte Layton.

Greg runzelte die Stirn. »Aber hören Sie«, sagte er, »Lewis würde niemandem eine Karte mit einer Zeichnung darauf schicken. Das ergibt keinen Sinn. Die Zeichnungen waren eine Art privater Scherz zwischen uns«, lächelte er ironisch, »als er sich an der Riviera oder sonst wo sonnte, während ich in meinem Atelier eingesperrt war und es draußen regnete.«

Layton schüttelte den Kopf. »Ich glaube, diese Karte war eher eine Ausnahme, Sir.«

Greg fragte: »Haben Sie schon mit jemand anderem darüber gesprochen?«

»Mit wem zum Beispiel?«, fragte Colby.

»Nun, mit meinem Bruder David, zum Beispiel.«

»Ja«, sagte Layton, »wir haben Mr. David Forrester heute aufgesucht. Wir kommen direkt aus St. Albans hierher.«

»Und was hatte David dazu zu sagen?«

»Er konnte uns nicht helfen«, sagte Layton.

Greg betrachtete die Postkarte nachdenklich. Er deutet mit dem Mittelfinger darauf und sagte: »Könnte die andere Karte – die mit der Flasche Chianti darauf – eine gewöhnliche Postkarte gewesen sein, die Lewis an einen seiner Freunde geschickt hat?«

Colby und Layton tauschten einen kurzen Blick aus. »Das könnte sein«, stimmte Layton zu.

»Leider wissen wir nicht, an wen er sie geschickt hat«, ergänzte Colby.

»Wenn es nur eine gewöhnliche Postkarte ist, warum sind Sie dann so daran interessiert?«, fragte Greg.

»Sie sieht aus wie eine gewöhnliche Postkarte«, sagte Colby.

»Aber in Wirklichkeit ist sie es nicht?«

»Ganz recht«, sagte Colby. Er erhob sich und reichte ihm die Hand. »Sie haben uns sehr geholfen, Mr. Forrester«, sagte er freundlich. »Es tut mir leid, dass wir stören mussten.«

»Moment mal«, sagte Greg. »Ich weiß nicht, ob ich Ihnen geholfen habe oder nicht, aber mir gegenüber waren Sie mit Sicherheit überhaupt nicht offen. Worum geht es hier eigentlich?«

Colby antwortete locker und gelassen. »Wir haben Ihnen doch gerade erzählt, worum es geht«, sagte er. »Ihr Bruder hat jemandem eine Postkarte geschickt, auf der eine bestimmte Zeichnung war. Wir möchten wissen, an wen er sie geschickt hat, und wir möchten die Karte.« Er lächelte und seine strahlend weißen Zähne blitzten auf. »So einfach ist das.«

»Auf mich wirkt das gar nicht einfach«, erwiderte Greg. »Warum wollen Sie die Karte?«

»Das werden wir Ihnen sagen, wenn wir sie gefunden haben«, antwortete Colby rätselhaft.

Auf dem Weg zur Eingangstür hielt Layton vor dem fertigen Porträt inne. »Entschuldigen Sie, Sir«, sagte er zu Greg, »aber ist das nicht die junge Dame, die Sie uns vorhin vorgestellt haben?«

»Ja«, sagte Greg kurz und bündig.

Layton nickte. »Ich dachte mir doch gleich, dass ich sie kenne«, sagte er.

– 3 –

Der nächste Besucher von Greg Forrester war ein starker Kontrast zu Layton und Colby. Als Greg am nächsten Morgen seine Haustür öffnete, stand er einem kleinen, rundlichen Mann Mitte fünfzig gegenüber. Der Mann hatte einen ausgeprägten Nordakzent und trug eine prall gefüllte Mappe unter seinem rechten Arm.

»Mein Name ist Norman Briggs«, sagte er freundlich. »Sind Sie zufällig Mr. Greg Forrester?«

Greg nickte. »Der bin ich. Was kann ich für Sie tun?«

Briggs tippte auf den Ordner. »Ich komme wegen eines Porträts, Mr. Forrester.«

»Sie wollen ein Porträt malen lassen?«, wiederholte Greg.

»Ja, ich möchte ein Porträt meiner Tochter. Soweit ich weiß, machen Sie solche Dinge.«

»Nun, ja«, lachte Greg, »das könnte man sagen.«

Briggs strahlte. »Wunderbar«, sagte er. »Glauben Sie, wir könnten uns mal darüber unterhalten? Wenn es Ihnen jetzt nicht passt, komme ich morgen vorbei. Wie es für Sie am besten ist.«

»Nein, ist schon in Ordnung, Mr. Briggs«, sagte Greg. »Kommen Sie herein.«

Briggs sah sich im Raum um, der ihm zu gefallen schien. »Na, na«, sagte er, » sieht sehr interessant hier aus. Tolle Arbeitsatmosphäre. Wissen Sie, das ist das erste Mal, dass ich in einem Künstleratelier bin.«

»Ich nehme an, jemand hat mich Ihnen empfohlen?«, sagte Greg.

Briggs schüttelte den Kopf. »Nein, ich verlasse mich darauf, was Ihr Bruder über Sie gesagt hat, alter Freund.«

»Mein Bruder?«

»Ja. Er sagte, Sie seien der beste Porträtmaler in ganz London. Als ich also auf die Idee mit dem Bild meines Mädchens kam, sagte ich mir: Er ist der richtige Mann für den Job. Deshalb bin ich hier.«

»Mein Bruder hat mich also empfohlen?«

»Ja, das hat er wohl, gewissermaßen. Aber man kann es kaum als Empfehlung bezeichnen, denn damals hatte ich noch keine Ahnung, dass ich mich zu einem Porträt entschließen würde.«

»Ich nehme an«, sagte Greg, »dass Sie meinen Bruder David meinen.«

»Nein, nein – Lewis Forrester …«

Greg starrte Briggs einen Moment lang an. »Wo haben Sie Lewis kennengelernt?«

»In Mailand. Ich war geschäftlich in Italien und wir wohnten zufällig beide im selben Hotel. Etwa eine Woche später reiste ich nach Sorrent weiter. Ich war schon ein paar Tage dort, als Lewis plötzlich auftauchte.«

»Ich verstehe«, sagte Greg langsam. »Ich nehme an, Sie haben von dem Unfall gehört?«

Briggs nickte heftig und seufzte. »Ja, er war ein reizender Kerl, dieser Lewis. Ich glaube nicht, dass ich jemals jemanden getroffen habe, der so *charmant* war, wie es wohl die meisten Leute nennen würden. Aber eigentlich ging es viel tiefer als das. Ihr Bruder verfügte über so etwas wie eine fromme Ehrlichkeit, Mr. Forrester. Oh, ich weiß, er war ein intellektueller junger Mann, aber er stand mit beiden Beinen fest auf dem Boden.«

»Ja, wir haben Lewis sehr gemocht«, sagte Greg langsam.

»Ihr hattet auch allen Grund dazu«, sagte Briggs mit Begeisterung. »Männer wie Lewis Forrester trifft man nicht jeden Tag, und das ist schade. Heutzutage gibt es nur noch Besserwisser, Schmeichler und aalglatte Dummschwätzer. Oft habe ich zu meiner Tochter gesagt: »Heute braucht man keinen Verstand mehr, man muss nur eloquent und redegewandt sein und die Stimme einer Nachtigall haben, das reicht.«

»Hat Ihre Tochter jemals Lewis kennengelernt?«

»Ja«, sagte Briggs leise, »sie saß in der Nacht, in der er getötet wurde, in seinem Auto.«

Greg sagte ungläubig: »Aber … aber … Moment mal …«

Briggs nickte. »Sie waren beide auf der Stelle tot«, sagte er düster. »Das Auto geriet ins Schleudern und stürzte über einen Abgrund. Es war auf diesem gefährlichen Straßenstück zwischen Amalfi und Positano.«

»Aber ich dachte, das Mädchen im Auto hieß …«

»Alison Ford?« Briggs nickte mit dem Kopf. »Ford war der Mädchenname meiner Frau. Als Alison zur Bühne ging, beschloss sie, ihn anstelle von Briggs zu benutzen«. Er lächelte traurig. »Ich kann es dem Mädchen nicht verübeln. Alison Ford klingt doch viel besser als Alison Briggs, oder?«

Greg sagte ein wenig verwirrt: »Mr. Briggs, ich hatte keine Ahnung, wer Sie sind, sonst hätte ich …«

Briggs hielt seine rundliche Hand hoch. »Das ist schon in Ordnung, machen Sie sich keine Sorgen. Es ist sehr freundlich von Ihnen, mich so spontan zu empfangen – ich bin Ihnen sehr dankbar dafür.«

»Sie sagten, Sie wollten, dass ich ein Porträt von Ihrer Tochter male«, sagte Greg langsam. »Sie meinen ein Porträt von Alison?«

»Stimmt genau.«

»Aber wie kann ich das tun, wenn …?«

Briggs hielt die Mappe hoch. »Ich möchte, dass Sie das anhand von Farbfotos machen, Mr. Forrester. Oh, ich weiß, es ist ungewöhnlich und könnte etwas schwierig sein, aber ich möchte, dass Sie es probieren.«

Greg sagte leise: »Darf ich eines der Fotos sehen?«

Briggs öffnete die Mappe und begann, die Fotos zu sortieren. Sie waren für ihre Art recht gut. Eines zeigte nur Kopf und Schultern, die beiden anderen zeigten Alison Ford in einem kurzärmeligen grünen Abendkleid.

Das Gesicht hatte etwas, das in Greg Forresters Gedächtnis eine Saite zum Klingen brachte, aber er konnte sich an keine andere Frau erinnern, der Alison Ford ähnlich sah. Es war ein ovales Gesicht mit hohen Wangenknochen und hochgestecktem dunklem Haar. Die Nase und das Kinn waren perfekt geformt, der Mund sinnlich, die Lippen voll. Greg fragte sich, was dieses schöne Mädchen im stürmischen Leben seines Bruders zu suchen gehabt hatte.

»Sie ist sehr schön«, sagte er fast zu sich selbst.

»Das war sie«, sagte Briggs.

»Können Sie mir das Kleid auf dem Foto bringen?«

Briggs nickte. »Ich glaube schon.«

»In Ordnung, Mr. Briggs. Bringen Sie mir das Kleid und ich versuche es.«

Greg Forrester, der auf Modelle in all ihren Stimmungen eingestellt war, wusste, dass er niemals wieder ein so schönes

Motiv zum Malen bekommen würde. Plötzlich nahm das Bild von Alison Ford die Ausmaße einer Herausforderung an – eine Herausforderung, die er unbedingt annehmen musste.

Auf Briggs' schlichten Gesichtszügen zeichnete sich ein entzückendes Lächeln ab. »Guter Junge«, sagte er überschwänglich, »ich hatte gehofft, dass Sie das sagen würden.

»Übrigens, Mr. Briggs«, sagte Greg, »Sie müssen doch auch meinen anderen Bruder David kennengelernt haben – er ist sofort nach Italien geflogen, als wir von Lewis hörten.«

»Ich weiß, dass er nach Italien kam«, sagte Briggs. »Leider habe ich ihn verpasst. Ich war in Sizilien, als der Unfall passierte. Sie brauchten drei Tage, um mich zu finden, und dann musste ich zurück nach Sorrent.«

»Das muss ein furchtbarer Schock für Sie gewesen sein«, kommentierte Greg. »Ja, das war es. Ich konnte es zuerst gar nicht glauben. Und ich habe es vierundzwanzig Stunden lang tatsächlich nicht geglaubt. Ich dachte, es sei eine Art Verwechslung.«

»Warum ist Ihre Tochter in Sorrent geblieben?«, fragte Greg.

»Wegen Lewis. Alison hat ihn in Mailand kennengelernt und als er in Sorrent auftauchte, waren sie nicht mehr voneinander zu trennen.« Er lächelte wehmütig. »Liebe auf den ersten Blick, wenn Sie mich fragen. Mein Mädchen war erst siebenundzwanzig. Das ist doch nicht sehr alt, oder?«

Greg Forrester blickte von dem Foto auf. »Das ist es mit Sicherheit nicht. Wie wäre es jetzt mit einer Tasse Tee?«

»Das ist sehr nett von Ihnen«, sagte Briggs. »Dafür wäre ich Ihnen sehr dankbar, Mr. Forrester«

»Oder wollen Sie lieber einen Kaffee?«

Bei dem Gedanken daran zeigte Briggs gespielte Entrüstung.

»Für mich Tee, bitte – ich mache mir nicht so viel aus Kaffee.«

»Ich habe im Moment keine Haushälterin«, sagte Greg,

»also muss ich ihn selbst machen.«

»Machen Sie sich meinetwegen keine Umstände«, sagte Briggs.

»Es sind überhaupt keine Umstände«, versicherte Greg. »Ich bin sehr gut im Teekochen.«

»Nun – und ich bin sehr gut im Trinken«, sagte Nonnan Briggs.

– 4 –

Greg Forrester arbeitete mit fanatischer Konzentration an dem Porträt von Alison. Die seltene ätherische Schönheit dieses Mädchens war so außergewöhnlich, dass er mit fast erschreckender Deutlichkeit wusste, dass dies das beste Porträt werden würde, das er je gemalt hatte. Er war schon immer ein fleißiger Arbeiter gewesen, aber er gab freimütig zu, dass ein Großteil der Arbeit, die er in der Vergangenheit abgeliefert hatte, lediglich dazu diente, um Geld zu verdienen. Gutes Geld, das mit routiniert angefertigten, aber brillanten Gemälden gemacht wurde, die für einen gewissen finanziellen Ertrag sorgten. Im Vergleich zu dem Porträt von Alison erschienen ihm viele seiner früheren Bilder armselig und bedeutungslos. Er war an sie alle mit der unbeschwerten Überzeugung herangegangen, Talent reiche dafür aus. Jetzt stellte er jedoch fest, dass dies völlig oberflächlich war.

Das Kleid auf dem Originalfoto, das Norman Briggs zur Verfügung gestellt hatte, war über eine kopflose Modellpuppe drapiert und Greg zeichnete anhand der drei Fotos, die auf Stühlen lagen, einen groben Umriss des geplanten Porträts.

Er war gerade dabei, die Falten des Kleides an der Modellpuppe zu adjustieren, als es an der Haustür klingelte. Greg fluchte kurz. Früher hatte er Besucher gerne willkommen geheißen und bereitwillig eine halbe Stunde lang mit einem Dutzend zufälliger Gäste Tee getrunken, geklatscht und geplaudert: Das Ende solcher Tête-à-têtes war meist dadurch markiert, dass man enttäuscht feststellte, dass alle Flaschen leer waren oder dass man gemeinsam zum Mittagessen ging. An diesem besonderen Vormittag jedoch war es ganz anders. Besucher, ob zufällige oder nicht, waren ein Störfaktor.

Jill Stewart wäre zu jeder anderen Zeit eine willkommene Abwechslung gewesen: Ihr keckes und kokettes Gesicht, ihr blasses, blaues Kleid von erfrischender Kürze, ihre tadellose Frisur und ihr offenes Interesse am anderen Geschlecht wären zu jedem anderen Zeitpunkt der beste Vorwand für einen Klatsch gewesen. In diesem Augenblick jedoch, in dem er Alison Ford malen sollte, hätte Greg sie am liebsten viele hundert Meilen weg gewünscht. Er trat einen Schritt von der groben Skizze zurück, runzelte missbilligend die Stirn und tat so, als sei er von dem Besuch begeistert. Es war eine Begeisterung, die er jedoch nicht empfand.

»Schön, Sie zu sehen, Jill«, sagte er und hoffte, dass sie es nicht bemerken würde.

Jill war einkaufen gewesen, ein Karton baumelte am Zeigefinger ihrer rechten Hand und andere kleinere Pakete und Päckchen deuteten darauf hin, dass Miss Stewart – zumindest nach außen hin – nichts dem Zufall überließ. Offensichtlich, schlussfolgerte Greg etwas sauer, war es ein erfolgreiches Jahr für Mannequins: Jedes Paket trug den Aufdruck eines anderen teureren Geschäfts im West End.

»Tagchen!«, sagte Jill arglos. Falls sie enttäuscht über Gregs mangelnden Enthusiasmus war, ließ sie es sich nicht anmerken. »Ich war einkaufen.«

Greg betrachtete den Stapel an Paketen. »Sie überraschen mich«, sagte er mit ernster Miene. »Ist denn in der Bond Street überhaupt noch etwas übrig?«

»Ein paar Kleinigkeiten«, antwortete Jill nonchalant. »Schließlich kann ich nicht völlig nackt herumlaufen – selbst die besten Mannequins müssen *etwas* tragen.«

»Sieht so aus«, sagte Greg trocken, »als ob Sie bestens dafür gesorgt hätten.«

Jill stellte ihre Pakete auf dem Boden ab und hockte sich

auf die Armlehne eines Stuhls, wobei sie erstaunlich viel Bein zeigte. »Was ist, wollen Sie mich nicht hereinbitten?«, fragte sie.

»Sie sind doch schon drinnen«, sagte Greg. Er wandte sich zielstrebig seiner Staffelei zu.

Jill Stewart, scheinbar unbeeindruckt von der mangelnden Begeisterung über ihr Kommen, sagte: »Ich nehme an, Sie haben noch keine Haushälterin gefunden.« Sie blickte mit einem kritischen Stirnrunzeln durch den Raum.

Greg spitzte mit kunstvoller Unbekümmertheit einen Bleistift an. »Ich habe noch keine gefunden, die Kaffee kochen kann. Die letzte hat sogar meinen ganzen Gin ausgetrunken, während sie ihre Gehaltsvorstellungen äußerte. Also – was kann ich für Sie tun?«

Jill nahm sich eine Zigarette und erfasste die Puppenattrappe, die Fotos und die Staffelei mit einem Blick.

»Ich muss schon sagen«, gab sie mit bewunderndem Ton von sich, »sieht alles sehr geschäftsmäßig aus.«

»Ich muss mich ranhalten«, sagte Greg, »das ist das Einzige, was mich auf Trab hält. Ich will nicht ungesellig erscheinen, aber ich habe schrecklich viel zu tun und muss um sieben Uhr in St. Albans sein.«

»In St. Albans?«

»Ja, ich esse mit meinem Bruder.«

»Ah, jetzt erinnere ich mich«, sagte Jill, »er hat doch eine Schule oder so, stimmt's?«

»Er ist Lehrer«, sagte Greg und hatte den Blick immer noch auf das Foto von Alison Ford gerichtet.

»An einem Internat für Jungen?«

»Na, an einem Mädcheninternat könnte er wohl kaum Lehrer sein, oder?«

Jill zuckte mit einer wohlgeformten Schulter. »Doch, wenn er klug ist.«

»David ist klug«, konterte Greg, »aber nicht *so* klug.«

Sie warf den Kopf zurück und lachte, dann begann sie,

ihre Pakete zu sortieren. Greg Forrester seufzte kaum merklich. Der Drang, an dem Porträt von Alison weiterzuarbeiten, überraschte ihn selbst.

Er sagte lahm: »Ich bin ziemlich beschäftigt mit einem Porträt, Jill.«

»Das sehe ich«, sagte Jill gelassen. Mit ihren Augen erfasste sie das Ergebnis der künstlerischen Arbeit. »Wer ist denn dieses glückliche Mädchen?«

»Ihr Name ist Alison Ford.«

Jill blies mit studierter Unbekümmertheit einen Rauchring aus.

»Sie malen sie nach Fotos?«

»Ja.«

»Aber wenn sie ein Porträt von sich selbst will, warum kommt sie dann nicht zu Ihnen und sitzt Modell?« Sie lächelte spitzbübisch. »Die meisten Mädchen würden darauf bestehen.«

»Wahrscheinlich«, sagte Greg etwas gereizt, »aber dieses Mädchen kann nicht kommen, sie ist bei einem Autounfall ums Leben gekommen. Ich male das Porträt für ihren Vater.«

Etwas in Gregs Stimme veranlasste Jill, ihren scherzhaften Tonfall fallen zu lassen. »Ich verstehe«, sagte sie verlegen. »Sie sah furchtbar gut aus, nicht wahr?«

Greg Forrester fand, dass Jill Stewart dies ganz ohne Neid gesagt hatte.

»Ja«, antwortete er und wurde wieder milder im Ton. »Sie war eine Freundin von Lewis – meinem Bruder.«

»Oh«, sagte Jill. Sie stand auf und ging zu der Modellpuppe hinüber. Sie befühlte kurz den Stoff des Kleides und sagte dann: »Das ist doch das Kleid auf dem Foto, nicht wahr?«

Er nickte und war mit den Gedanken woanders.

Jill begutachtete das Kleid mit einem professionellen Blick. »Es ist ziemlich hübsch«, sagte sie. »Ich kann mir vorstellen, dass es mir auch ganz gut stehen würde.«

»Dessen bin ich mir sicher«, sagte Greg, »aber bitte fassen Sie es nicht an, Jill.«

Greg Forresters Tonfall brachte Jill dazu, den Stoff loszulassen. Sie sagte: »Eine große Aufgabe, Greg?«

»Eine entsetzlich herausfordernde«, antwortete er mit dem für ihn typischen Anflug von Übertreibung.

»Aber ist es denn nicht furchtbar schwierig, nach Fotos zu malen?«

»Es ist nicht leicht«, sagte Greg mit Nachdruck. »Es erfordert eine Menge Konzentration.« Er nahm seinen Bleistift wieder in die Hand und betrachtete kritisch die grobe Skizze, die er gezeichnet hatte.

»Ich habe den Wink mit dem Zaunpfahl verstanden«, kommentierte Jill ohne Groll.

Greg drehte sich zu ihr um. »Hören Sie zu, Jill«, sagte er, »ich freue mich jedes Mal, Sie zu sehen – das wissen Sie. Aber …«

»Um es mit den Worten des Dichters zu sagen«, antwortete Jill, »verschwinden Sie!«

Beide mussten lachen.

Jill hob eines der Pakete auf und sagte: »Ich frage mich, ob Sie wohl etwas für mich tun würden, Greg.«

»Was denn?«

»Sie sagten doch, Sie würden wahrscheinlich am Wochenende nach Melford fahren.«

»Da gibt es kein »wahrscheinlich«. Ich fahre dorthin.«

»Gut«, sagte Jill. Sie balancierte das Päckchen einen Moment lang in ihrer Hand. »Henry hat am Samstag Geburtstag.«

»Ja, das haben Sie mir erzählt«, sagte Greg, »er wird vierzig.«

»Ich kann ihn an diesem Tag nicht sehen.«

»Pech für Henry«, kommentierte Greg. »Aber ich dachte, Sie geben eine Cocktailparty?«

Jill zog eine Grimasse. »Es ist wirklich ärgerlich, aber ich muss am Samstag den ganzen Tag arbeiten und wahrscheinlich auch den größten Teil des Sonntags. Das ist die Schuld meines Agenten, er hat sich einen schwachsinnigen Werbefilm ausgedacht. Ich kann mich einfach nicht freimachen. Henry ist wirklich stinksauer deswegen.«

»Wenn ich mit Ihnen verlobt wäre«, sagte Greg, »und Sie würden an meinem vierzigsten Geburtstag nicht erscheinen, wäre ich auch stinksauer.«

»Ja, furchtbar, nicht wahr?«, stimmte sie fröhlich zu und reichte ihm das Päckchen. »Das ist Henrys Geburtstagsgeschenk. Würden Sie ein Engel sein und es ihm vorbeibringen?«

»Warum schicken Sie es nicht mit der Post?«, schlug Greg abwendend vor.

»Schätzchen, es ist zerbrechlich, außerdem sind Sie keine fünf Minuten von Henrys Haus entfernt.«

»Na gut«, sagte Greg, »dann lassen Sie es bei mir.«

»Ich habe ihn heute Morgen angerufen und gesagt, dass Sie kommen«, fuhr Jill fort. »Also, vergessen Sie es nicht.«

»Das werde ich nicht.«

Ihr Blick war wieder zu dem Kleid an der Modellpuppe gewandert. »Das ist wirklich ein hübsches Kleid.«

»Ja, nicht wahr?«, sagte Greg. Er hob die anderen Pakete auf und drückte sie Jill in die Arme. »Es tut mir schrecklich leid, aber ich muss wirklich rasch weiterarbeiten.«

»Na gut«, sagte sie, »ich habe verstanden. Aber da ist noch eine Sache.«

»Was?«

Sie zögerte einen Moment und ihr Gesichtsausdruck änderte sich.

»Seien Sie vorsichtig damit, was Sie Henry erzählen.«

»Was meinen Sie damit – ich soll vorsichtig sein, was ich ihm erzähle?«

»Na, über uns. Ich meine, geben Sie ihm nicht den Eindruck, dass wir besonders befreundet sind oder so.«

Greg Forrester hob die Augenbrauen. »Aber wir sind doch auch nicht besonders befreundet.«

Sie lachte etwas verlegen. »Ja, ich weiß. Aber – na ja, Henry ist furchtbar eifersüchtig, und …« Sie sprach nicht weiter und wurde wortkarg.

»Und – was?«, fragte Greg.

»Er mag keine Künstler.«

»Ach, tatsächlich?« Greg lächelte verschmitzt. »Ich sehe schon, das ist der Beginn einer wunderbaren Freundschaft. Er glaubt doch hoffentlich nicht, dass wir beide eine Affäre miteinander haben?«

Jill zuckte unverbindlich mit den Schultern. »Wahrscheinlich schon. Er zieht oft voreilige Schlüsse.«

»Das wird ja immer besser«, bemerkte Greg. »Er ist wahnsinnig eifersüchtig, er mag keine Künstler und er denkt, dass Sie ihm untreu sind. Sie müssen schon zugeben, dass das keine sehr gute Ausgangssituation für mich ist.«

Jill lachte und machte sich auf den Weg zur Tür. Über ihre Schulter sagte sie: »Seien Sie nett zu Henry. Ich verlasse mich auf Sie, Greg.«

Als sie gegangen war, seufzte Greg Forrester und kratzte sich am Kopf. Frauen, so folgerte er, konnten manchmal ein verdammtes Ärgernis sein.

– 5 –

David Forrester stand mit dem Rücken zu Greg und schenkte zwei Gläser Sherry ein. Sie befanden sich in Davids Junggesellenbude am Ramslade College. Das Arbeitszimmer war gemütlich und so gut eingerichtet, dass es fast schon überladen wirkte. Auf dem Kaminsims standen mehrere Silberpokale, ein Tribut an die sportlichen Leistungen der Jungen, die der Lehrer Forrester trainierte. An den Wänden hingen Fotos von entschlossenen Jugendlichen in Rugby-, Fußball- und Kricket-Trikots. In der Mitte jeder Gruppe stand David Forrester, der entsprechend selbstzufrieden aussah.

Greg nahm das Glas Sherry entgegen und prostete seinem Bruder kurz zu. Dann sagte er: »Soweit ich das beurteilen kann, scheint dieser Inspektor uns ungefähr dasselbe gefragt zu haben.«

David drehte sich von der Anrichte aus um. »Dieser andere Beamte, Colby, gibt mir Rätsel auf. Er sah überhaupt nicht wie ein Polizist aus. Ich wurde einfach nicht klug aus ihm.«

»Ein mysteriöser Typ«, stimmte Greg zu. »Irgendetwas an ihm hat mich irritiert – er war so aalglatt und höflich.«

»Diese Karte, von der beide sprachen, muss ziemlich wichtig sein«, bemerkte David.

»Meinst du die mit dem Mädchen, das eine Flasche Chianti in der Hand hält? «

»Ja.«

Greg blickte nachdenklich in sein Glas. »Das hört sich nicht nach einer von Lewis' üblichen Zeichnungen an. Hat er dir jemals so etwas geschickt?«

David schüttelte nachdrücklich den Kopf. »Nicht im Entferntesten. Du weißt doch noch, was er sonst immer gemacht hat: Bilder von sich selbst, wie er sich amüsiert, wie er tanzt, schwimmt, in der Sonne badet und so weiter. Das andere klingt überhaupt nicht nach Lewis.«

»Genau das habe ich ihnen auch gesagt«, stimmte Greg zu. »Es ist verdammt merkwürdig.«

David nahm einen Schluck Sherry. »Jedenfalls«, sagte er, »habe ich diese Zeichnungen immer als eine Art privaten Scherz zwischen ihm und uns betrachtet.«

»Offenbar haben wir uns da geirrt«, sagte Greg.

»Das glaube ich nicht«, widersprach David. »Ich glaube, Layton und Colby haben sich geirrt.«

Greg setzte einen scharfen Blick auf. »Du meinst, du glaubst nicht, dass Lewis die Karte an jemanden geschickt hat?«

»Ich bin sicher, dass er es nicht getan hat«, antwortete David zustimmend.

»Das glaube ich auch«, überlegte Greg. »Ich muss sagen, dass es eher unwahrscheinlich erscheint. Wenn es ein Bild von ihm gewesen wäre, wie er aus einem Glas Chianti trinkt, würde es vielleicht Sinn machen.«

»Erzähl mir von diesem Briggs«, sagte David.

»Da gibt es nicht viel zu erzählen. Er ist ein typischer Geschäftsmann aus dem Norden. Er hat es aus eigener Kraft geschafft und ist stolz darauf. Er nennt seine Frau »Mutter« und reicht sonntags den Opferbeutel in der Kirche herum. Offensichtlich ist er ziemlich wohlhabend.«

»Was macht er beruflich?«

Greg zuckte mit den Schultern. »Das habe ich ihn nicht gefragt. Er scheint viel auf Reisen zu sein.«

»Aus dem, was du mir erzählt hast, schließe ich, dass er nicht besonders verbittert zu sein scheint.«

»Verbittert worüber?«

»Nun, wenn Lewis ihnen nicht bis nach Sorrent gefolgt wäre, wäre der Unfall nicht passiert und Alison wäre noch am Leben. Immerhin hat Lewis das Auto gefahren und man könnte es Briggs nicht verübeln, wenn er Lewis die Schuld am Tode seiner Tochter geben würde.«

»Tja«, sagte Greg, »aber ist Lewis ihnen wirklich *absichtlich* nach Sorrent gefolgt?«

»Ich glaube schon«, antwortete David. »Fenby hat mir erzählt, dass sie bei der *Gazette* nicht wussten, was er dort unten machte: Sie dachten, er sei noch in Mailand.«

»Jedenfalls«, sagte Greg, »scheint Briggs Lewis nichts übel zu nehmen. Im Gegenteil, er spricht sehr gut von ihm.«

David nickte gedankenverloren. »Gut, das zu hören. Willst du noch einen Sherry?«

»Danke, ja«, antwortete Greg. Er reichte ihm sein Glas weiter.

»Übrigens«, sagte David von der Anrichte aus, »könnte ich heute Abend bei dir schlafen? Ich habe morgen früh eine Verabredung in London. Wenn ich dort übernachten könnte, müsste ich nicht in aller Herrgottsfrühe aufstehen.«

»Ja, natürlich«, sagte Greg. »Jederzeit.«

Sie nippten fast eine Minute lang schweigend an ihrem Sherry.

»Dieses Mädchen, Alison Ford«, sagte David plötzlich, »wie sah sie aus?«

»Wenn man den Fotos glauben darf, kann ich verstehen, warum sie für Lewis so interessant war.«

»Wie alt?«

»Siebenundzwanzig.«

In diesem Moment klingelte das Telefon und David nahm den Hörer ab.

»Ja, hier ist David Forrester … Guten Abend … Ja, ich habe Ihren Brief erhalten. Wissen Sie, ich denke, Sie sollten sich vielleicht mit dem Direktor darüber unterhalten … Ja, ich bin ziemlich sicher, dass Eric es zu *Ihrer* Zufriedenheit erklärt hat – es ist bemerkenswert, wie er Dinge so – äh – beiläufig erklären kann …« David sprach nicht weiter und warf Greg einen mit merkwürdiger Bestürzung durchtränkten Blick zu. Dann fuhr er fort: »Nein, wenn Sie mich so direkt fragen: Ich glaube nicht, dass der Junge lügt, aber er hat eine sehr geschmeidige Zunge … Nun, vielleicht haben Sie es nicht so erlebt wie wir … Ehrlich gesagt, er kann sich aus allem herausreden – er ist aalglatt und sehr redegewandt – er hat die Stimme einer Nachtigall …«

Greg sah auf.

»Ja, das werde ich«, fuhr David fort. »Ich werde Ihnen schreiben. Auf Wiederhören!«

David Forrester legte den Hörer mit einem übertriebenen Seufzer auf. »Eltern!«, sagte er sarkastisch. »Sie glauben, ihre eigenen Söhne zu kennen, aber sie haben nicht einmal den Hauch einer Ahnung. Der Junge ist ein absoluter Besserwisser!«

Greg sah seinen Bruder abschätzig an. »Seltsam, dass du ausgerechnet diese Wendung gebraucht hast, David.«

»Was für einen Wendung?«

»Die Stimme einer Nachtigall. Briggs hat genau das Gleiche gesagt, als wir über Lewis gesprochen haben.«

»Und was ist daran so seltsam? Außerdem war Lewis doch gar nicht so.«

»Das hat Briggs auch nicht gesagt, er hat nur einen Vergleich gezogen.«

»Oh, ich verstehe«, sagte David und schien das Thema damit abzutun. Er sah auf seine Uhr und verglich sie mit jener über dem Kaminsims. »Ich denke, wir sollten zum Abendessen runtergehen, Greg. Ich will den Direktor nicht warten lassen.«

»Wir haben also den Direktor heute Abend bei uns?«

»Ja, heute ist so eine Art Feier zum Schulhalbjahr. Und, Greg, sei vorsichtig, wenn du wieder mit diesem surrealen Zeug anfängst …«

– 6 –

David und Greg Forrester kamen an diesem Abend erst nach elf Uhr in die Wohnung am Eaton Square zurück.

»Diese Dinnerparty war ziemlich anstrengend«, sagte Greg mit brüderlicher Offenheit. »Ich denke, ein Whisky mit Soda könnte uns helfen, sie zu vergessen.«

Er ging zur Anrichte und mixte die Getränke. Auf halbem Weg durch den Raum blieb er stehen: Alison Fords Kleid war nicht mehr auf der kopflosen Puppe. Die Fotos, die er auf einem Stuhl abgelegt hatte, waren verschwunden.

»Verdammt noch mal …!«, rief er leise aus.

David, der untätig in einer Zeitschrift geblättert hatte, blickte hoch. »Was ist los, Greg?«

»Die Fotos von Alison Ford und das Kleid, das sie trug. Sie sind verschwunden!«

»Verschwunden? Aber sie können nicht einfach …«

»Aber ich sage dir doch: Sie sind weg«, sagte Greg angespannt. »Sie waren hier, als ich ging.«

David erhob sich von seinem Stuhl und sah sich im Zimmer um. »Aber das ist doch lächerlich!«, sagte er. »Niemand ist in die Wohnung eingebrochen! Es fehlt doch sonst nichts, oder?«

Greg antwortete mit belegter Stimme: »Nein, ich glaube nicht.« Plötzlich drehte er sich zu David um. »Aber jemand muss doch eingebrochen sein! Wie zum Teufel sind das Kleid und die Fotos sonst verschwunden?« Greg ging ins Schlafzimmer und eine Sekunde später hörte David die Stimme seines Bruders. Sie klang dringlich und verzweifelt.

»David, komm rein, schnell!«

David eilte ins Schlafzimmer. Greg stand direkt in der Tür, mit einem Ausdruck des Entsetzens im Gesicht. Auf dem Boden, zwischen Tür und Bett, lag die Leiche von Jill Stewart. Es bedurfte nicht des aufgerissenen Mundes, der wild starrenden Augen und der hässlichen roten Striemen um den schlanken Hals, damit sie verstanden, dass sie erwürgt worden war.

Greg starrte die Leiche volle fünfzehn Sekunden lang an, während sich seine Lippen stumm bewegten. Dann sagte er mit erstickter Stimme: »David – sie hat das Kleid an …!«

Kapitel zwei

Auf jedem Quadratzentimeter der Wohnung – so dachte Greg Forrester etwas missmutig – schien ein Polizisten zu stehen. Ein Fotograf machte Aufnahmen von Jill Stewarts Leiche aus jedem erdenklichen Blickwinkel. Der Polizeiarzt – ein großer, dünner Mann mit einem Gesichtsausdruck des Missfallens – machte endlose Notizen. Ein uniformierter Wachtmeister stand an der Eingangstür und verweigerte den Zutritt oder das Hinausgehen.

Die Kamera blitzte noch einmal auf, und der Zivilbeamte mit der Kamera tuschelte mit dem Arzt in heimlichem Ton. Kriminalinspektor Layton stand in der Mitte des Raums und blickte weder nach rechts noch nach links. Ihn schien ein schwerwiegendes und tiefgreifendes Rätsel zu beschäftigen. Major Colby, äußerlich unbefangen und unbekümmert, schlenderte im Wohnzimmer auf und ab. Es gelang ihm, den Eindruck zu vermitteln, dass ihn die ganzen Vorgänge nicht im Geringsten interessierten.

Greg Forrester schenkte sich einen etwas stärkeren Whisky mit Soda ein als sonst und fragte sich, ob sie alle wohl die ganze Nacht über bleiben würden. Was ihn betraf, war die Situation alles andere als beruhigend. Jeden Moment, so sagte er sich, würden sie mit einer endlosen Reihe neuer Fragen kommen. Die Antworten, die er geben würde, so vermutete er, würden mit ausdrucksloser Ungläubigkeit aufgenommen werden. Jill Stewart war in seinem Schlafzimmer erdrosselt worden. Sie trug das von Norman Briggs gebrachte Kleid – jenes Kleid, das Alison Ford auf dem Foto getragen hatte. Greg Forrester hatte sich noch nie dem allgemeinen Gerede darüber angeschlossen, dass die Polizei dumm sei, und es war offensichtlich, dass sowohl Layton als auch Colby sich sehr für ihn interessierten. Er wusste, dass bald Fragen auf ihn zukommen würden, und egal, welche Antwort er geben würde, es würde die falsche sein.

Layton war der erste, der das unbehagliche Schweigen brach. Er sagte: »Es tut mir leid, dass ich immer wieder das Gleiche sage, Sir, aber es gibt da ein paar Dinge, die ich nicht ganz verstehe.«

»Es gibt eine Menge Dinge, die *ich* nicht verstehe«, erwiderte Greg mit leicht gereizter Stimme.

»Sie sagen, dass die Verstorbene ein Kleid trägt, das ihr nicht gehört?«, fragte Layton weiter.

»Ja«, sagte Greg kurz und bündig.

Layton betrachtete ihn einen Moment lang mit gesenktem Blick, dann holte er ein Stück Papier aus seiner Innentasche und studierte es eingehend. »Ein Kleid, das einer Miss Alison Ford gehört oder vielmehr *gehörte*?«

»Das habe ich doch schon alles erklärt«, sagte Greg ungeduldig. »Ich habe das mit Norman Briggs erklärt, das mit dem Kleid und den Fotos.« Er zündete sich mit einer nervösen Geste eine Zigarette an. »Offensichtlich sind meine Erklärungen nicht deutlich genug gewesen.«

Layton war unglaublich kultiviert. »Ich weiß das alles zu schätzen, Mr. Forrester«, sagte er sanft. »Aber wenn das Kleid schon hier – an der Modellpuppe – war, als Sie heute Abend das Atelier verließen, dann hat Miss Stewart es vermutlich angezogen, als sie hierher kam.«

Greg zuckte mit den Schultern. »Das muss sie wohl«, sagte er. »Aber fragen Sie mich nicht, warum.«

»Das tue ich auch nicht, Sir«, sagte Layton gelassen. »Ich werde Ihnen eine viel einfachere Frage stellen als diese. Wo ist das Kleid, das Miss Stewart getragen hat, als sie ins Atelier kam?« Er betrachtete Greg mit höflicher und wachsamer Neugierde.

»Ähm … Das weiß ich wirklich nicht«, sagte Greg lahm.

»Irgendwo muss es doch sein, Sir«, sagte Layton in vernünftigem Ton. »Es sei denn, Sie irren sich und sie trägt ihr eigenes Kleid.«

»Ich sage Ihnen: Ich irre mich nicht«, beharrte Greg gereizt. »Das Kleid war hier, auf der Modellpuppe. Es gehörte Alison Ford und Norman Briggs hat es hergebracht. Das ist die Wahrheit, ob Sie es glauben oder nicht.«

Layton blickte Greg Forrester einen Moment lang an und betrachtete dann wieder das Stück Papier. »Sie haben uns eine sehr gute Beschreibung dieses Mr. Briggs gegeben, Sir. Aber Sie haben nicht gesagt, wo wir mit ihm in Kontakt treten können.«

»Aus dem sehr einfachen Grund, dass ich es nicht weiß.«

»Hat er denn keine Adresse hinterlassen?«

»Nein.«

»Haben Sie ihn nicht danach gefragt?«

»Nein, habe ich nicht.«

»Warum nicht?

»Warum zum Teufel sollte ich?«, entgegnete Greg in einem Ton, der fast verärgert klang. »Ich bin Künstler, kein Beamter. Ich gehe nicht herum und frage die Leute, wo sie wohnen.«

»Der Inspektor will dir nur helfen, Greg«, warf David beschwichtigend ein. »Es bringt nichts, die Beherrschung zu verlieren.«

»Ich danke Ihnen, Sir«, sagte Layton.

»Es tut mir leid, Inspektor«, sagte Greg in einem ernüchterten Ton, als Major Colbys Stimme – sanft, beruhigend und überzeugend – sich in das Gespräch einbrachte. »War noch jemand hier, als Mr. Briggs vorbeikam?«, fragte er.

Greg schüttelte den Kopf.

»Nein.«

»Hat noch jemand die Fotos und das Kleid gesehen – außer Ihnen, meine ich?«

»Aber ja«, sagte Greg. »Jill – Miss Stewart hat sie gesehen.«

»Sonst noch jemand?«, fragte Colby.

Greg dachte einen Moment lang nach. »Du hast sie nicht gesehen, oder, David?«

»Nein«, sagte David, »aber du hast mir davon erzählt.«

»Sie sind also der Einzige«, sagte Colby zu Greg, »der diesen Mr. Briggs gesehen hat, und, abgesehen von Miss Stewart, der Einzige, der die Fotos und das Kleid gesehen hat?«

»Das Kleid nicht«, korrigierte Greg. Er nickte in Richtung des Schlafzimmers. »Das haben wir alle gesehen.«

»Natürlich«, sagte Colby nachdenklich. »Wie lange kannten Sie Miss Stewart schon?«

»Ungefähr drei Wochen«, sagte Greg.

Der Hauch eines Lächelns umspielte Colbys Lippen, aber seine Augen waren aufmerksam und wachsam. »Ich nehme an, Sie waren so etwas wie sehr gute Freunde?«

»Das kommt darauf an, was Sie mit sehr guten Freunden meinen«, antwortete Greg kurz.

»Nun, Sie haben sich sehr oft gesehen.«

»Natürlich. Ich habe sie gemalt. Ich male nicht mit geschlossenen Augen.«

David sprang schnell in die Bresche des Gesprächs.

»Was mein Bruder meint, ist, dass er ein professioneller Künstler ist und Miss Stewart ein professionelles Modell war.«

»Verstehe«, sagte Colby unwirsch. Er wandte sich an Greg. »Das wollten Sie also damit sagen, Mr. Forrester?«

»Ganz genau«, antwortete Greg.

»Wann haben Sie Miss Stewart zuletzt gesehen?«

»Das sagte ich doch schon. Heute Nachmittag. Sie kam vorbei, kurz bevor ich nach St. Albans fuhr.«

»Hatten Sie sie erwartet?«, fragte Layton.

»Nein.«

»Warum ist sie dann vorbeigekommen?«

Greg seufzte. »Ihr Verlobter hat am Samstag Geburtstag

und sie hat mich gebeten, ihm ein Geschenk zu überbringen.«

Layton klang überrascht. »Ihr Verlobter?«

»Ja. Sie war verlobt mit einem Farmer namens Henry Carmichael. Er lebt in einem Ort namens Upper Netherington in Berkshire. Ich habe ein Cottage etwa drei Meilen von dort entfernt. Ich wollte am Wochenende dorthin fahren und Miss Stewart bat mich, ihm das Geschenk vorbeizubringen.«

»Warum hat sie es nicht selbst abgeliefert?«, fragte Colby.

Greg zuckte mit den Schultern. »Sie sagte, sie müsse über das Wochenende arbeiten und könne nicht weg.«

Colby sagte langsam: »Ich verstehe.«

Er klang nicht ganz überzeugt. Seine Stimme war so freundlich und weltgewandt wie immer, aber Greg Forrester glaubte, einen deutlichen Verdacht in seinen Augen zu erkennen.

»Ist dieser Mr. Carmichael ein Freund von Ihnen?«, fragte Colby.

»Nein, wir sind uns noch nie begegnet.«

»Aber Sie sollten das Geschenk überbringen?«

»Nun ja«, sagte Greg, »ich konnte es kaum ablehnen. Miss Stewart hatte eine sehr überzeugende Art, wissen Sie.«

Colbys Lippen verzogen sich zu dem Anflug eines Lächelns. »Das kann ich mir vorstellen«, sagte er. »Haben Sie das Geschenk zufällig noch?«

»Ja, natürlich«, sagte Greg. Er ging zu dem kleinen Tisch neben dem Kamin, nahm das Päckchen und reichte es Colby.

Colby nahm ein Taschenmesser und schnitt die Schnur durch. Unter dem braunen Papier befand sich ein schlichtes Holzkästchen. Colby nahm den Deckel ab, tauchte seine Hand in eine Schicht aus Sägemehl und holte eine Flasche heraus. Colby balancierte sie einen Moment lang in seiner Hand und runzelte leicht die Stirn.

Es war eine Flasche Chianti.

Colby drehte sich zu Layton um und hielt die Flasche mit dem Etikett nach oben.

»Kennen Sie diese Firma?«, fragte er. Layton untersuchte das Etikett sorgfältig.

»*Nachtigall und Sohn*«, las er. »Nein, ich habe noch nie davon gehört.«

Kapitel drei

– 1 –

Es herrschte eine peinliche Stille, die durch Colbys Worte unterbrochen wurde: »Ein ziemlich ungewöhnliches Geburtstagsgeschenk, Mr. Forrester.«

Layton runzelte leicht die Stirn, als er die Flasche betrachtete.

»Und das ist das Geschenk, von dem Miss Stewart Sie bat, es ihrem Verlobten zu überbringen?«

»Das habe ich Ihnen doch bereits gesagt«, erklärte Greg müde, »Henry Carmichael ist ein Farmer aus Upper Netherington. Mein Cottage liegt ganz in der Nähe seines Anwesens.«

»Und trotzdem sind Sie Mr. Carmichael nie begegnet?«, fragte Colby.

»Nein. Ehrlich gesagt kenne ich nur sehr wenige Leute aus der Gegend.«

»Mein Bruder nutzt das Haus nur gelegentlich am Wochenende«, fügte David hinzu.

»Ich verstehe«, sagte Colby. Er wandte sich an David. »Benutzen Sie es manchmal, Sir?«

David schien von der Frage leicht überrascht zu sein. »Ich habe es gelegentlich benutzt.«

»Fahren Sie heute Abend noch zurück nach St. Albans, Mr. Forrester?«, fragte Layton.

»Nein«, sagte David. »Ich bleibe die Nacht hier. Ich habe morgen einen Termin in London.«

»Sind Sie deshalb mit Ihrem Bruder zurückgekommen?«, hakte Layton nach.

»Ja. Ich habe Greg von dem Termin erzählt und er sagte,

ich könne bei ihm übernachten.«

Layton nickte scheinbar zufrieden. Er sah David immer noch aufmerksam an und sagte dann: »Stimmt es, dass Sie Miss Stewart nie richtig kennengelernt haben, Sir?«

»Das ist richtig, aber ich habe sie einmal gesehen.«

»Wann war das?«

»An dem Tag, als ich hörte, dass Lewis bei einem Autounfall ums Leben gekommen war. Ich kam, um Greg die Nachricht zu überbringen. Miss Stewart wollte gerade gehen, als ich kam.«

»Hat Ihr Bruder sie Ihnen gegenüber jemals erwähnt?«

David schüttelte den Kopf. »Nicht, dass ich wüsste.«

»Und Sie haben keinen Grund zu glauben«, fuhr Layton fort und wählte dabei seine Worte sorgfältig, »dass Ihr Bruder und Miss Stewart etwas anderes waren als berufliche Bekannte?«

»Überhaupt keinen Grund«, sagte David, eine Spur zu schnell.

Greg wandte sich wütend an Layton. »Wenn Sie irgendwelche Fragen zu meiner Beziehung zu Miss Stewart haben«, sagte er eisig, »wären Sie vielleicht so freundlich, sie an mich zu richten, Inspektor?«

»Wenn ich mich nicht sehr täusche, Mr. Forrester«, wandte Layton bedächtig ein, »wird man Ihnen noch viele Fragen über Ihre Beziehung zu Miss Stewart stellen. Mein Rat an Sie, Sir, ist, höflich zu bleiben und die Wahrheit zu sagen.«

»Was die Wahrheit betrifft, so wird mir das nicht schwer fallen«, erwiderte Greg. »Bei der Höflichkeit kann ich das aber nicht garantieren.«

Colby sagte freundlich: »Ich glaube, Ihnen ist nicht ganz bewusst, dass Sie sich in einer ziemlich unglücklichen Lage befinden, Mr. Forrester.«

»Das ist mir nur zu gut bewusst!«

»Ich habe eine gewisse Erfahrung mit Künstlern und …«

»Oh, mein Gott«, sagte Greg, »wahrscheinlich wollen Sie

mir jetzt einen Vortrag über das Temperament von Künstlern halten!«

»Meine Erfahrung ist«, fuhr Colby fort und ignorierte die Bemerkung, »dass sie unter bestimmten emotionalen Umständen unweigerlich das Falsche sagen. Das Falsche kann zu gefährlichen Konsequenzen führen, Mr. Forrester – vor allem in einem Mordfall.«

»Nun hören Sie mal«, sagte Greg und in seine Stimme mischte sich wieder Besorgnis, »ich möchte weder das Falsche sagen noch unhöflich sein. Die Sache ist doch wirklich sehr simpel.«

»Es freut mich, dass Sie so denken«, murmelte Colby.

»Vielleicht möchten Sie mir verraten, inwiefern sie simpel ist.«

»Jemand hat Jill Stewart ermordet«, sagte Greg jetzt vernünftiger. »Es ist Ihre Aufgabe, herauszufinden, wer sie ermordet hat – und ich glaube nicht, dass Sie das werden, wenn Sie mir eine Menge sinnloser Fragen stellen.«

»Ach nein?«, sagte Colby freundlich. »Was schlagen Sie dann als Alternative vor?«

»Zunächst einmal schlage ich vor, dass Sie herausfinden, wann sie ermordet wurde.«

»Wir wissen, wann sie ermordet wurde«, sagte Colby beherrscht. »Ungefähr um halb acht heute Abend. Wo waren Sie übrigens um halb acht?«

»Auf dem Weg nach St. Albans«, sagte Greg.

»Mit Ihrem Wagen?«

»Ja.«

»Alleine?«

»Ja.«

»Danke«, sagte Colby. »Noch mehr gute Vorschläge?«

Greg Forrester sagte nichts.

Colby fuhr fort: »Dann schlage ich vor, dass wir dieses Gespräch morgen früh in Scotland Yard fortsetzen.«

»Meinetwegen«, sagte Greg mit entmutigter Stimme.

»Ist neun Uhr zu früh für Sie?«

Greg Forrester lächelte. »Ich glaube nicht, dass ich verschlafen werde«, sagte er.

– 2 –

Das Büro von Major Colby bei New Scotland Yard war von eindrucksvoller Eleganz. Das einzige funktionale Möbelstück war ein großer Stahlschrank in einer Ecke des Raums.

Colby passte perfekt in das Büro. Sein nüchterner, gut geschnittener grauer Anzug passte ihm, als sei es eine makellose Uniform. Er saß gerade entspannt in einem bequemen Stuhl, blätterte in einem dicken Aktenbündel und machte sich eine Randnotiz, als Layton hereinkam. Der Kriminalinspektor trug die Chianti-Flasche, die ohne Korken und Etikett war. Das Etikett klebte auf einer kleinen Glasplatte, die einem Objektträger ähnelte.

Layton stellte die Flasche, den Korken und das Etikett auf Colbys Schreibtisch und stand erwartungsvoll da.

Colby sah auf und sagte: »Ist Turner fertig?«

»Ja«, sagte Layton, »er hat den Korken, die Flasche und das Etikett geprüft.«

»Was ist mit dem Wein?«

»Der muss in Ordnung gewesen sein«, sagte Layton trocken. »Er hat das meiste davon getrunken.«

Colby erhob sich von seinem Schreibtisch und schlenderte zum Kaminsims hinüber. »Für mich sieht es so aus«, meinte er, »als wären wir auf dem falschen Dampfer.«

»Da bin ich mir nicht so sicher«, sagte Layton. »Ich bin schon gespannt auf diese *Nachtigall*-Leute.«

»Sie meinen die Weinimporteure?«

»Sie stehen nicht im Telefonbuch und niemand scheint jemals von ihnen gehört zu haben.«

Colby ging zum Schreibtisch hinüber und nahm das Etikett der Chianti-Flasche in die Hand.

»Seltsam«, sagte er. »Gehen Sie der Sache weiter nach.«

Er blickte auf seine Uhr. »Forrester sollte längst hier sein. Es ist schon fast halb zehn.«

»Er ist im Vorzimmer«, sagte Layton. Colby nickte. »Gut. Schicken Sie ihn herein.«

Als Layton das Büro verließ, klingelte das Telefon auf Colbys Schreibtisch.

»Jackson hier, Sir«, sagte die Stimme am anderen Ende. »Wir haben das Mädchen überprüft, Sir. Sie hieß Briggs, aber sie hat unter dem Namen Alison Ford gearbeitet.«

»Aha«, sagte Colby, »sonst noch was?«

»Nicht viel, Sir«, antwortete Jackson. »Sie war ein Jahr auf der Royalen Schauspielschule, war sechs Monate bei einem Repertoiretheater und hatte noch ein paar andere Gelegenheitsjobs.«

Colby sagte: »Danke, Jackson.« Er legte gerade den Hörer auf, als Layton Greg Forrester in das Büro führte. Colby war freundlich und wirkte beruhigend auf seinen Gast. Er deutete auf einen gemütlich aussehenden Ledersessel. »Setzen Sie sich und machen Sie es sich bequem.«

Greg setzte sich auf die Kante des Sessels und beobachtete Colby wachsam.

»Nun, Sir«, fuhr Colby mit derselben freundlichen Stimme fort, »Inspektor Layton und ich sind Ihre Aussage von gestern Abend nochmals durchgegangen und es gibt da ein paar Punkte ...«

»... die Sie nicht ganz verstehen«, unterbrach Greg mit kaum verhohlener Ironie.

»Das wollte ich nicht sagen«, sagte Colby. »Ich wollte andeuten« – er hielt inne und sah Greg scharf an – »dass es da ein paar Punkte gibt, die Sie vielleicht *überdenken* möchten.«

»Die Aussage, die ich gestern Abend gemacht habe, war in jedem Detail wahr«, erwiderte Greg kurz und bündig. »Warum sollte ich sie ändern wollen?«

Colby hockte sich auf die Schreibtischkante und hantierte einen Moment lang mit einem Brieföffner. »Sie halten also immer noch an Ihrer Geschichte über das Kleid, die Fotos und den geheimnisvollen Mr. Briggs fest?«

»An Mr. Briggs war nichts auch nur im Entferntesten Geheimnisvolles«, entgegnete Greg. »Er war ein ganz normaler Geschäftsmann, der wollte, dass ich ein Porträt von seiner Tochter male.« Er blickte Colby herausfordernd an, in der Erwartung, dass er diese Aussage hinterfragen würde.

Colby spielte weiter geistesabwesend mit dem Brieföffner.

»Und?«, fragte Greg.

Colby schüttelte den Kopf. »Das sehe ich nicht so«, sagte er. »Wenn Ihre Geschichte wahr ist, dann ist Briggs' Tochter bei einem Autounfall ums Leben gekommen, den Ihr Bruder verursacht hat. Briggs wusste das – er muss es gewusst haben.« Er beobachtete Greg genau, aber seine Stimme war so höflich wie immer. »Kommt es Ihnen unter diesen Umständen nicht ein wenig seltsam vor, dass er ausgerechnet Sie bat, das Porträt zu malen?«

Greg zuckte mit den Schultern. »Ich kann nur sagen, dass er es getan hat.«

Colby lächelte etwas grimmig. »Dann war er kein gewöhnlicher Mann, Mr. Forrester.«

Greg setzte sich in seinem Stuhl nach vorne und sah Colby stirnrunzelnd an.

»Was genau meinten Sie, als Sie sagten, dass mein Bruder den Unfall verursacht hat?«

»Er ist mit über sechzig Meilen pro Stunde auf einer der gefährlichsten Straßen Europas gefahren«, erklärte Colby.

»Mein Bruder war ein sehr guter Fahrer«, erwiderte Greg abwehrend.

»Daran habe ich keinen Zweifel«, sagte Colby trocken. »Aber es gibt etwas, das Sie wissen sollten: Er hatte viel zu viel getrunken.«

»Verdammter Unsinn«, rief Greg lautstark erregt. »Wenn Sie erwarten, dass ich das glaube …«

»Es ist aber wahr«, sagte Colby emotionslos. »Ich nehme an, Ihr anderer Bruder hat davon gehört.«

»David?«

Colby nickte. »Er war doch in Italien. Kurz nach dem Unfall war das allgemeiner Klatsch und Tratsch vor Ort.«

»Aber das ist unglaublich«, sagte Greg verwirrt. »Verdammt nochmal, Lewis hat doch fast nie etwas getrunken. Ich selber konnte ihn nur ganz selten dazu bewegen, mit mir einen Drink zu nehmen.«

»Dennoch hatte er zu jenem Zeitpunkt etwas getrunken – und zwar ziemlich viel.«

Greg strich sich nachdenklich über das Kinn. »Nun, wenn das stimmt und Biggs davon wusste«, sagte er langsam, »dann muss ich zugeben, dass es ziemlich merkwürdig ist, dass er ausgerechnet mich bat, das Porträt von Alison zu malen.«

»Da stimme ich Ihnen zu«, sagte Colby. Er stand vom Schreibtisch auf und blickte auf Greg herab. »Ich möchte Ihnen drei sehr offenen Fragen stellen. Wahrscheinlich werden sie Ihnen nicht gefallen. Aber ich möchte, dass Sie ehrlich zu mir sind.«

»Also?«

Colbys Stimme wurde durchdringend und hart.

»Hatten Sie eine Affäre mit Jill Stewart?«

»Nein«, sagte Greg. »Hatte ich nicht.«

»Hatte sie einen Schlüssel zu Ihrer Wohnung?«

»Na hören Sie mal …«

»Bitte beantworten Sie meine Frage, Mr. Forrester.«

Irgendetwas in Colbys Tonfall überzeugte Greg davon, dass ihm weder der Versuch, der Frage auszuweichen, noch ein Anfall von Wut etwas nützen würden. Dann sagte er: »Nein, sie hatte keinen Schlüssel zu meiner Wohnung.«

»Haben Sie sie ermordet?«, stieß Colby seine letzte Frage mit der Präzision eines Maschinengewehrs heraus.

»Nein«, antwortete Greg sofort.

»Danke«, sagte Colby. Er ging zurück zum Schreibtisch

und drehte sich ganz beiläufig um. »Ach, da ist noch ein kleiner Punkt. Sagt Ihnen der Name ›Nachtigall‹ etwas?«

Greg sah Colby ausdruckslos an. »Gar nichts.«

Colby deutete auf die Chianti-Flasche. »Auf dem Etikett steht *Nachtigall und Sohn*«, sagte er.

»Das sagt mir trotzdem nichts«, sagte Greg. »Ich habe noch nie davon gehört. Ich kannte vor etwa zehn Jahren einen Kerl namens Nachtigall, aber soweit ich mich erinnere, betrieb er ein Fotogeschäft in Manchester. Er hatte mit Sicherheit nichts mit Wein zu tun – ich bezweifle, dass er überhaupt wusste, was Chianti ist.«

Colby nickte unbeteiligt. »Es hat mich nur interessiert«, sagte er.

Greg antwortete: »Aber was haben eine Flasche Chianti und der Name Nachtigall mit dem Mord an Jill Stewart zu tun?«

Colby blickte angespannt zu ihm hoch. »Eine ganze Menge, Mr. Forrester«, sagte er, »wenn ich mich nicht sehr irre.«

– 3 –

Greg Forrester kehrte in nachdenklicher Stimmung in die Wohnung zurück. Colby war trotz seines ungezwungenen und lockeren Auftretens offensichtlich kein Dummkopf, sondern ein kluger Mann und, wenn es sein musste, ein völlig rücksichtsloser. Colby, so erkannte Greg, war ein Mann mit unbegrenzten Reserven an Geduld und Ausdauer.

David kam aus einem der Schlafzimmer, mit Hut und Mantel in der Hand. Er rief Greg zu: »Ich will gerade gehen. Wie ist es dir ergangen?«

Greg zuckte mit den Schultern. »Es hätte schlimmer sein können, man hat mich jedenfalls noch nicht eingesperrt. David, ich möchte mit dir reden, bevor du gehst.«

David sah auf seine Uhr. »Kann das nicht warten? Ich habe um halb elf einen Termin. Jetzt ist es Viertel nach.«

»Was ich zu sagen habe, dauert nur ein paar Minuten.«

David legte seinen Mantel auf einen Sessel. »In Ordnung, was gibt es?«

»War Lewis betrunken?«, fragte Greg unverblümt.

»Was meinst du?«

»Du weißt, was ich meine. War er in der Nacht des Unfalls betrunken?«

David zögerte einen Moment und sah seinen Bruder mit gesenktem Blick an.

»Na?«

»Er hatte sicher ein paar Drinks intus«, sagte David langsam. »Daran besteht kein Zweifel.«

»Warum hast du mir das nicht gesagt?«

David machte eine kleine Geste. »Was hätte das gebracht? Ich wusste, dass es dich nur verärgert hätte.«

Greg begann, im Zimmer auf und ab zu gehen. »Aber ich verstehe das nicht! Verdammt noch mal, Lewis war kein Trinker. Er hat vielleicht ab und zu ein Bierchen getrunken, aber nach allem, was ich gehört habe, war er nachts völlig betrunken. Hört sich das für dich nach Lewis an?«

»Nein«, sagte David langsam.

»Was zum Teufel ist dann in dieser Nacht passiert?«

»Wer hat dir davon erzählt?«, fragte David.

»Colby. Ich habe ihm gesagt, dass Lewis ein erstklassiger Fahrer war, der fast nie etwas trank. Colby sagte nur, dass er aus zuverlässiger Quelle wisse, dass Lewis in dieser Nacht stockbetrunken war.«

David sagte langsam: »Das deckt sich mit dem, was ich gehört habe. Als Fenby und ich in Sorrent ankamen, war die Sache in aller Munde. Einige Leute sagten, Lewis sei zwei Tage durchgängig betrunken gewesen. Es ging auch das Gerücht um, er habe sich mit irgendeinem Mädchen gestritten.«

»Das kann nur Alison gewesen sein«, sagte Greg schnell.

David zuckte mit den Schultern. »Das weiß ich nicht. Fenby und ich hätten uns genauer danach erkundigen sollen. Aber wir haben beschlossen, die ganze Sache auf sich beruhen zu lassen. Ob das richtig war oder falsch, sei dahingestellt. Betrunken oder nüchtern, mit oder ohne Mädchen, wir konnten Lewis nicht wieder lebendig machen.«

»Gab es keinen Zweifel daran, dass es überhaupt Lewis war?«

»Überhaupt keinen Zweifel.«

Greg sah seinen Bruder scharf an. »Aber als du zurückkamst, sagtest du mir, der Wagen sei völlig ausgebrannt.«

David nickte zustimmend mit dem Kopf. »Es war ganz sicher Lewis. Es war sein Bentley. Kennzeichen TPE 246. Jedenfalls haben Fenby und ich ihn beide identifiziert. Fenby hat mich übrigens angerufen: Er will dich sprechen.«

»Ich will keine Zeitungsleute sehen«, sagte Greg kurz.

»Stell dich nicht so an«, drängte David. »Fenby ist ein Freund von uns. Du musst mit ihm sprechen.«

»Warum?«, fragte Greg mit entmutigendem Ton.

David legte seinem Bruder eine Hand um den Arm. »Sieh mal«, argumentierte er, »du steckst in der Klemme und es ist nicht gut, die Presse zu verärgern. Mein Rat an dich ist, Fenby die ganze Geschichte zu erzählen. Glaub mir, das ist das Einzige, was du tun kannst.«

»Na gut«, sagte Greg müde.

David warf noch einen Blick auf seine Uhr. »Tut mir leid, Greg«, sagte er, »ich muss jetzt wirklich gehen.«

»Einen Augenblick noch«, antwortete Greg, »Erinnerst du dich an den Anruf gestern Abend – an den, in dem es um einen der Jungs aus deiner Schule ging?«

David sah verwirrt aus. »Was ist damit?«

»Du hast eine Formulierung benutzt – eine ziemlich seltsame Formulierung, wie ich dachte. Du sagtest, er hätte die Stimme einer Nachtigall.«

»Ja, jetzt, wo du es sagst, erinnere ich mich. Du hast doch gesagt, dass Norman Briggs dieselbe Wendung benutzt hat.«

»Genau«, sagte Greg leise. »Der Name ›Nachtigall‹ stand auf dem Chianti, den Jill Stewart mir gegeben hat – *Nichtigall und Sohn.*«

»Und, was ist damit?«

»Kommt dir das nicht wie ein merkwürdiger Zufall vor?«

David sah nachdenklich aus. »Sieht wohl so aus. Aber es ist nur ein Zufall, es kann nichts anderes sein. Hast du es Colby gegenüber erwähnt?«

»Nein«, sagte Greg.

»Aber warum nicht? Wenn du es für so wichtig hältst, solltest du es ihm sagen.«

»Hast du etwas dagegen?«

»Nein, natürlich nicht. Warum sollte ich?«

David nahm seinen Mantel und öffnete die Haustür. Dort stand ein Mann, der gerade klingeln wollte. Er war um die vierzig, hatte ein starkes Charisma, ein gerötetes Gesicht und war kräftig gebaut. Er trug einen gut geschnittenen Anzug mit Karomuster und hatte eine Zeitung in der Hand. Es war sowohl für Greg als auch für David offensichtlich, dass er sich in einem gewaltigen, feurigen Erregungszustand befand.

Der Mann streckte David die Zeitung entgegen. »Sind Sie Forrester?«, fragte er aggressiv.

»Ja«, sagte David, »was kann ich …?«

»Sie Schwein!«, rief der Mann und schlug mit seiner Faust zu, die so groß war wie eine kleine Schinkenkeule.

David bewegte seinen Kopf gerade noch rechtzeitig weg, so dass der Hieb ihn an der Seite des Halses traf. Sein Angreifer trat mit erhobener Faust vor, um David einen weiteren Schlag zu versetzen. »Ich breche Ihnen das Genick, Sie Bastard!«, schnaubte er mit zusammengebissenen Zähnen.

In dem Kampf hatte sich Davids Brille gelöst und war zu Boden gefallen. Der Mann bewegte sich wieder auf ihn zu. In seinen Augen loderte es vor Wut.

»So«, spuckte er aus, »jetzt werde ich …«

Greg kam schnell durch die Tür, ergriff die Faust und drehte sie dem Mann geschickt hinter den Rücken.

»Wer zum Teufel sind Sie?«, fragte der Mann, der in

Gregs Griff zappelte.

»Das kann ich Sie auch fragen!«, keuchte Greg, »Wer zum Teufel sind Sie?«

»Henry Carmichael.«

Greg ließ ihn los.

»Henry Carmichael?«

»So ist es«, krächzte der Mann und näherte sich wieder David.

»Moment mal«, unterbrach Greg. Er sah zu David hinüber, der vorsichtig seinen Nacken abtastete. »Ich fürchte, Sie haben auf den falschen Mann eingedroschen, Mr. Carmichael. Greg Forrester bin ich.«

Carmichael drehte sich zu ihm um. »Dann sind Sie also der verdammte Mörder!«, schrie er. »Na warte …«

»Jetzt warten Sie mal«, sagte Greg. »Ich habe niemanden ermordet. Ich weiß, dass Jill hier gefunden wurde, und ich weiß genau, was Sie denken, aber Sie irren sich.«

Carmichael blickte ihn finster an, wobei er seine Fäuste ballte und wieder löste. »Was zur Hölle hat sie hier gemacht?«

»Das weiß ich genau so wenig wie Sie«, sagte Greg. »Vielleicht noch weniger. Zumal ich sowohl für die Polizei als auch für Sie der Hauptverdächtige bin.«

»Mein Bruder sagt die Wahrheit«, warf David ein.

Carmichael beäugte die beiden Brüder abwechselnd.

»Was zum Teufel geht da überhaupt vor?«, fragte er. »In dieser Zeitung steht, dass Jill eine Freundin von Ihnen war und dass sie oft …«

»Es ist mir egal, was in der Zeitung steht!«, unterbrach Greg. »Ich sage Ihnen die Wahrheit, ob Sie es glauben oder nicht. Ich habe Jill nicht ermordet! Wenn Sie sich jetzt beruhigen und sich zivilisiert verhalten, dann erzähle ich Ihnen, was ich über diese Sache weiß.«

»Also gut«, sagte Carmichael mürrisch, »lassen Sie hören.« Sein Gesicht war immer noch tiefrot und er atmete schwer. »Ich bin gespannt.«

»Ich nehme an«, sagte Greg vorsichtig, »dass Sie – wie alle anderen auch – denken, ich hätte eine Affäre mit Ihrer Verlobten gehabt?«

Carmichael starrte ihn an. »Und, haben Sie nicht?«

»Habe ich nicht«, sagte Greg ruhig. »Hat Jill Ihnen gegenüber diesen Eindruck vermittelt?«

»Nun, nicht direkt, aber …«

»Hat sie oder hat sie nicht?«

»Nein«, gab Carmichael fast widerstrebend zu.

»Und trotzdem«, sagte Greg, »nehmen Sie einfach an, dass wir eine Affäre hatten. Eine ziemlich vorschnelle und unbedachte Annahme, unter den gegebenen Umständen.«

»Reden Sie bloß nicht so gescheit daher«, sagte Carmichael unfreundlich. »Sie sind Maler und sie war Modell. Sie wurde in Ihrem Schlafzimmer gefunden. Wissen Sie, ich bin kein Vollidiot.«

Greg betrachtete Carmichael vorsichtig. Sein Gesicht war immer noch rot und er ballte und löste immer wieder seine Fäuste.

»Niemand hat gesagt, dass Sie ein Vollidiot sind«, sagte Greg beschwichtigend.

Carmichael sah ihn mit gesenkten Augenbrauen an. »Ach, nein?«, begann er angriffslustig. »Dann lassen Sie mich Ihnen sagen, dass …«

»Hören Sie«, sagte Greg und klang dabei wie ein Vater, der ein widerspenstiges Kind zurechtweist, »wollen wir den Tatsachen nicht ins Auge sehen? Wenn ich eine Affäre mit Ihrer Verlobten gewollt hätte, wäre das gar nicht so schwierig gewesen.«

Die Adern auf Carmichaels Stirn traten hervor. »Jetzt hören Sie mal, Forrester …«

»Trotzdem«, fuhr Greg fort, als hätte er die Unterbrechung nicht gehört, »hatte ich keine Affäre mit ihr – aus einer Vielzahl von Gründen.«

»Nennen Sie mir einen!«

Greg sah Carmichael unverwandt an. »Ich wusste, dass sie verlobt war und heiraten wollte«, sagte er.

Carmichael starrte ihn ungläubig an. »Hat Jill Ihnen das erzählt?«

Greg nickte. »In der Tat, das hat sie.«

»Also gut«, sagte Carmichael zähneknirschend, »lassen Sie Ihre Geschichte hören.«

So wie er dastand, war er jederzeit zu einer Auseinandersetzung bereit. Ein unpassendes Wort von mir, dachte Greg Forrester, und er dreht durch. In Anbetracht der Indizien konnte man es ihm auch kaum verdenken.

Greg wählte seine Worte mit Bedacht. »Ich hatte mit meinem Bruder in St. Albans zu Abend gegessen«, sagte er. »Nach dem Essen kamen wir beide zurück ins Atelier. Als wir hier ankamen, fanden wir Jill im Schlafzimmer.« Er hielt inne und versuchte, diesem angespannten und feindseligen Gesicht einen Ausdruck der Ermutigung zu entlocken. »Sie war erdrosselt worden. Das konnten wir auch ohne Scotland Yard feststellen.«

Henry Carmichaels Blick verriet immer noch seine ausdrückliche Abneigung.

»Sie trug ein Kleid, das ihr nicht gehörte«, fuhr Greg mit derselben ausdruckslosen Stimme fort, »es war ein Kleid, das ich gemalt hatte. Es gehörte einem Mädchen namens Alison Ford.« Er hielt inne und sah Henry Carmichael aufmerksam an.

»Warum sollte Jill das Kleid von jemand anderem tragen?«

»Das weiß ich nicht«, sagte Greg.

»Und wie ist sie in die Wohnung gekommen?«, fragte Carmichael.

»Auch das weiß ich nicht.«

»Hatte sie einen Schlüssel?«

»Nein, natürlich nicht.«

Carmichael blickte Greg misstrauisch an. »Sie sagen, Jill hat Ihnen erzählt, dass sie und ich verlobt sind?«

»Ja. Außerdem hätte ich am Samstag bei Ihnen vorbeikommen sollen. Jill hat Ihnen das doch gesagt.«

Einen Moment lang sah Carmichael verwirrt aus. »Was hat sie?«

»Sie hat Sie angerufen und Ihnen gesagt, dass ich am Samstag vorbeikomme«, sagte Greg.

»Davon höre ich zum ersten Mal«, sagte Carmichael.

»Aber Sie muss es getan haben«, beharrte Greg. »Sie bat mich, ein Geburtstagsgeschenk für Sie zu überbringen.«

»Ein Geburtstagsgeschenk?«

»Ja, eine Flasche Chianti.«

»Meinen Sie damit«, sagte Carmichael langsam, »dass Jill Ihnen gesagt hat, ich hätte Geburtstag?«

»Haben Sie denn am Samstag nicht Geburtstag?«

»Nein«, schnappte Carmichael. »Mein Geburtstag ist im September. Und Jill hätte mir auch niemals eine Flasche Wein geschickt.«

»Warum nicht?«

»Sie wusste ganz genau, dass ich dieses eklige Zeug nie anrühre«, sagte Carmichael und war sich seines Triumphs bewusst. »Ich bin völlig abstinent. Ich trinke niemals irgendeine Art von Alkohol.«

Kapitel vier

– 1 –

Greg Forrester wanderte ziellos im Atelier umher. Er kochte sich eine Kanne Kaffee, ließ ihn kalt werden und schob die Tasse nach einem Schluck prompt weg. Schließlich drückte er seine Zigarette in einem überfüllten Aschenbecher aus und steckte sich eine neue an.

Sein Mund war vom vielen Rauchen ganz ausgetrocknet. Wie er sich eingestehen musste, hatte er es mit der Angst zu tun bekommen.

Henry Carmichael stellte eine zusätzliche Komplikation dar. Er war zu Recht misstrauisch gegenüber Greg. Er verdächtigte ihn nicht nur, eine Affäre mit seiner Verlobten zu haben, sondern auch, sie ermordet zu haben. Drei Personen – Colby, Layton und Carmichael – schienen der Meinung zu sein, dass Greg ein Sexualmörder war, obwohl Layton und Colby dies bisher nur auf die netteste Art und Weise angedeutet hatten. Carmichael war da nicht so zimperlich gewesen.

Alles deutete darauf hin, dachte Greg mürrisch, dass in mindestens einer der Sonntagszeitungen ein ganzseitiger Artikel erscheinen würde. Das Klingeln des Telefons durchbrach seine düsteren Gedanken. Nach kurzem Zögern hob er den Hörer ab und hörte eine abgehackte, schrille Stimme mit Cockney-Einschlag.

»Mr. Forrester?«, hieß es.

»Ja. Wer ist da?« Gregs Tonfall war schroff bis hin zur Unhöflichkeit.

»Mein Name ist Reg Dorking. Ich glaube, wir sind uns noch nie begegnet.«

»Stimmt«, sagte Greg entmutigend. »Was wollen Sie?«

»Es geht nicht darum, was *ich* will«, sagte die Stimme mit leicht vertrautem Tonfall, »es geht darum, was *Sie* wollen.«

»Wenn Sie ein Reporter sind, habe ich nichts zu sagen.«

Ein kurzes Lachen ertönte in der Leitung. »Kein Kommentar, was? Ich kann Sie beruhigen, alter Junge, ich habe mit Zeitungen nichts am Hut«, sagte er mit einem Anflug von respektvoller Entrüstung. »Wie kommen Sie darauf, dass ich ein Reporter bin?«

»Also, wer sind Sie?«, fragte Greg gereizt.

»Kennen Sie die Fullham Road, Mr. Forrester?«

»Natürlich kenne ich sie. Warum?«

»Mein Laden liegt an der Ecke zur Chartwell Street«, fuhr Dorking das Gespräch fort. »Sie können ihn nicht verfehlen. Reg Dorking. Gebrauchtwagen. Garantiert günstige Konditionen, Ratenzahlung über fünf Jahre.«

»Sehr interessant«, sagte Greg gleichgültig. »Aber leider bin ich an keinem Gebrauchtwagen interessiert.«

»Ich denke, dieser hier wird Sie interessieren«, sagte Dorking voller Zuversicht. »Es ist ein Bentley-Continental-Modell. Ein wunderschönes Gefährt.« Er hielt einen Moment lang inne und fügte dann als Nachsatz hinzu: »Kennzeichen TPE 246.«

»Sagten Sie TPE 246?«, fragte Greg verwirrt.

»Stimmt genau, alter Junge. Immer noch kein Interesse?«

»Aber das ist doch unmöglich!«, platzte es aus Greg heraus.

»Mein Bruder hatte ein Auto mit dieser Nummer.«

»Nichts ist unmöglich«, sagte Dorking unwirsch. »Kommen Sie heute Nachmittag vorbei, alter Junge. Sie haben sich doch die Adresse gemerkt, oder?«

Man hörte, wie eingehängt wurde. Das Gespräch war zu Ende.

– 2 –

Die Stimme von Dorking hatte in Greg Forrester sofort Misstrauen geweckt. Sein Laden in der Fullham Road bestärkte ihn nur noch darin. Der Name »REG DORKING« prangte auf einem schäbigen Transparent an der Wand. Auf einer Reihe von Anschlagzetteln erfuhr der unvorsichtige Kunde, dass Dorking für jedes verkaufte Auto einstand, dass die Zahlungen über einen Zeitraum von zwei, drei, vier oder fünf Jahren vereinbart werden konnten und dass der potenzielle Käufer nur eine kleine Anzahlung zu leisten hatte und sofort mit dem neuerworbenen Wagen wegfahren konnte.

Im Verkaufsraum, der aussah, als sei er über Nacht aufgebaut worden, standen ein Dutzend Autos, deren Preise an die Windschutzscheiben geschrieben waren. Ein verbeulter Baby-Austin war für 35 Pfund zu haben (oder 5 Pfund Anzahlung und Restzahlung innerhalb von sechs Monaten), ein leicht ramponierter Jaguar stand Seite an Seite mit einem übersteuerten Ford Consul. Beide konnten nach fünf Jahren in den Besitz des Käufers übergehen – falls sie so lange hielten. Hillmans, Vauxhalls, Austins und Armstrong Siddeleys standen stumm da und warteten einladend auf die Kunden. Die verlockenden Angebote auf den Windschutzscheiben waren so berechnet, dass sie jeden Gedanken an Besonnen- und Sparsamkeit zerstreuten.

In einer Ecke des Hofes stand eine kleine Holzhütte, die vermutlich als Büro diente. An den Seiten waren weitere Einzelheiten über die Teilzahlungsmöglichkeiten und überschwängliche Lobhudeleien über die offensichtliche Ehrlichkeit von Mr. Reg Dorking angebracht.

Im Inneren des Büros erweckte Mr. Dorking nur schwerlich das Vertrauen, für das die Plakate warben. Er sah aus wie etwa fünfundvierzig, hatte Hängebacken und war zu dick. Seine kleinen Augen standen in seinem schlaffen, stark geäderten Gesicht zu dicht beieinander. Sein Doppelkinn hing über einen nicht ganz sauberen Kragen, seine gemusterte Krawatte war mit einer kunstvollen Anstecknadel verziert.

Für Greg sah Mr. Reg Dorking sofort völlig abstoßend

aus.

Die Büromöbel hatten, ebenso wie Mr. Dorking, schon bessere Tage gesehen. Auf dem mit Papieren und allerhand Kram übersäten Schreibtisch streckte Dorking seine Füße aus. Er saß in einem Drehstuhl, der stark gepolstert war, um sein üppiges Hinterteil zu schonen. Auf einem Beistelltisch stand eine beeindruckende Anzahl von Flaschen: Whisky, Gin, Wermut, Brandy und kleinere Flaschen mit Tonic Water und Ginger Ale. Auffällige Plakate warben für bevorstehende Motorradrennen.

In einer Ecke des Raums stand ein Tresor, auf dem eine Autoscheinwerfer und ein unaufgeräumter Werkzeugkasten standen. Von einem Pin-up-Kalender blickte auf die Vorgänge im Büro eine junge Frau herab, die nur mit einem Zylinder, schwarzen Strümpfen und hochhackigen Schuhen bekleidet war.

Mit einer mit dicken Ringen versehenen Hand wies Dorking Greg Forrester einen Stuhl zu.

»Nehmen Sie Platz, alter Junge«, lud er ein, zog genüsslich an seiner Zigarre und betrachtete Greg wohlwollend durch die Rauchwolke. Die Zigarre war protzig, aber nicht teuer genug.

Greg setzte sich und kam gleich zur Sache. Er sagte: »Sie haben einen Bentley Continental erwähnt – mit dem Kennzeichen TPE 246.«

Dorking betrachtete die Asche am Ende seiner Zigarre mit vorgespieltem Interesse. »Das habe ich auch, aber ich habe mich geirrt. Ich habe Ihnen das falsche Kennzeichen gesagt. Ich habe einen Bentley, aber der ist aus dem Jahr 1954. Er hat nur etwa 40.000 Meilen auf dem Tacho und hatte bisher erst einen Besitzer. Wurde gerade erst neu überholt. Ist in absolut erstklassigem Zustand. Ein echtes Schnäppchen für den Autofahrer, der etwas mit dem gewissen Etwas sucht.«

»Ich habe Ihnen doch schon am Telefon gesagt«, erwiderte Greg, »dass ich kein Interesse daran habe, ein gebrauchtes

Auto zu kaufen.«

»Was machen Sie dann hier?«, erkundigte sich Dorking unwirsch.

»Sie haben das Kennzeichen TPE 246 erwähnt«, sagte Greg. »Zufälligerweise war das der Wagen meines Bruders. Es wurde in Italien bei einem Unfall total zerstört und er kam dabei ums Leben.«

Während er sprach, beobachtete er Dorking mit Argusaugen. Der Händler spuckte etwas Tabak in den Raum. »Ich habe davon gehört«, sagte er beiläufig.

»Warum haben Sie also diese Nummer erwähnt?«

Dorking lächelte. »Wären Sie auch hergekommen, wenn ich es nicht getan hätte?«

Greg Forrester sagte nichts. Dorking fuhr fort: »Das bezweifle ich, Mr. Forrester.« Er schob eine Zigarrenkiste vor. »Rauchen Sie?«

»Nein, danke«, sagte Greg.

»Haben Sie es gerade besonders eilig?«

»Ich habe es nicht besonders eilig«, sagte Greg langsam. »Ich möchte nur auf den Punkt kommen – falls es überhaupt einen gibt.«

»Oh, es gibt schon einen Punkt«, sagte Dorking leichthin. »Ein Freund von mir hat zufällig etwas, das Sie interessieren könnte. Er sagt, Sie würden fünfzehnhundert Pfund dafür bezahlen – in bar.«

»Tatsächlich?«, sagte Greg. »Was ist es?«

Dorking kaute auf seiner Zigarre herum. »Es ist eine Postkarte.«

»Was für eine Postkarte?«

Dorking zuckte unbeteiligt mit den Schultern. »Nur eine Postkarte.«

»Wer ist dieser Freund von Ihnen?«

Dorking lächelte verschwörerisch. »Ein alter Schulkamerad von mir, wir sind damals zusammen von der Penne geflogen.«

»Sehr komisch«, sagte Greg kurz angebunden. »Lassen Sie mal sehen.«

»Was sehen?«

»Die Postkarte.«

Dorking schüttelte bedauernd den Kopf. »Ich habe Ihnen doch gesagt, dass sie einem Freund von mir gehört. Ich habe sie nicht, ich habe sie nicht einmal gesehen. Ich bin nur der Mittelsmann, wissen Sie.« Er lehnte sich in seinem Stuhl zurück und betrachtete Greg mit großem Wohlwollen. »Ich bin immer bereit, ein Geschäft zu vermitteln«, verkündete er.

»Warum denken Sie, dass ich bereit bin, fünfzehnhundert Pfund dafür zu zahlen?«, fragte Greg.

»Das denke ich ja gar nicht«, sagte Dorking vorsichtig. »Und das habe ich ihm auch schon gesagt. Meiner Meinung nach spinnt er, aber seine Botschaft war: »Sag Forrester, sie ist fünfzehnhundert Pfund wert«.«

»Was ist das für eine Karte?«

»Sie wurde in Neapel aufgegeben«, antwortete Dorking bereitwillig. »Es ist eine Zeichnung darauf – eine Weinflasche und die Hand eines Mädchens.«

»Ich dachte, Sie hätten die Karte nicht gesehen?«

Dorking lächelte ausgiebig. »Das habe ich auch nicht, aber ich *weiß*, was drauf ist. Ich bin schließlich Geschäftsmann und möchte wissen, was ich verkaufe.«

Greg dachte einen Moment lang nach. »Angenommen – nur angenommen – ich sage zu und würde Ihnen die fünfzehnhundert zahlen. Wann könnten Sie die Karte haben?«

Dorking sah auf seine Uhr. »Geben Sie mir fünf Stunden.«

Greg nickte. »In Ordnung, ich rufe Sie morgen früh an.«

»In Ordnung, alter Junge«, sagte Dorking. Er wies mit dem Kopf in Richtung Hof. »Ich nehme an, Sie haben kein Interesse an einem schönen Jaguar? Nur 12.000 Meilen auf dem Tacho, mit neuen Reifen, in vorzeigbarem Zustand und mit verstellbaren Sitzen. Sie können ihn für die Hälfte dessen haben, was diese Postkarte kostet.«

»Kein Interesse«, sagte Greg.

Dorking zuckte mit den Schultern und drückte seine Zigarre aus. »Nun, wenn Sie nicht wollen, dann eben nicht. Vielleicht bin ich verrückt und ins Postkartengeschäft einsteigen.«

Greg stand auf und ging auf die Tür zu. »Klingt so, als ob Sie schon mittendrin wären«, sagte er leise.

Nachdem er Dorkings Büro verlassen hatte, ging Greg Forrester direkt zu einer Telefonzelle und wählte Major Colbys Nummer.

Das Polizeiauto kam zum Stehen und Greg setzte sich neben Colby auf die Rückbank.

Colby sagte: »Also, was soll die ganze Aufregung? Sagen Sie mir nicht, dass der dubiose Mr. Briggs beschlossen hat, endlich wieder aufzutauchen?«

»Es hat nichts mit Briggs zu tun«, sagte Greg. »Erinnern Sie sich an die Karte, von der Sie mir erzählt haben? Die mit der Zeichnung darauf?«

»Was ist damit?«

»Wie viel ist sie wert?«

Colby runzelte die Stirn. »Worauf wollen Sie genau hinaus?«

»Ein Mann namens Dorking hat mich angerufen«, erklärte Greg.

»Er ist im Gebrauchtwagengeschäft tätig – ein richtiges Schlitzohr, wenn ich mich nicht irre. Er sagt, er kann diese Karte besorgen und er hat sie mir für fünfzehnhundert Pfund angeboten.«

»Ich verstehe«, sagte Colby nachdenklich. »Das ist eine recht merkwürdige Entwicklung, nicht wahr?«

»Wie meinen Sie das?«

»Als ich die Karte zum ersten Mal erwähnte, sagten Sie, Sie hätten noch nie davon gehört«, sagte Colby. »Sie schienen sogar ernsthafte Zweifel daran zu haben, ob eine solche Karte überhaupt existiert.« Er betrachtete Greg eingehend. »Wenn ich mich recht erinnere, haben Sie angedeutet, dass es kaum die Art von Karte ist, die Ihr Bruder jemandem schicken würde.«

Greg nickte. »Das denke ich immer noch.«

Colby sah ihn fragend an. »Und jetzt bieten Sie sie mir für fünfzehnhundert Pfund an?«

Greg schüttelte den Kopf. »Nein, das tue ich nicht. Ich sage Ihnen nur, dass dieser Dorking sagt, er könne die Karte für mich besorgen, wenn ich ihm fünfzehnhundert Pfund dafür bezahle. Ob ich bezahle oder nicht, liegt ganz bei Ihnen.«

Colby dachte einige Momente lang über den Vorschlag nach. »Wann haben Sie Dorking gesehen?«, fragte er.

»Er hat mich heute Morgen angerufen und ich habe ihn heute Nachmittag gesehen.«

»Hat er Ihnen die Karte gezeigt?«

»Nein, er hat sie mir nicht gezeigt. Er ist nur der Mittelsmann.«

»Sie meinen wohl, er behauptet, dass er das ist.«

Greg zuckte mit den Schultern. »Ehrlich gesagt, ich glaube, das er es ist.«

»Hat er die Karte beschrieben?«

»Er sagte, sie sei in Neapel aufgegeben und es sei eine Zeichnung darauf: die Hand eines Mädchens und eine Weinflasche.«

»Was haben Sie Dorking gesagt?«, fragte Colby.

»Ich sagte, ich würde ihn morgen früh anrufen.«

Colby nickte. »Gut. Rufen Sie ihn an und verabreden Sie sich mit ihm für morgen Abend.«

»Was ist mit den fünfzehnhundert Pfund?«

Colby lächelte. »Wir werden das Geld bereitstellen, Mr. Forrester.«

– 3 –

Greg Forrester bahnte sich einen Weg durch die verschlissenen Autos und ging auf Dorkings Büro zu. Bei sich trug er einen Aktenkoffer. Die Nacht war kalt und er hatte seinen Mantelkragen hochgeschlagen. Die Vorhänge von Dorkings Büro waren nicht zugezogen und Greg konnte ihn deshalb an seinem Schreibtisch sitzen und fleißig schreiben sehen.

Als Greg das Büro betrat, beendete Dorking den Brief, steckte ihn in einen Umschlag, versiegelte ihn und steckte ihn in seine Innentasche. Er begrüßte Greg überschwänglich.

»Kommen Sie herein, alter Junge!«, sagte er. »Kalte Nacht, was? Wie wär's mit etwas, das die Gemüter wärmt?«

»Haben Sie die Karte?«, fragte Greg.

»Ich habe Sie gefragt, ob Sie etwas trinken möchten«, sagte Dorking. Er lächelte, aber seine Augen blieben ernst.

»Und ich habe Sie gefragt, ob Sie die Karte haben«, sagte Greg. Dorking nickte mit dem Kopf in Richtung Tresor.

»Sicher. Sie liegt im Safe.«

»Ich würde sie gerne sehen«, sagte Greg knapp.

Dorking hob seine schlaksige Hand. »Wozu die ganze Eile?« Dann fiel sein Blick auf den Aktenkoffer. »Ist das Geld da drin?«

»Ja«, sagte Greg. »Alles da drin.«

Dorkings zusammenstehende Augen leuchteten. »Lassen Sie mal sehen«, sagte er.

Greg entriegelte und öffnete den Koffer. Darin befanden sich fünfzehn dicke Bündel Geldscheine. Dorking nahm eines in die Hand und strich mit den Fingern hindurch: »Schöne Sache, was?«, sagte er. Dann holte er einen Schlüsselbund aus seiner Hosentasche und ging zum Tresor hinüber.

Über seine Schulter sagte Dorking: »Man sagte mir, Sie sind Künstler. Ist das ein gutes Geschäft?«

»Das hängt davon ab, wie gut man als Künstler ist«, sagte Greg leise.

Dorking betrachtete seine Schlüssel mit großer Konzentration: »Es muss ziemlich schön sein, ein Künstler zu sein – ein erfolgreicher, versteht sich. Ich bin selbst sehr kunstbegeistert, ob Sie es glauben oder nicht. Also, sagen Sie mal, was halten Sie von dem Kalender da oben?«

»Ich bin nicht gekommen, um mit Ihnen über Kunst zu diskutieren, Dorking«, sagte Greg. »Ich will diese Karte.«

Dorkings Lächeln schien von Dauer zu sein. »Sie sind heute ein bisschen querköpfig, was?«, sagte er. »Was ist los mit Ihnen?«

»Das hier ist kein Freundschaftsbesuch«, sagte Greg kurz und bündig. »Wir vollziehen hier ein einfaches Geschäft, wie ich doch sehr hoffe: Sie geben mir die Karte und bekommen dafür das Geld.«

Dorkings Augen verengten sich. »Jetzt werden Sie nicht dreist, alter Junge. Was mich betrifft, ist das nur ein kleines Bier.«

»Was meinen Sie damit?«

Dorking deutete auf den Koffer. »Ich bekomme die fünfzehnhundert Eier ja nicht.«

»Warum sollten Sie auch, wenn es nicht Ihre Karte ist?«

Dorking rückte ein wenig näher an ihn heran. »Mr. Forrester, es gibt etwas, das ich an diesem Geschäft nicht verstehe«, sagte er leise. »Ich habe mir die Postkarte genau angesehen. Ich bin kein Kunstkritiker, aber ich würde sagen, dass diese Zeichnung keine fünfzehnhundert Pfund oder etwas in dieser Höhe wert ist. Meiner Meinung nach ist sie keine fünfzehn Pfund wert. Da ist mir mein Kalender lieber.«

»Und weiter?«, sagte Greg.

»Ich bin nur neugierig, das ist alles. Warum sollten Sie oder jemand anderes fünfzehnhundert Pfund dafür bezahlen?«

»Diese Frage würde ich Ihrem Freund stellen.«

»Das habe ich schon getan.«

»Und, was hat er gesagt?«

»Nichts«, sagte Dorking kläglich. »Er ist so verschlossen wie eine Auster, dieser Kerl.« Er ging zum Tresor und schloss ihn auf. »Ich wünschte, ich könnte auch so ein einträgliches Geschäft machen.«

»Ich nehme an, Sie kommen mit Ihrem auch ganz gut über die Runden«, bemerkte Greg trocken.

Dorking schüttelte traurig den Kopf. »Sie werden es mir nicht glauben, alter Junge, aber das Gebrauchtwagengeschäft ist am Ende.« Er sah Greg direkt ins Gesicht. »Es gibt zu viele Wichtigtuer in diesem Geschäft, zu viele aalglatte Geschäftemacher und Besserwisser. Sie kennen diese Sorte.«

»Ich kenne diese Sorte«, sagte Greg.

Dorking reichte ihm die Karte und Greg untersuchte sie eingehend. Er sah die Zeichnung der Chianti-Flasche und die Hand des Mädchens, das sie hielt, als wolle es den Wein in ein Glas gießen. Auf den ersten Blick sah es sehr nach Lewis' Arbeit aus.

»Tja, das wär's dann«, sagte Dorking beiläufig. »Selbst wenn es von Picasso ist, finde ich fünfzehnhundert immer noch ein bisschen viel.«

»Zählen Sie lieber das Geld«, sagte Greg.

»Ist schon gut, ich vertraue Ihnen.«

Er kippte die Geldbündel aus dem Koffer auf seinen Schreibtisch. Greg drehte sich um, um das Büro zu verlassen. In diesem Moment nahm Dorking, der sich für einen Mann von seiner Masse bemerkenswert schnell bewegte, einen schweren Schraubenschlüssel vom Tresor und versetzte Greg einen Schlag auf den Hinterkopf. Als der Künstler nach vorne kippte, nahm Dorking die Postkarte aus der schlaffen Hand, hob den Aktenkoffer und die Bündel Geldscheine auf und eilte aus dem Büro.

Greg Forrester setzte sich auf, befühlte vorsichtig seinen Nacken und zuckte zusammen, als ein Schmerzkrampf durch seinen Kopf schoss. Schließlich schaffte er es, sich aufzurichten und stand leicht schwankend in der Mitte des Raumes. Ihm war speiübel und vor seinen Augen flimmerte es.

Er stolperte zur Vorderseite des Schreibtischs und hielt sich daran fest. Das Telefon begann zu klingeln.

Greg starrte den Apparat einen Moment lang an und versuchte den Blick zu schärfen. Es fühlte sich so an, als würden seine Augäpfel brennen. Dann griff er mit einer zitternden Hand nach dem Hörer und nahm ihn ab.

Eine kehlige Stimme sagte: »Hallo, Dorky … Bist du das, Dorky?«

Greg sagte schwach: »Was willst du?«

»Ich habe die Adresse«, sagte die Stimme. »Sie lautet 14 Sandown Gardens, Kensington …«

Der Hörer glitt Greg aus den zitternden Fingern und landete ratternd auf den Schreibtisch. Dann rutschte er vom Tisch und baumelte an der Telefonschnur. Wie aus weiter Ferne hörte Greg die Stimme sagen: »Hey, Dorky … Bist du noch da? Dorky …!«

Dann wurde Greg Forrester wieder ohnmächtig.

Greg kam etwa eine halbe Stunde später wieder zu sich und merkte, dass die schlimmsten Schmerzen, die durch den Schlag auf seinen Kopf verursacht wurden, nachließen. Der Raum drehte sich noch immer und es wurde abwechselnd hell und dunkel, aber er konnte aufstehen. Wie ein Boxer, der einen K.o.-Schlag einstecken musste, setzte er sich auf. Sein Blick wurde wieder schärfer und er erfasste den Raum nun klarer.

Er konnte sehen, dass die Postkarte, das Geld und der Aktenkoffer verschwunden waren. Greg drehte sich langsam um. Sein Nacken war steif wie eine Stange und er hatte Schmerzen in allen Gliedern und Muskeln. Dann taumelte er wie ein Betrunkener aus dem Büro und tappte über den Hof. Er stieß gegen mehrere Autos, bevor er sein eigenes fand und schaffte es schließlich, die Autotür zu öffnen. Der Aktenkoffer lag auf dem Vordersitz. Greg starrte den Koffer erstaunt an, dann öffnete er ihn mit zitternden Händen. Das Bündel

Geldscheine befand sich immer noch darin.

– 4 –

Um neun Uhr am nächsten Abend saß Greg Forrester im Büro von Major Colby bei Scotland Yard. Gregs Kopf pochte immer noch, aber es war nur noch ein dumpfer Schmerz wie bei einem übergroßen Kater.

Colby, perfekt und präzise wie immer, sagte: »Sie haben also die Postkarte tatsächlich gesehen?«

»Ja.«

»Aber nicht den Poststempel oder die Adresse?«

»Nein, die Adresse stand auf der anderen Seite.«

»Wie sah die Zeichnung aus?«

»Genau so, wie Sie sie beschrieben haben«, sagte Greg. »Die Hand eines Mädchens und eine Weinflasche.«

»Und glauben Sie, die Karte war echt?«

»Ich hatte keinen Grund, es nicht zu glauben. Aber ich habe sie nicht sehr genau untersuchen können. Es könnte schon sein, dass sie Lewis an jemanden geschickt hat.«

Colby setzte sich auf die Kante des Schreibtischs. Er sagte: »Wissen Sie, das ist eine sehr interessante Geschichte von Ihnen. Erst erzählen Sie mir, Sie können die Karte für fünfzehnhundert Pfund besorgen …«

»Ich habe nicht gesagt, dass *ich* sie besorgen kann«, unterbrach Greg, »ich habe gesagt, dass Dorking sie besorgen kann.« Sein Kopf schmerzte immer noch fürchterlich und er war immer mehr davon überzeugt, dass sein Besuch bei Colby reine Zeitverschwendung gewesen war. Und Colby beschäftigte sich jetzt immer noch damit und stellte immer sinnloser erscheinende Fragen …

»Wir geben Ihnen die fünfzehnhundert Pfund«, fuhr Colby in maßvollem Ton fort, »und das Nächste, was passiert, ist, dass Sie ohne Karte und mit der fantastischen Geschichte zurückkommen, dass Dorking Sie k. o. geschlagen hat. Dann erwarten Sie von uns, dass wir glauben, Dorking sei mit dem

Geld verschwunden und habe es dann aus unerfindlichen Gründen in Ihrem Auto deponiert.« Colby betrachtete ihn mit Nachsicht. »Wirklich, Mr. Forrester, Sie müssen zugeben, dass das eine *sehr* merkwürdige Geschichte ist.«

»Ich behaupte nicht, dass ich das alles verstehe«, sagte Greg. »Ich weiß nicht, warum Dorking mich niedergeschlagen hat«, sagte er und fuhr sich nachdenklich mit dem Finger über den Hinterkopf, »aber ich kann Ihnen versichern, dass er es getan hat. Bei Gott, so was würde ich doch nicht erfinden. Ich weiß auch nicht, warum er das Geld in mein Auto gelegt hat. Ich kann Ihnen nur sagen, dass er es getan hat!«

Colby nickte, als sei er mit dieser Erklärung zufrieden. »Was ist mit diesem Anruf?«

»Als ich zu mir kam, klingelte das Telefon und ich ging ran. Wer immer es war, muss gedacht haben, dass ich Dorking sei.«

»Was hat er gesagt?«

»Das weiß ich nicht mehr. Ich war total benommen und habe nichts mitbekommen.« Greg fuhr sich wieder über seinen Hinterkopf. »Im Moment fühle ich mich, als hätte ich einen Monat lang durchgehend einen drauf gemacht. Es ist so, als ob ich alle drei Radioprogramme auf einer Wellenlänge empfange.«

Colby lächelte leicht mitfühlend und ging hinüber zu einem Schrank in der hintersten Ecke des Büros. Er öffnete ihn und nahm ein Kleid auf einem Bügel heraus.

»Also, Mr. Forrester«, sagte er, »ich möchte, dass Sie sich dieses Kleid noch einmal ansehen.«

»Was ist damit?« Greg blinzelte das Kleid an.

»Sie erkennen es doch wieder, oder?«

»Ja, natürlich. Es ist das Kleid, das Jill Stewart in der Nacht trug, in der sie ermordet wurde«, sagte Greg mit einer an Unhöflichkeit grenzenden Schroffheit. »Es ist auch das Kleid, das Briggs ins Atelier gebracht hat – das Kleid, das seiner Tochter gehörte.«

Colby schüttelte den Kopf. »Entweder irren Sie sich, oder Ihre Geschichte ist nicht wahr.«

»Was soll das heißen?«

»Dieses Kleid wurde von Jill Stewart in einem Geschäft in der South Audley Street gekauft«, sagte Colby bedächtig.

»Sind Sie sich da sicher?«

»Vollkommen.«

Greg Forrester setzte einen leicht verwirrten Blick auf. »Aber das ist doch unmöglich!«

»Die Leute in dem Laden haben Jill Stewart auf einem Foto erkannt«, sagte Colby. »Sie haben auch das Kleid erkannt. Daran gibt es nicht den geringsten Zweifel.«

»Mit anderen Worten, Sie glauben mir nicht«, sagte Greg. »Sie glauben mir nicht, was ich Ihnen über die Fotos, Briggs, Dorking oder sonst etwas erzählt habe.«

Colby sah ihn eindringlich an. »Wenn Sie an meiner Stelle wären, was würden Sie denn glauben?«

Greg machte eine hoffnungslose Geste: »Ich weiß es nicht«, sagte er lahm.

In diesem Moment läutete das Telefon. Colby sah Forrester an und nahm den Hörer ab. Es war Layton.

»Ah, Inspektor«, sagte Colby, »bleiben Sie bitte einen Moment dran, ja?« Er wandte sich an Greg. »Auf Wiedersehen, Mr. Forrester, wir bleiben in Kontakt mit Ihnen.«

Greg sah ihn fassungslos an, zögerte einen Moment und ging dann hinaus.

Als Greg das Büro verlassen hatte, griff Colby wieder zum Telefon. »Was gibt es Neues? Wo sind Sie?«

»Ich bin in einem Club in Kensington«, sagte Layton. »Er nennt sich *The Blue Circle*.«

Colby nickte. »Den kenne ich. Ist Dorking auch dort?«

»Ja, wir haben ihn bis hierher verfolgt. Er ist jetzt an der Bar.«

»Was ist er für ein Typ?«

»Eindeutig zwielichtig«, sagte Layton mit Überzeugung.

»Ich persönlich würde ihm nicht mal eine Nebelleuchte abkaufen.«

»Weiß er, dass Sie ihm auf der Spur sind?«, fragte Colby.

»Das glaube ich nicht«, sagte Layton. »Wenn er es weiß, ist er ein ziemlich guter Schauspieler. Was soll ich mit ihm machen?«

Colby dachte einen Moment lang nach. »Sagen Sie ihm, wer Sie sind und dass Sie in einem Fall von Autodiebstahl ermitteln. Sagen Sie ihm, dass Sie seinen Rat brauchen. Er soll sich wichtig fühlen. Typen wie Dorking gefällt das. Verstanden?«

»Und was dann?«, fragte Layton.

»Meine Wohnung ist gleich um die Ecke«, sagte Colby. »Bringen Sie ihn auf einen Drink hin.«

»Gut«, sagte Layton. »Sie wohnen doch in 14 Sandown Gardens, oder?«

»Genau. Ich bin in zwanzig Minuten da.«

Greg Forrester stieg die Treppe zu seiner Wohnung hinauf. Er fühlte sich lahm und erschöpft und sein Kopf pochte noch immer. Er dachte genüsslich an einen großen Whisky mit Soda, zwei Aspirin, ein heißes Bad und das Bett.

Er betrat das Atelier, schaltete das Licht an und blieb mitten im Raum stehen.

Die Fotos von Alison Ford standen genau dort, wo sie zuvor gestanden hatten. Die Modellpuppe war auch wieder da und darauf war das Kleid, das Jill Stewart getragen hatte.

Greg starrte die Modellpuppe volle dreißig Sekunden lang an. Dann eilte er zum Telefon.

Kapitel fünf

– 1 –

Colbys Wohnung in Sandown Gardens war geräumig und schön eingerichtet. Sie hatte alles, was sich ein Mann an Bequemlichkeiten wünschte.

Dorking saß entspannt in einem komfortablen Sessel. Er hatte seine Füße ausgestreckt und die Hände auf dem Bauch gefaltet. Es hatte nicht großer Überredungskünste bedurft, damit er auf einen kostenlosten Drink mitkam.

Colby kam von einem Tisch auf Dorking zu und reichte ihm ein volles Glas. Dorking leerte den Whisky hinunter und schürzte anerkennend die Lippen.

»Na, wie schmeckt er Ihnen, Mr. Dorking?«, erkundigte sich Colby fürsorglich.

»Hervorragend, alter Junge«, murmelte Dorking.

»Noch ein bisschen Soda?«, schlug Colby vor.

»Man darf ihn auf keinen Fall noch mehr verdünnen«, sagte Dorking.

Er nahm noch einen Schluck und strahlte Colby und Layton wohlwollend an. »Eine schöne Wohnung haben Sie hier. Ich wollte auch schon immer mal so ein Cocktailkabinett haben.«

»Es ist nicht so schlecht hier«, sagte Colby. Er spritzte etwas mehr Soda in sein eigenes Glas und fuhr fort: »Es ist wirklich sehr nett von Ihnen, so spontan mitzukommen, Mr. Dorking. Wir wissen das sehr zu schätzen.«

Dorking winkte ab. »Gern geschehen. Ich bin immer gerne bereit euch zu helfen. Ich weiß genau, mit was für Sachen ihr Kerle euch abmühen müsst.«

»So ist es«, murmelte Colby.

»Der Inspektor hat mir erzählt, dass Sie in einem Autodiebstahl ermitteln«, sagte Dorking, als Colby sein Glas nachfüllte.

»Nun, nicht ganz«, war die unerwartete Antwort.

Dorking sah überrascht aus. »Aber das haben Sie doch gesagt.« Er sah Layton vorwurfsvoll an. »Sie sagten, Superintendent Bradshaw hier sei für die Ermittlungen zuständig.«

»Ich bin nicht Superintendent Bradshaw«, erklärte Colby.

»He, was soll das?«, fragte Dorking mit einem Hauch von Grobheit. »Wenn Sie nicht Superintendent Bradshaw sind, wer zum Teufel sind Sie dann?«

»Mein Name ist Colby. Ich gehöre zur Sonderkommission.«

Dorking starrte erst Colby und dann Layton an. »Sie haben mich also nicht hierher mitgenommen, um über den Autodiebstahl zu reden?« Er war jetzt ganz offensichtlich auf der Hut.

Colby schüttelte den Kopf: »Ich fürchte, das haben wir nicht, Mr. Dorking«, sagte er mit bedauerndem Tonfall.

»Was zum Teufel ist das dann für ein Spiel? Klingt für mich nach einem Fall von Vorspiegelung falscher Tatsachen.« Dorking gab ein fast perfektes Bild von verletzter Würde ab.

»Nun, in gewisser Weise ist es das wohl«, sagte Colby leichthin.

»Wir möchten eigentlich etwas über einen Besucher wissen, den Sie gestern Abend hatten – einen Mr. Forrester. Vielleicht macht es Ihnen nichts aus, uns zu erzählen, was Sie über ihn wissen.«

»Warum sollte ich?«, fragte Dorking.

»Er ist in einen Mordfall verwickelt«, erklärte Colby, »deshalb interessiert er uns natürlich sehr. Ist er ein Freund von Ihnen?«

»Ich habe ihn bis diese Woche noch nie gesehen«, antwortete Dorking.

»Wir haben gehört, er hat Ihnen fünfzehnhundert Pfund

geboten.«

Dorking nickte. »Das stimmt, das hat er. Eine verdammte Frechheit! Er hält mich wohl für einen Vollidioten.«

»Wofür hat er Ihnen die fünfzehnhundert Pfund geboten?«

»Für einen Bentley Mark 7«, sagte Dorking prompt. »Ein hübsches Exemplar, Baujahr 1954, makellos und blitzsauber. Ich bin Geschäftsmann, keine verflixte Wohltätigkeitsorganisation.«

»Sie meinen, er wollte ein Auto von Ihnen kaufen?«, fragte Layton.

»Deshalb ist er zu mir gekommen«, sagte Dorking.

»Erzählen Sie uns, was passiert ist«, forderte Colby ihn auf.

Dorking sah bedeutungsvoll in sein Glas, das schon wieder leer war. Colby nahm es mit zum Getränketisch, goss eine großzügige Menge Whisky ein und fügte einen kleinen Schuss Soda hinzu.

Dorking nahm das Glas mit einem Nicken entgegen und fuhr fort: »Er hat auf eine Anzeige von mir in der gestrigen Zeitung geantwortet. Er hat das Auto gesehen und war begeistert davon. Ich verlangte neunzehnhundertfünfzig für den Bentley – und selbst das ist noch geschenkt! Wir haben ein bisschen diskutiert und uns schließlich auf siebzehnhundertfünfundzwanzig geeinigt – natürlich ist das eine lächerliche Summe, aber was soll man machen?«

»Fahren Sie nur fort«, ermutigte Colby.

Dorking trank noch etwas Whisky. »Er bestand auf Barzahlung und sagte, er würde das Geld vorbeibringen. Tja, er hat es dann auch gebracht, aber nur fünfzehnhundert.«

»Sie meinen, er wollte eine Anzahlung von fünfzehnhundert machen?«, schlug Layton vor.

»Von wegen Anzahlung!«, sagte Dorking angewidert. »Er versuchte es eben und muss gedacht haben, ich würde weich werden oder so und würde auf Bargeld hereinfallen. Das ist ein alter Trick.«

»Was ist dann passiert?«, fragte Colby.

»Nun, um es kurz zu machen, ich habe die Beherrschung verloren und ihm eine verpasst«, sagte Dorking gereizt.

Layton lehnte sich in seinem Stuhl nach vorne. »Sie geben zu, dass Sie ihm eine gelangt haben, Mr. Dorking?«

»Natürlich gebe ich es zu! Hätten Sie ihm denn keine gelangt? Fünfzehnhundert für einen Bentley Mark 7 – verflixt, es ist ein Wunder, dass ich den Bastard nicht entmannt habe, wenn Sie mir den Ausdruck verzeihen.«

»Was geschah, nachdem Sie ihm eine verpasst hatten?«, erkundigte sich Colby.

»Ich habe ihn einfach in Ruhe gelassen, damit er wieder zu sich kommt«, sagte Dorking zwanglos.

»In Ihrem Büro?«

»Ja.«

»Was war mit dem Geld?«

»Ich habe es natürlich bei ihm gelassen. He, Moment mal! Dieser Forrester beschuldigt mich doch nicht, dass ich …«

»Er beschuldigt Sie nicht«, unterbrach Colby. »Aber Ihre Geschichte und seine decken sich nicht ganz.«

»Was erzählt er denn, dieser Lügner?«, fragte Dorking aggressiv.

»Er sagt, Sie hätten ihn angerufen und er sei zu Ihnen gegangen. Dann haben Sie ihm etwas angeboten für fünfzehnhundert Pfund.«

Dorking zuckte mit den Schultern. »Das kann nur ein Auto gewesen sein. Ich verkaufe nur Autos.«

Colby fuhr fort: »Forrester sagt, Sie hätten ihm eine Postkarte verkauft.«

»Eine Postkarte?«, wiederholte Dorking ungläubig. »Der Kerl muss verrückt geworden sein. Eine *Postkarte* für fünfzehnhundert Pfund?« Dorking sah Layton eindringlich an. »He Sie, will mich dieser Kerl da auf den Arm nehmen oder was?«

»Nein«, sagte Layton und sah ihm tief in die Augen.

Dorking lachte ein wenig unbeholfen: »Aber das ist fantastisch, alter Junge! Welche Postkarte ist schon fünfzehnhundert Eier wert?«

»Offensichtlich die, die Sie ihm angeboten haben«, sagte Colby.

»Aber ich habe ihm keine Postkarte angeboten!«, protestierte Dorking. »Woher soll ich denn diese Postkarte überhaupt herbekommen haben?«

»Das wissen wir nicht«, sagte Colby. »Sie kam ursprünglich aus Italien. Sie wurde von einem Mann namens Lewis Forrester verschickt.«

»Ist dieser Lewis Forrester irgendwie mit diesem Kerl, über den wir gerade reden, verwandt?«

»Sein Bruder«, sagte Layton. »Es gibt drei Brüder – Greg, das ist der, den Sie gesehen haben, David – er ist Lehrer – und Lewis. Lewis war derjenige, der die Karte geschickt hat. Er ist bei einem Autounfall ums Leben gekommen.«

»Greg Forrester«, sagte Dorking nachdenklich. Dann setzte er sich plötzlich auf. »Ist das nicht der Kerl, der in diesen Mordfall verwickelt ist? Die Sache mit dem Modell?«

»Ja«, sagte Layton.

»Verdammt, das wusste ich nicht«, sagte Dorking. »Wenn ich das gewusst hätte, hätte ich ihn nicht auf das Gelände gelassen.«

»Bleiben Sie immer noch bei Ihrer Geschichte mit dem Auto?«, fragte Colby.

»Natürlich bleibe ich dabei«, sagte Dorking entrüstet. »Ich bleibe dabei, mein Lieber, weil es zufällig die Wahrheit ist.«

»Und Sie wissen nichts über die Postkarte?«

Dorking sah Colby fast mitleidig an. »Nur das, was Sie mir gerade gesagt haben.«

Anscheinend schien für Colby damit die Sache mit der Postkarte erledigt zu sein. »Lassen Sie mich Ihnen noch einen

Drink holen«, schlug er freundlich vor.

Dorking blickte auf seine Uhr. »Nein, danke. Ich muss jetzt leider gehen.« Er sah Colby scharf an. »Fünfzehnhundert Pfund für eine Postkarte – das sagten Sie doch, oder?«

»Ja, das sagte ich.«

Dorking lachte spöttisch. »Das ist ein Haufen Kies für eine Postkarte. Das meiste, was ich je bezahlt habe, waren fünfzehnhundert Francs« – er schmunzelte – »aber das ist eine andere Geschichte. Nun ja, auf Wiedersehen, Major, bis dann.«

Als Dorking die Wohnung verlassen hatte, sagte Layton zu Colby: »Was halten Sie davon?«

»Eine interessante Geschichte«, bemerkte Colby. »Und eine Verschwendung von gutem Whisky.«

Layton runzelte die Stirn. »Für mich scheint es Sinn zu machen. Denn wenn Forrester die Wahrheit gesagt hat, warum hat Dorking das Geld nicht genommen? Er sieht nicht so aus, als würde er sich fünfzehnhundert Pfund einfach so entgehen lassen.«

»Ich glaube, er hat sie genommen«, sagte Colby. »Dann hat er es sich anders überlegt und das Geld in Forresters Auto deponiert.«

»Mit anderen Worten, Sie glauben Dorking nicht?«

Colby zog die Augenbrauen hoch. »Und Sie, Inspektor?«

»Ich weiß es nicht«, sagte Layton nachdenklich. »Er ist aalglatt und ziemlich gerissen, aber ich habe das Gefühl, dass er die Wahrheit sagt.«

»Aber was treibt Forrester dann für ein Spiel?«

»Das weiß ich nicht«, sagte Layton. »Vielleicht versucht er, uns davon zu überzeugen, dass …«

Das Klingeln des Telefons unterbrach den Inspektor. Colby nahm den Hörer ab.

»Ich versuche schon seit einer halben Stunde, Sie zu erreichen«, sagte die aufgeregte Stimme von Greg Forrester.

»Was ist los?«, fragte Colby.

»Kommen Sie sofort in meine Wohnung, ich muss Ihnen etwas zeigen …«

– 2 –

Colby stand am Fenster des Ateliers und starrte auf den Eaton Square. Er hatte Greg zugehört, ohne viel zu sagen.

»Verdammt noch mal, Colby«, sagte Greg hitzig, »wollen Sie damit sagen, dass das Kleid und die Fotos die ganze Zeit hier waren? Meinen Sie, ich habe sie absichtlich versteckt?«

Colby antwortete nicht und Greg fuhr fort: »Soll ich Ihnen sagen, was meine erste Reaktion war, als ich das Kleid heute Abend sah? Ich dachte, dass Sie mir jetzt wenigstens meine Geschichte glauben würden. Ich dachte, Sie würden erkennen, dass ich die Wahrheit über Briggs und das Porträt von Alison gesagt habe.«

Colby antwortete geduldig: »Ich habe nicht gesagt, dass ich Ihre Geschichte bezweifle. Ich habe nur gesagt, dass es sehr hilfreich wäre, wenn Sie Mr. Briggs herbeischaffen könnten.«

»Wie zum Teufel soll ich das können?«, fragte Greg. »Ich bin doch kein verdammter Zauberer«.

Angesichts Gregs Verärgerung blieb Colby unerschütterlich ruhig: »Dorking sagt, er wisse nichts über die Postkarte. Er sagt, Sie hätten ihm fünfzehnhundert Pfund für ein Auto geboten. Stimmt das?«

»Nein, das stimmt natürlich nicht!«

»Ich habe das auch nicht geglaubt«, sagte Colby gleichmütig.

»Das ist sehr ermutigend«, sagte Greg ironisch. »Sie glauben tatsächlich lieber meinem Wort als dem von Dorking.«

Colby sah nachdenklich aus. Er sagte: »Forrester, als Sie Dorking aufgesucht haben, hat er Ihnen gegenüber den Namen Nachtigall erwähnt?«

»Nein.«

»Sind sie sich da sicher?«

»Völlig sicher. Aber er hat etwas gesagt …«

Greg wurde durch das Klingeln an der Haustür unterbrochen.

»Erwarten Sie jemanden?«, fragte Colby.

»Nein«, sagte Greg. Er ging auf den Flur hinaus und öffnete die Haustür. Vor ihm stand Norman Briggs, mit einem Ausdruck höflicher Erwartung.

Greg packte ihn am Ellbogen und schob ihn fast ins Atelier. »Mein lieber Freund«, sagte er aufgeregt, »ich freue mich sehr, dass Sie vorbeikommen! Kommen Sie rein und trinken Sie etwas.«

»Ich werde nicht bleiben, wenn es Ihnen nichts ausmacht«, sagte Briggs. Er fügte etwas verlegen hinzu: »Ich hatte nämlich schon ein oder zwei Drinks und ich glaube nicht, dass man es übertreiben sollte.«

»Sehr klug«, stimmte Greg zu. »Aber hier ist ein Mann, der sie seit Tagen kennenlernen will.« Er zeigte auf Colby. »Ich glaube, Sie kennen Major Colby noch nicht. Major Colby – Mr. Norman Briggs.«

Briggs und Colby schüttelten sich die Hände.

»Nun, Mr. Briggs«, sagte Greg, »bitte sind Sie so nett und erzählen Major Colby, warum Sie zu mir gekommen sind – nicht heute Abend, sondern beim ersten Mal?«

Briggs sah verwirrt aus. Er sagte zu Colby: »Ich kam, weil ich wollte, dass Mr. Forrester ein Porträt von meiner Tochter Alison malt.«

Greg zeigte auf die Fotos und das Kleid. »Und Sie waren es, der diese Fotos und das Kleid mitgebracht hat?«

Briggs nickte. »Natürlich war ich das. Ich bin sogar heute Abend vorbeigekommen, um zu sehen, wie es mit dem Porträt vorangeht.«

Greg warf einen Blick auf Colby und lächelte leicht.

»Vielen Dank, Mr. Briggs.«

Colby schien völlig unbeeindruckt zu sein. Er sagte zu

Briggs: »Wären Sie so freundlich, mir zu sagen, wer Sie sind und was Sie beruflich machen?«

Briggs errötete. »Warum zum Teufel sollte ich?«

»Major Colby hat die Angewohnheit, ziemlich persönliche Fragen zu stellen«, erklärte Greg sanft. »Er gehört zu Scotland Yard.«

»Ach, tatsächlich?«, sagte Briggs misstrauisch. »Nun, was genau wollen Sie wissen?«

»Leben Sie in London?«, erkundigte sich Colby.

»Ich wohne in der Nähe von Bradford«, sagte Briggs, »aber ich verbringe die meiste Zeit in London und reise auf dem Kontinent herum. Wissen Sie, ich bin in der Kunststoffbranche tätig. Vielleicht haben Sie schon von uns gehört – *Briggs & Taplow*, St. Albans.«

Jetzt war es an Greg Forrester, einen überraschten Blick aufzusetzen. »Sagten Sie St. Albans?«

»Ja. Wir haben auch einen kleinen Laden in Leeds, aber mein Partner kümmert sich um diesen Teil des Geschäfts.«

»Wo wohnen Sie, wenn Sie in London sind?«, wollte Colby wissen.

»Normalerweise in einem Hotel in der Southampton Row, dem *Belvedere*, wie es genannt wird. Es ist nicht sehr vornehm, aber sehr bequem. Allerdings …«

»Lebt Ihre Frau noch?«, unterbrach Colby.

»Nein, ich bin Witwer. Meine Frau ist vor etwa vier Jahren gestorben.«

»Kinder?«

Briggs blickte schnell auf das Foto von Alison. »Nicht mehr«, sagte er. »Wir hatten nur ein Kind – Alison. Sie ist bei einem Autounfall ums Leben gekommen.« Sein Ton wurde plötzlich sarkastisch. »Möchten Sie sonst noch etwas über mich wissen? Gewicht? Größe? Blutdruck? Schuhnummer?«

Colbys Gesicht blieb völlig ausdruckslos. »Sie sagen, Sie haben ein Geschäft in St. Albans?«

Colbys Art veranlasste Briggs, seinen Sarkasmus sofort

abzulegen. »Nun, es liegt zwischen St. Albans und Hatfield.«

»Mr. Forrester hat einen Bruder in St. Albans«, sagte Colby. »Er ist ein Lehrer – David Forrester.«

»Das weiß ich«, sagte Briggs. »Ich bin ihm aber noch nie begegnet.«

»Auch nicht in Italien?«, fragte Colby.

Briggs schüttelte den Kopf. »Nein. Ich bin ihm nie begegnet, soweit ich weiß.«

»Er ist kurz nach dem Unfall dorthin geflogen«, sagte Colby ohne Umschweife.

»Das weiß ich«, sagte Briggs mit einem Anflug von Irritation.

»Aber ich habe ihn verpasst. Ich war zu der Zeit in Sizilien. Man hat drei Tage gebraucht, um mich zu finden, und dann bin ich zurück nach Sorrent gefahren.«

»Ja, ja, natürlich«, sagte Colby ganz unverbindlich. »Das muss ein Schock für Sie gewesen sein.«

Briggs nickte heftig. »Ja, das war es. Ich konnte es zuerst gar nicht glauben. Ich dachte, es müsse sich um eine Verwechslung handeln.«

»Mr. Briggs, Ihre Tochter ist nicht mit Ihnen nach Sizilien gereist«, fuhr Colby fort. »Warum war das so?«

»Na ja, wegen Lewis Forrester. Es war wohl ein Fall von Liebe auf den ersten Blick«, erklärte Briggs. »Alison hatte ihn kennengelernt, als wir in Mailand waren und als er dann in Sorrent auftauchte« – Briggs unterbrach den Satz und lächelte traurig – »nun, da konnte man sie einfach nicht mehr voneinander trennen.« Er betrachtete eine der Fotografien. »Sie war erst siebenundzwanzig, wissen Sie.«

Colby sah Briggs konzentriert an. »Warum haben Sie bis heute Abend gewartet, um wieder bei Mr. Forrester vorbeizusehen?«, fragte er.

»Was meinen Sie?«, erwiderte Briggs.

»Sie müssen doch von dem Mord und dem Verschwinden der Fotos gelesen haben«, sagte Colby.

Briggs sah völlig verwirrt aus. »Mord? Welcher Mord denn, um Himmels willen?« Er sah Greg fragend an. »Wovon zum Teufel spricht er?«

»Sie wissen, wovon ich spreche«, sagte Colby knapp. »Von dem Mord an Jill Stewart.«

»Ich habe nicht die geringste Ahnung, wovon Sie sprechen«, konterte Briggs temperamentvoll. »Wer ist Jill Stewart überhaupt?«

»Sie war ein Mannequin«, erklärte Greg. »Sie wurde ermordet in meiner Wohnung aufgefunden.«

»Es stand in allen Zeitungen«, ergänzte Colby. »Es kann Ihnen unmöglich entgangen sein.« Er beobachtete Briggs aufmerksam, während er sprach.

»Ich habe seit Tagen keine englische Zeitung mehr gesehen«, sagte Briggs langsam. »Ich bin erst vor ein paar Stunden auf dem Londoner Flughafen angekommen. Was zum Teufel soll das ganze Palaver? Morde – Modelle – das sind alles böhmische Dörfer für mich.« Er sah von Greg zu Colby mit einem Blick, der von ehrlicher Perplexität zeugte.

»Sie waren also im Ausland, seitdem wir uns das letzte Mal gesehen haben?«, fragte Greg.

»Genau«, sagte Briggs.

»Wo?«, fragte Colby.

»Ach, überall und nirgends«, sagte Briggs vage. »Paris – Rom – Mailand – Neapel. Eine kleine halbe Weltreise, die ich da gemacht habe.«

»Und Sie sind erst heute Abend zurückgekommen?«, fragte Colby.

»Das habe ich Ihnen doch gerade gesagt«, antwortete Briggs ungeduldig. »Ich kam gegen halb acht am Londoner Flughafen an.«

»Von wo?«

Briggs stieß einen schweren Seufzer aus. »Aus Rom. Wenn Sie mir nicht glauben, sollten Sie einen Blick in meinen Pass werfen. Sie sind aber ganz schön misstrauisch, Mensch!

Als nächstes werden Sie mich noch für einen Mörder halten.«

Colby nahm den Pass, den er ihm vor die Nase hielt, und blätterte ihn durch. Er sah sich das Foto genau an und dann Briggs.

»Ja, ich weiß, ich sehe auf dem Bild aus wie Frankenstein«, sagte Briggs fröhlich, »aber ich bin es trotzdem. Wir können nicht alle gut aussehen.«

Colby reichte ihm den Ausweis zurück. »Der scheint in Ordnung zu sein, Mr. Briggs«, sagte er freundlich.

»Das glaube ich doch auch!«, sagte Briggs. »Ich habe nichts zu verbergen …«

– 3 –

Greg Forrester arbeitete an dem Porträt von Alison.

Zum hundertsten Mal fragte er sich, was für ein tiefes Geheimnis sich hinter diesem schönen Gesicht verbarg. Er trat von seiner Staffelei zurück und starrte das Foto einen Moment lang an. Plötzlich sagte er laut: »Ich wünschte bei Gott, dass du sprechen könntest, Alison.«

Doch was auch immer die geheimnisvolle Vergangenheit von Alison gewesen sein mochte, dies war die Gegenwart. Er war ein professioneller Künstler und Norman Briggs bezahlte ihn großzügig dafür, dass er ein Porträt seiner Tochter malte. Trotz seines kurzen Anflugs von Zynismus wusste Greg Forrester, dass er für dieses Porträt alles geben musste, was er an künstlerischer Begabung hatte. Es hatte keinen Sinn, so zu tun, als wäre es nur irgendein Auftrag.

Es klingelte an der Haustür und Greg war nicht gerade erfreut, als er sah, dass sein Besucher Henry Carmichael war.

Carmichael sagte förmlich: »Guten Morgen, Forrester.«

Greg Forrester erwiderte die Begrüßung mit gleicher Förmlichkeit.

»Äh – darf ich reinkommen?« Carmichael fühlte sich sichtlich unwohl.

Greg prüfte ihn einen Moment lang. »Nun, das kommt

ganz darauf an, in welcher Stimmung Sie sind.«

Ein ziemlich schroffes Lächeln zeichnete sich auf Carmichaels rundem Gesicht ab.

»Keine Sorge, Forrester. Keine Geschichten heute Morgen, das verspreche ich Ihnen.«

»Dann kommen Sie rein«, sagte Greg. »Ehrlichgesagt bin ich froh, dass Sie gekommen sind. Ich habe Neuigkeiten für Sie.«

»Ach? Was ist denn passiert?«

»Sie erinnern sich doch, dass ich Ihnen gesagt habe, dass Jill nicht ihr Kleid trug, sondern ein Kleid, das einem Mädchen namens Alison Ford gehörte?«

Carmichael runzelte die Stirn. »Und?«

Greg zeigte auf die Modellpuppe. »Ich habe mich geirrt. Das hier ist das Kleid, das Alison gehörte.«

Carmichael starrte das Modell an. »Aber ist das nicht das Kleid, das Jill getragen hat?«

Greg schüttelte nachdrücklich den Kopf. »Nein!«

»Tja, ich kann nur sagen, dass es ihm verblüffend ähnlich sieht. Verdammt, ich hätte schwören können …«

»Mag sein«, sagte Greg monoton, »aber es ist nicht dasselbe.«

Carmichael konzentrierte seinen Blick weiterhin intensiv auf die Puppe. »War dieses Kleid dann die ganze Zeit über hier?«

»Nein«, sagte Greg. »Irgendjemand hatte es mitgenommen, zusammen mit den Fotografien. Während ich gestern Abend fort war, wurden sowohl das Kleid als auch die Fotos zurückgebracht.«

»Von derselben Person?«

Greg zuckte mit den Schultern. »Ich habe genauso wenig Ahnung wie sie, vielleicht sogar noch weniger.«

Carmichael zögerte einen Moment, bevor er sprach. Sein blutroter Teint war etwas dunkler als sonst und er zupfte nervös an seinem Schnurrbart. Schließlich sagte er: »Forrester, ich bin heute Morgen aus zwei Gründen vorbeigekommen: Erstens, weil ich mich für den Vorfall von neulich entschuldigen wollte und zweitens, weil ich Sie etwas fragen möchte.«

»Was?«, ermutigte ihn Greg.

Carmichael starrte einen Moment lang auf seine Schuhe, dann platzte er mit der Frage heraus: »Wie gut kannten Sie Jill?«

»Moment mal«, schimpfte Greg. »Ich dachte, das hätten wir schon gründlich besprochen.«

»So habe ich das nicht gemeint«, sagte Carmichael verlegen. »Ich weiß, dass sie keine Affäre mit Ihnen hatte, aber – na ja – war sie eine gute Freundin von Ihnen?«

Greg dachte einen Moment lang darüber nach. »Ich hielt sie für ein sehr nettes und charmantes Mädchen«, sagte er schließlich, »aber ich würde sie kaum als Freundin bezeichnen. Wir haben uns nicht wirklich gut gekannt – entgegen der allgemeinen Meinung.«

»Warum haben Sie sie dann ausgerechnet für diesen speziellen Auftrag ausgewählt?«, fragte Carmichael.

»Ich habe sie nicht dafür ausgewählt. Vor etwa drei oder vier Wochen bat mich die *Saturday Evening Mail* ein Titelbild für sie zu malen und sie schlugen Jill als Modell vor. Das war das erste Mal, dass wir uns sahen.«

»Ich verstehe«, sagte Carmichael nachdenklich und – so schien es Greg Forrester – zähneknirschend. Er hielt einen Moment inne, bevor er hinzufügte: »Übrigens hatte Jill früher eine Agentin namens Mary Hepburn. Ich frage mich, ob Sie zufällig schon von ihr gehört haben?«

»Ich fürchte nicht. Sie hat diesen Auftrag nicht vermittelt.«

»Hat Jill sie denn nie erwähnt?«

Greg schüttelte den Kopf. »Mir gegenüber sicher nicht.«

»Ich glaube, sie hat sich vor etwa sechs Monaten aus der Branche zurückgezogen«, bemerkte Carmichael beiläufig. »Ich meine mich zu erinnern, dass Jill so etwas erwähnt hat.«

»Warum sind Sie denn so an ihr interessiert?«, fragte Greg.

Carmichael drehte sich zu ihm um. »Mary Hepburn und Jill waren sehr gute Freundinnen«, sagte er. »Aber plötzlich hatten sie Streit. Ich weiß nicht, worum es ging, aber ich weiß, dass Mary Hepburn gedroht hat, Jill umzubringen.«

»Wer hat Ihnen das erzählt?«

»Jill.«

»Haben Sie der Polizei davon erzählt?«

»Nein.«

»Warum nicht?«

Carmichael zögerte einen Moment, seine buschigen Brauen zogen sich zu einem Stirnrunzeln zusammen. »Es ist sechs Monate her«, sagte er etwas langsam, »und – nun, deshalb habe ich Sie gefragt, ob Jill Ihnen gegenüber Mary Hepburn erwähnt hat. Ich wollte wissen, ob sie sich getroffen haben.«

»Davon weiß ich nichts«, sagte Greg. »Aber ich denke, Sie sollten auf jeden Fall die Polizei darüber informieren.«

Carmichael wirkte skeptisch. »Denken Sie das wirklich?«

»Sie nicht? Immerhin hat Mary Hepburn angeblich gedroht, Jill umzubringen. Kurze Zeit später wurde Jill tot aufgefunden. Abgesehen von allem anderen habe ich es langsam satt, dass man denkt, ich hätte Ihre Verlobte ermordet.«

Carmichael schien immer noch skeptisch zu sein. »Ich bin mir nicht sicher«, sagte er. »Ich bin absolut unentschlossen.«

»Ich würde Ihnen da den entschiedenen Rat geben, sich dazu zu entschließen«, sagte Greg kurz. »Die Polizei neigt dazu, es übel zu nehmen, wenn man Informationen in einem Mordfall zurückhält. Was für eine Art von Frau war diese Mary Hepburn eigentlich?«

»Ich bin ihr nie begegnet«, sagte Carmichael. »Ich weiß jedoch, dass sie und Jill über einige Jahre gut und eng befreundet waren. Dann gerieten sie ziemlich plötzlich über irgendetwas in Streit.«

»Und Sie haben keine Ahnung, worüber?«

»Nicht die leiseste.«

»Tja, wenn Sie meinen Rat wollen, ich würde es der Polizei sagen. Wenn sie unschuldig ist, kann das keinen Schaden anrichten.«

Carmichael hatte einen besorgten Blick. »Aber ich bringe die arme Frau damit in Verdacht.«

»Aber Sie haben doch gerade gesagt, dass sie Jill mit ihrer Ermordung drohte«, hob Greg hervor.

»Das habe ich, aber …«

»Ich im Gegensatz zu ihr habe das nicht«, unterbrach ihn Greg scharf. »Im Augenblick bin ich der Hauptverdächtige in diesem Fall und dass gefällt mir überhaupt nicht.«

Soll er doch denken, was er will, dachte Greg grimmig. In diesem Moment klingelte es an der Tür.

Es war David Forrester. Er trug einen schwarzen Homburg-Hut und hatte eine schwarze Aktentasche und eine Regenschirm dabei. Greg bemerkte, dass der Schirm offen war und David ihn nur mit der Hand zusammenhielt.

»Ich glaube, du kennst Mr. Carmichael schon, David«, sagte Greg.

David legte ein kühles Nicken an den Tag. »So ist es.«

»Ich wusste gar nicht, dass du in die Stadt kommst«, sagte Greg. »Du hast es heute früh am Telefon gar nicht erwähnt.«

»Da wusste ich es selbst noch nicht«, sagte David. »Meinem Direktor ist das in der letzten Minute eingefallen.«

Carmichael sagte: »Tja, ich muss ohnehin weiter. Danke für den Ratschlag – ich werde darüber nachdenken.«

»Denken sie nicht lange darüber nach, tun Sie es einfach«, sagte Greg bedeutungsvoll. »Ehrlich gesagt: Wenn Sie es nicht tun, dann tue ich es.«

Carmichael kniff seine Augen zusammen. »Ich denke nicht, dass das ein sehr geschickter Schachzug wäre, Mr. Forrester. Wahrscheinlich würde man vermuten, dass sie tiefere Beweggründe dafür haben. Überlassen Sie es mir. Ich werde mit dem Inspektor sprechen.«

Carmichael und David nickten einander kurz zur Verabschiedung zu. Als Carmichael gegangen war, sagte David: »Was sollte das alles?«

»Anscheinend hat eine Frau namens Mary Hepburn gedroht, Jill Stewart zu ermorden«, sagte Greg.

»Was, vor kurzem?«

»Vor etwa einem halben Jahr.«

»Hat er Inspektor Layton davon erzählt?«

»Nein«, sagte Greg, »er wusste nicht richtig, was er tun sollte, also kam er deshalb zu mir.«

»Ich hoffe, du hast ihm geraten, direkt zur Polizei zu gehen«, sagte David etwas steif.

»Du hast ja gehört, was ich gesagt habe, David. Wenn er nicht zur Polizei geht, dann werde ich es tun. Ich bin viel zu lange der Hauptverdächtige in diesem Fall.«

David runzelte die Stirn. Dann deutete er auf das Kleid und die Fotos von Alison. »Ich konnte es gar nicht glauben, als du mir davon erzählt hast.«

»Du kannst kaum verblüffter gewesen sein als ich«, sagte Greg ein wenig müde.

»Was hat Colby dazu gesagt?«

Greg zuckte mit den Schultern. »Nicht viel. Aber zumindest scheint er nicht mehr zu glauben, dass ich so ein perfekter Lügner bin wie er dachte.«

»Das kann er jetzt auch nicht mehr«, stimmte David zu. »Aber was ist mit Briggs? Warum ist er gestern Abend plötzlich aufgetaucht?«

»Er wollte wissen, wie ich mit dem Porträt von Alison vorankomme.«

»Aber warum ist er nicht früher vorbeigekommen?«, fragte David. »Er muss doch von dem Mord in der Zeitung gelesen haben.«

Greg schüttelte den Kopf. »Anscheinend nicht. Er ist in Italien gewesen und erst gestern Abend zurückgekommen.« David ging über das Podium zu der Modellpuppe. Er befühlte einen Moment lang nachdenklich das Kleid, dann sagte er langsam: »Ist es nicht ein ziemlicher Zufall, dass Briggs in derselben Nacht auftaucht wie das Kleid und die Fotos?«

»Ehrlich gesagt: ja«, sagte Greg. Er nahm sich eine Zigarette aus der Dose auf dem Tisch und zündete sie an. Dann bemerkte er die Aktentasche, die David mitgebracht hatte. »Was ist da drin, David?«

»Nur ein paar Bücher«, antwortete David beiläufig. »Ich muss sie bei *Royle's*, der Buchhandlung, umtauschen. Sie haben die falschen geliefert. Wenn ich den Fehler nicht bemerkt hätte, hätten einige Jungs noch größere intellektuelle Mängel erhalten, als sie ohnehin schon haben.«

»Was ist heute mit dem Mittagessen?«, fragte Greg. »Wollen wir es zusammen einnehmen?«

»Leider habe ich keine Zeit«, sagte David bedauernd.

Er nahm seinen Schirm in die Hand. »Hast du so etwas wie ein Gummiband? Dieser verdammte Schirm geht ständig auf. Ich kann keinen würdigen Auftritt als Lehrer geben, wenn ich damit durch London laufe. Greg nickte in Richtung der Garderobe. »In der oberen rechten Schublade findest du eines.«

Während David in der Garderobe war, starrte Greg auf die Aktentasche. David hatte leichthin gesagt, dass sie Bücher enthielt, und nichts schien natürlicher zu sein. Aber aus irgendeinem unerklärlichen Grund wusste Greg instinktiv, dass er einen Blick in die Tasche werfen musste.

Davids Stimme kam aus der Garderobe. »Du hast doch gesagt, die obere rechte Schublade, oder?«

»Ja«, sagte Greg. Er zögerte einen Moment, dann öffnete er in der verzweifelten Hoffnung, dass er sich irren könnte, die Tasche.

Darin befanden sich mehrere Bündel von Geldscheinen. Bevor er die Tasche eilig wieder schloss, wusste Greg, dass sich fünfzehnhundert Pfund darin befanden.

Als die Tasche zu war, kam David aus der Garderobe mit

einem Gummiband und befestigte es an seinem Regenschirm. »So ist es besser«, sagte er. »Ich kam mir schon vor wie ein Fallschirmspringer.«

»Wie lange bleibst du in der Stadt?« fragte Greg.

»Ich fahre mit dem Zug um 18 Uhr 10 zurück«, sagte David.

»Komm doch noch mal vorbei, wenn es dir ausgeht.«

David sah auf seine Uhr. »Du könnest gegen halb vier mit einer Tasse Tee auf mich warten.«

Greg nickte.

»Das mache ich. Dann bis später.«

Als David die Wohnung verlassen hatte, blickte Greg ihm einen Moment lang nachdenklich nach. Er runzelte die Stirn und trommelte mit den Fingern auf den Tisch. Weit davon entfernt, Klarheit zu schaffen, schien das Rätsel mit jeder Minute größer zu werden. Erst war Lewis unter Umständen gestorben, die man nur als mysteriös bezeichnen konnte. Jetzt schien es, als ob David – der seriöse, höfliche und leicht abgehobene Lehrer – ebenfalls in diese seltsame Angelegenheit verwickelt war.

Greg griff zum Telefon und wählte die Nummer der Garage, in der er seinen Wagen untergestellt hatte. Er bat den Diensthabenden, den Wagen sofort zum Eingang zu bringen.

– 4 –

Greg Forrester fuhr mit seinem Wagen am Geschäft von Reg Dorking vorbei und parkte ihn in einer Seitenstraße. Dann positionierte er sich so, dass er den Eingang von Dorkings Büro beobachten konnte. Er zündete eine Zigarette an und wartete.

Fünf Minuten später fuhr ein Taxi auf dem Hof von Dorking vor. David stieg aus dem Wagen aus, bezahlte den Fahrer und eilte zur Bürotür. Greg bemerkte, dass er die Aktentasche bei sich trug. Greg sah zu, wie sich die Tür hinter David schloss. Dann stieg er in sein Auto und fuhr zurück in seine Wohnung.

Reg Dorking, der nach dem Mittagessen gut gesättigt war, hatte die Beine auf seinem Schreibtisch. Er fuhr mit einem Zahnstocher zwischen den Zähnen herum, während er die Seite über Pferderennen in der Mittagsausgabe des Abendblatts studierte.

Sein Wurstfinger glitt über die Liste der Teilnehmer des Halb-drei-Uhr-Rennens und blieb bei Red Biddy stehen, einer hübschen Stute, die beim letzten Mal Zweite geworden war. Er erinnerte sich auch, dass sie federleicht war. Er nahm den Hörer in die Hand, warf einen anerkennenden Blick auf die junge Frau mit dem Zylinder auf dem Kalender und wählte eine Nummer.

»Harry«, sagte er, als jemand abgehoben hatte, »ich setze einen Zehner auf Red Biddy auf Sieg.«

Er legte den Hörer auf und sah auf, als David Forrester das Büro betrat.

»Guten Tag«, sagte Dorking. »Kann ich etwas für Sie tun?«

Er ließ sich nicht anmerken, ob er David kannte oder nicht.

»Ja«, sagte David knapp. »Ich bin gekommen, um eine Postkarte zu kaufen.«

Dorking warf ihm einen verständnislosen Blick zu.

»Sagen Sie das noch mal!«

»Ich sagte, ich bin hier, um eine Postkarte zu kaufen.«

Dorking sah David einen Moment lang streng an und warf dann einen Katalog auf den Schreibtisch.

»Ich bin im Autohandel tätig, alter Junge«, sagte er. »Wenn Sie Postkarten wollen, versuchen Sie es doch im Schreibwarengeschäft an der Ecke.«

»Ich will nicht irgendeine Postkarte«, sagte David ruhig. »Ich will eine ganz bestimmte.«

Dorking schob seinen Stuhl nach hinten. »Und wie kommen Sie darauf, dass ich diese besondere Postkarte habe?«

Er betrachtete David mit völliger Gelassenheit.

»Sie haben meinem Bruder gesagt, dass Sie sie haben und dass Sie sie ihm für fünfzehnhundert Pfund verkaufen würden.«

»Wer hat Ihnen das gesagt?«

»Mein Bruder.«

Dorking starrte an die Decke. »Der spinnt.«

David setzte sich auf einen Stuhl gegenüber von Dorking und stützte die Ellbogen auf den Schreibtisch.

»Sie haben den Falschen angerufen, Dorking«, sagte er.

Dorkings kleine Augen verrieten Wachsamkeit. »Was soll das heißen.«

»Ganz einfach«, sagte David gleichmütig. »Sie haben sich den falschen Mr. Forrester ausgesucht. Es gibt zwei von uns: Greg, den Künstler, und David, den Lehrer. Ich bin David.«

»Na, ist das nicht schön?«, sagte Dorking. »Wie beim Quartettspiel.« Er wippte mit den Füßen auf dem Boden und warf David einen unfreundlichen Blick zu. »Hören Sie, ich weiß nichts über diesen ganzen Quatsch mit den Postkarten und es interessiert mich auch gar nicht. Wenn Sie nicht endlich verschwinden, dann rufe ich die Polizei.« Während er sprach, griff er nach dem Telefon.

»Nur zu«, sagte David völlig unerschrocken. »Sagen Sie ihnen, dass ich Forrester heiße und dass ich Ihnen fünfzehnhundert Pfund für eine Postkarte biete. Ich denke, das wird sie sehr interessieren.«

Dorking sah David fast bewundernd an. »Sie sind aber ein ziemlich kühler und gelassener Kerl«, bemerkte er. »Das entspricht ganz und gar nicht meiner Vorstellung von einem Lehrer.«

»Vielleicht haben Sie auch nur ganz falsche Vorstellungen«, entgegnete David freundlich.

»Mir würde es jedenfalls nicht gefallen, wenn Sie meine Kinder unterrichteten«, entschied Dorking.

»Freut mich zu hören.«

»Sie sind mir zu glatt, alter Junge«, fuhr Dorking fort. »Und zu wortgewandt für mein Empfinden. Sie haben – wie nennt man das noch mal …?« Er beobachtete David genau.

»Die – ähm – Stimme einer Nachtigall?«, schlug David vor.

»Ja«, sagte Dorking, »das ist es.« Seine Augen funkelten gierig, als er auf die Aktentasche zeigte. »Wie viel haben Sie denn da drin?«

»Fünfzehnhundert Pfund«, sagte David.

Dorking schüttelte den Kopf. »Das ist nicht genug.«

»Das ist alles, was Sie bekommen, alter Freund«, sagte David mit derselben freundlichen Stimme.

Dorking sah David einen Moment lang an. Dann zuckte er mit seinen wulstigen Schultern und lächelte. Er holte seine Brieftasche heraus, zog eine Postkarte heraus und reichte sie David.

»Okay, Herr Lehrer«, sagte Reg Dorking.

Greg Forrester kam aus der Küche und trug ein Tablett, auf dem eine Kanne mit frisch gekochtem Tee, zwei Tassen, Milch und Zucker standen. Er stellte das Tablett auf einen Tisch und wartete auf seinen Bruder, während er sich nervös eine Zigarette nach der anderen am Stummel des Vorgängers anzündete. Pünktlich um halb vier kam David herein. Er lächelte breit und schien gute Laune zu haben. Er rieb sich die Hände.

»Das nenne ich Service«, sagte er.

»Gib mir deinen Hut und deinen Mantel«, bot Greg an.

»Ich fürchte, ich kann nicht lange bleiben«, sagte David. »Ich habe um vier Uhr noch einen Termin.«

Greg zog die Augenbrauen hoch. »Noch einen? Du bist in letzter Zeit aber ziemlich beschäftigt.«

»Keine Ruhe für die Gottlosen«, sagte David freundlich. Er schenkte sich eine Tasse Tee ein, fügte Milch und Zucker hinzu. »Wie geht es mit dem Porträt von Alison voran?«

»Etwas zäh«, sagte Greg. »Das ist eigentlich nicht wirklich meine Art zu arbeiten, weißt du – ich sitze jetzt schon zu lange daran.«

David nippte an seinem Tee. »Übrigens«, sagte er beiläufig, »war Major Colby heute hier?«

»Nein«, sagte Greg. »Warum fragst du?«

»Nur so. Ich dachte, dass ihn das Wiederauftauchen des Kleids und der Fotos vielleicht interessieren.«

»Er war gestern Abend hier«, sagte Greg ein wenig schroff. »Ich hatte ihn hergebeten. Das habe ich dir doch schon am Telefon gesagt.«

David lächelte. »Ja, ich weiß. Aber ich dachte, er hätte seine Nachforschungen heute fortgesetzt.«

»Möglicherweise tut er das auch – aber woanders.« Gregs Stimme war immer noch knapp.

»Das mag sein«, stimmte David abwesend zu.

Greg lehnte sich in seinem Stuhl vor. »Du hast mir die Geschichte mit dem Kleid und den Fotos nicht geglaubt, oder?«

»Natürlich habe ich das«, sagte David bereitwillig. »Aber ich bin froh, dass sie und auch Briggs aufgetaucht sind. Das beweist, dass deine Geschichte wahr ist. Wenn eine Geschichte so weit hergeholt klingt wie deine, ist es schön, wenn sie sich bestätigt.«

Es gab eine kurze Pause. Dann sagte Greg: »Ich habe vor ein paar Tagen einen Mann namens Dorking aufgesucht.«

»Wirklich? Wer ist dieser Dorking?«

Greg beobachtete seinen Bruder aufmerksam, aber Davids Gesicht verriet nur Neugier.

»Weißt du das denn nicht?«

»Nie von ihm gehört«, sagte David. »Sollte ich das?«

»Er ist Gebrauchtwagenhändler«, sagte Greg.

»Und?«

»Er hat mich angerufen und ich bin zu ihm gefahren«,

sagte Greg. »Er sagte, er hätte die Karte, die Lewis geschickt hatte – die, für die sich Colby so interessierte.«

»Und hatte er sie?«

»Ja. Er wollte fünfzehnhundert Pfund dafür.«

»Großer Gott!«, stieß David hervor. »Hast du Colby davon erzählt?«

»Ja – und es hat ihn sehr interessiert.«

»Das kann ich mir vorstellen«, sagte David freundlich. »Jedenfalls bin ich froh, dass du es ihm erzählt hast, Greg. Wenn ich du wäre, würde ich Colby alles erzählen.«

»Das habe ich schon«, sagte Greg leise.

David zögerte einen Moment. »Ja, aber ich meine, falls noch etwas passiert. Sag Colby alles. Das klingt wie ein Werbespruch, nicht wahr?«

»Unter den gegebenen Umständen wie gar kein schlechter«, sagte Greg.

David trank den letzten Schluck seines Tees aus und stellte die Tasse ab. »Also, ich muss jetzt los. Ich muss noch zu einem Anwalt wegen eines Hundes. Stell dir vor: Einer der Angestellten unserer Schule hat einen Bullterrier – und der hat den Postboten gebissen. Es sieht so aus, als ob es eine Klage geben könnte und der Direktor besteht darauf, die Meinung des Rechtsberaters einzuholen.«

»Hast du das heute Nachmittag nicht schon erledigt?«

»Nein«, sagte David bereitwillig – ein wenig zu bereitwillig, wie es Greg schien. »Ich habe den Nachmittag in der Buchhandlung *Royle's* verbracht. Das sagte ich dir doch schon.«

Als David gegangen war, wanderte Greg unschlüssig in der Wohnung umher. Offensichtlich gab es für ihn nur eine Möglichkeit: Er musste Scotland Yard anrufen und Colby von der Sache mit David erzählen. Er nahm den Hörer in die Hand und wählte Whitehall 1212, dann legte er abrupt auf. Irgendwie musste er selbst den Grund für Davids außergewöhnliches Verhalten herausfinden.

Er war gerade dabei, das Teegeschirr abzuräumen, als es an der Haustür klingelte. Im Flur stand mit erwartungsvoller Miene ein junger Mann um die dreißig mit einem wachen und frischen Gesicht.

Greg sah ihn einige Sekunden lang aufmerksam an, bevor er sich erinnerte, wer er war: Es war Peter Fenby, ein Kollege von Lewis bei der *Daily Gazette*.

»Sie erinnern sich vielleicht nicht mehr an mich«, sagte Fenby.

»Doch, natürlich«, sagte Greg. Er trat zur Seite, um ihn hereinzulassen. »Es ist schon eine Ewigkeit her, dass wir uns zum letzten Mal gesehen haben.«

»Es müssen drei Jahre sein«, sagte Fenby. Seine blassblauen Augen huschten durch das Zimmer und sein Blick blieb schließlich auf dem Kleid und den Fotos stehen.

»Wann sind die Fotos wieder aufgetaucht?«, fragte Fenby.

»Gestern Abend«, sagte Greg kurz.

»Und das Kleid? Ich bin zufällig Inspektor Layton begegnet. Ich habe verstanden, dass etwas passiert ist, aber nicht genau, was.«

»Nun, jetzt wissen Sie, was«, antwortete Greg.

Fenby zog seine rötlichen Augenbrauen hoch: »Waren Sie nicht überrascht?«

»Doch, natürlich war ich das«, sagte Greg etwas ungesellig. Er hatte keine Lust auf die Neugierde eines Reporters.

»Hören Sie, wenn Sie darüber schreiben, dann möchte ich, dass Sie ganz deutlich machen, dass ich genauso darüber rätsle wie alle anderen – vielleicht sogar noch mehr.«

»Ich denke, das haben wir schon«, sagte Fenby.

»Tatsächlich?«, fragte Greg bitter. »In jeder Zeitung, die ich in die Finger kriege, steht doch, dass Jill Stewart eine persönliche Freundin von mir war! Manche gehen sogar noch einen Schritt weiter und unterstellen, dass wir mehr als das waren.«

Fenby sah ihn scharfsinnig an. »War sie denn keine

Freundin von Ihnen?«

»Nein, war sie nicht. Sie war nur ein Modell und hat zufällig für mich gearbeitet. Ich beschäftige Modelle so, wie ein Geschäftsmann Schreibkräfte einstellt. Beantwortet das Ihre Frage?«

»Nicht ganz, Mr. Forrester«, sagte Fenby freundlich. »Immerhin wurde sie in Ihrem Schlafzimmer ermordet aufgefunden. So etwas passiert einer Schreibkraft normalerweise nicht.«

»Einem Modell passiert das normalerweise auch nicht«, erwiderte Greg gereizt. Natürlich, dachte er säuerlich, war es unvermeidlich, dass eine Horde von Reportern über ihn herfiel und aus seinem Atelier ein kleines, privates Schlachtfeld machten. Dann lenkte er ein wenig ein, schließlich mussten sie ihren Lebensunterhalt verdienen wie jeder andere auch.

»Haben Sie eine Ahnung, warum Jill Stewart ermordet wurde?«, fuhr Fenby fort.

»Nicht die geringste.«

»Haben Sie irgendeine Vorstellung darüber, weshalb …?«

»Ein für alle Mal«, unterbrach Greg, »ich habe nicht die geringste Ahnung, warum sie ermordet wurde, was sie in meinem Schlafzimmer machte oder wie sie überhaupt in die Wohnung kam. Es tut mir leid, dass ich Ihnen nichts Spannenderes liefern kann, aber ich habe keine Zweifel daran, dass sie schon etwas daraus machen werden.«

»Das ist schon in Ordnung«, sagte Fenby völlig unbeeindruckt. »Ich denke, ich habe alle Informationen, die ich haben will. Wenigstens weiß ich, warum der Inspektor so zurückhaltend war.«

Greg stellte fest, dass ihm Fenby beinahe sympathisch war. Wenigstens kam er auf den Punkt und legte ihm keine Worte in den Mund, wie manche andere Reporter.

Er sagte: »Es tut mir leid, wenn ich vorhin ein wenig gereizt war. Tatsache ist leider, dass ich in letzter Zeit so viele verdammt dumme Fragen beantworten musste, dass ich manchmal jemandem den Kopf abreißen möchte.« Er grinste plötzlich. »Besonders Reportern.«

»Das ist nur allzu verständlich«, nickte Fenby gleichmütig. »Aber vergessen Sie nicht, dass Lewis ein guter Freund von mir war. Natürlich will ich eine Story daraus machen, aber ich will Ihnen auch helfen.«

»Ich weiß das zu schätzen«, sagte Greg.

Nachdem er sozusagen grünes Licht bekommen hatte, ging Fenby vorsichtig zu seiner Arbeit über. »Wenn es weitere Entwicklungen gibt, wäre ich Ihnen sehr dankbar, wenn Sie mir Bescheid sagen würden. Die Presse kann eine große Hilfe sein, vor allem, wenn sie auf Ihrer Seite ist.«

»Da bin ich mir sicher«, sagte Greg. »Daraus schließe ich, dass Sie auf meiner Seite sind.«

»Auf jeden Fall«, versicherte Fenby ihm und erhob sich von seinem Stuhl. An der Tür drehte er sich um. »Übrigens, grüßen Sie David von mir, wenn Sie ihn das nächste Mal sehen.«

»Das werde ich«, versprach Greg.

Fenby hielt inne, eine Hand auf dem Türknauf. »Und Sie könnten ihm von mir etwas ausrichten. Sagen Sie ihm, er soll mit Strafen nicht so zimperlich sein. Ich habe mich bezüglich Eric völlig geirrt.«

»Er soll mit Strafen nicht so zimperlich sein, Sie haben sich bezüglich Erich völlig geirrt«, wiederholte Greg.

Fenby grinste. »Eric ist mein kleiner Neffe, seine Eltern sind im Ausland, also bin ich für ihn verantwortlich. Gott steh mir bei!«

»Und was hat das mit David zu tun?«, fragte Greg.

»Er ist sein Lehrer und ich beneide ihn nicht darum. Der Junge hat das Wochenende bei mir verbracht und es war ein Albtraum! Er hat in mir praktisch den Wunsch geweckt, ein paar Kolumnen über Jugendkriminalität in der oberen Mittelschicht zu schreiben, aber wenn ich das täte, würde mich die *Gazette* rausschmeißen.«

Plötzlich fand Greg Forrester Gefallen an Peter Fenby. »Ich kann mir gut vorstellen, was Sie da mitmachen«, sagte er mit einem mitfühlenden Grinsen, als Fenby in den Korridor hinausging.

Als Fenby gegangen war, beschloss Greg, sich noch einmal ernsthaft mit dem Porträt von Alison zu befassen.

Wenige Minuten später mischte er Farbe auf seiner Palette. Der exakte Farbton von Alisons Haar hatte eine seltsame, schwer fassbare Tönung, dachte Greg. Es war nicht ganz schwarz, aber auch nicht ganz dunkelbraun. Auf den Fotos war die Farbe gut zu erkennen, aber es war nicht einfach, sie zu reproduzieren.

Das Telefon holte ihn abrupt auf den Boden der Tatsachen zurück. Eine angenehm tiefe weibliche Stimme meldete sich: »Kann ich bitte mit Mr. Greg Forrester sprechen?«

»Greg Forrester am Apparat.«

»Guten Tag, Mr. Forrester«, sagte die Stimme höflich. »Mein Name ist Mary Hepburn. Ich nehme an, Sie haben noch nie von mir gehört.«

Greg unterdrückte seine Überraschung und antwortete: »Doch, ich habe schon von Ihnen gehört, Miss Hepburn.«

»Jill Stewart war eine Klientin von mir.«

»Ja, ich weiß.«

»Ich würde Sie gerne einmal sehen«, fuhr Mary Hepburn fort. Ihre Stimme war immer noch ruhig und gelassen, aber Greg glaubte, einen unterschwelligen Ton der Dringlichkeit darin zu erkennen.

»Warum?«

Es gab eine kurze Pause. Dann sagte sie etwas zögernd: »Ich möchte mit Ihnen über Jill sprechen.«

»Meine Adresse steht im Telefonbuch«, sagte Greg entmutigend.

»Ich wohne im Moment auf dem Land«, fuhr Mary Hepburn fort. In ihrer Stimme lag eine seltsame Beunruhigung. »Daher ist es ziemlich schwierig für mich, in die Stadt zu kommen. Könnten Sie nicht zu mir kommen?«

Greg stieß einen leisen Seufzer der Resignation aus. Ihm gefiel der Gedanke nicht, die Arbeit am Porträt von Alison erneut aufzuschieben.

»Wo sind Sie genau?«

»In einem Ort namens Box Hill – nicht weit von Dorking.«

»Das kenne ich«, sagte Greg. »Ich komme heute Nachmittag vorbei.«

Er glaubte, am anderen Ende der Leitung einen leisen Seufzer der Erleichterung zu hören. »Danke. Ich wohne in einem Wohnwagen, der auf einem Gelände namens *Garten der Welt* steht. Wenn man einmal in Box Hill ist, kann man es nicht mehr verfehlen.«

»Steht ein Name an dem Wohnwagen?«

Zum ersten Mal lachte sie. Ein ansteckender Wohlklang, der seine schlechte Laune von vorhin ein Stück weit vertrieb.

»Er heißt *Bella Vista.* Schrecklich, nicht wahr?«

»Entsetzlich«, stimmte Greg zu. »Ich werde gegen halb sechs dort sein.«

»Danke«, sagte Mary Hepburn.

Greg Forrester fand den *Garten der Welt* ohne große Schwierigkeiten und machte sich auf den Weg zum Wohnwagen namens *Bella Vista.* Es war ein großer Wohnwagen – für drei oder sogar vier Betten, wie er dachte.

Greg klopfte an die Tür und beinahe augenblicklich sagte eine weibliche Stimme: »Herein.«

Als die Tür aufschwang, sah er, dass der Wohnwagen innen komplett eingerichtet war. In einem Sessel saß ein Mädchen in einem dunkelgrünen Rock und einer Wildlederjacke. Greg konnte sehen, dass sowohl ihre Figur als auch ihre Beine nahezu perfekt waren.

Einen Moment lang stand er schweigend da und sah das Mädchen einfach nur an. Als sie sich umdrehte und ihm in die

Augen blickte, sah Greg die hohen Wangenknochen, das hochgesteckte dunkle Haar und die regelmäßigen Gesichtszüge. Für ihn gab es keinen Zweifel: Das Mädchen im Wohnwagen war Alison Ford.

Kapitel sechs

Greg Forrester stand in der Mitte des Wohnwagens, blinzelte fassungslos und erkannte gleichzeitig, dass er einen äußerst komischen Anblick hinterlassen musste. Das Mädchen, dessen Porträt er so konzentriert gemalt hatte, das Mädchen, dessen heitere Schönheit ihn so lange von seinem Schlaf abgehalten hatte, das Mädchen, das er für tot gehalten hatte, war so plötzlich aufgetaucht wie die Assistentin eines Zauberers in einem Bühnentrick.

Sie saß in einem Sessel, ernst und überaus schön. Seine benebelten Augen verrieten ihm, dass ihre Schönheit der Wahrheit und nicht der Einbildung entsprach.

Greg schluckte und wurde sich bewusst, dass es jetzt Realität war. Dann sagte er: »Sie sind Alison.«

Kaum merklich neigte sie den Kopf. »Ja, Mr. Forrester, ich bin Alison. Setzen Sie sich doch.« Sie deutete auf einen bequemen Korbstuhl.

»Aber …« Greg schluckte und holte tief Luft. »Ich dachte, Sie wären bei einem Autounfall ums Leben gekommen. Sie waren mit meinem Bruder zusammen – und es gab einen Unfall …« Er breitete seine Hände in einer hilflosen Geste aus und starrte sie weiter an.

Ihre Stimme, bemerkte Greg, war leise und beruhigend. Sie sagte: »Lewis wurde getötet. Aber es war noch ein anderes Mädchen in dem Wagen.«

»Ein *anderes* Mädchen?«

»Alle nahmen an, dass ich das Mädchen im Wagen war«, sagte sie. Sie zögerte einen Moment und fuhr dann fort: »Weil Lewis und ich …« Sie brach schamhaft ab und lächelte. Gregs Anspannung löste sich daraufhin.

»Warum setzen Sie sich nicht?« Sie deutet auf einen bequemen Korbstuhl.

Greg setzte sich, dann beugte er sich vor und sagte zögernd: »Sie müssen mir verzeihen, wenn ich völlig verwirrt wirke. Warum haben Sie niemandem etwas davon erzählt? Ich bin nicht der Einzige, der glaubt, dass Sie bei dem Autounfall ums Leben kamen – sogar Ihr eigener Vater glaubt das.«

»Tatsächlich, Mr. Forrester?« Ihre Stimme klang fast desinteressiert.

»Natürlich tut er das! Was für ein Mensch sind Sie bloß? Verdammt, Sie können sich doch nicht tot stellen, wenn …« Er zuckte hilflos mit den Schultern und lehnte sich in seinem Sessel zurück. »… wenn Sie nicht tot sind«, beendete er seinen Satz lahm.

Alisons Gelassenheit schien völlig unerschüttert.

»Leider ist das nicht ganz so einfach«, sagte sie leise.

»Liebe Alison«, protestierte Greg, »ich glaube, Sie wissen gar nicht, was Sie da überhaupt tun.« Er spürte sofort die Unzulänglichkeit dieser Aussage, denn Alison war sich sehr wohl bewusst, was sie tat. Er fuhr fort: »Wissen Sie, Ihr Vater ist wegen dieser Sache furchtbar betrübt.«

Sie hob die Augenbrauen. »Sind Sie sich da ganz sicher?«

Greg Forrester sah sie hilflos an, ohne etwas zu sagen. »Sind Sie sicher, dass mein Vater furchtbar betrübt ist?«, beharrte sie.

»Aber natürlich ist er das!«, rief Greg. »Er hat mich sogar gebeten, ein Porträt von Ihnen zu malen, er hat sogar …« Er brach den Satz ab und sah sie neugierig an. »Verstehen Sie sich mit Ihrem Vater denn nicht gut?«

»Nein«, sagte Alison kurz.

Greg runzelte die Stirn. »Warum sollte er dann wollen, dass ich ein Porträt von Ihnen male?«

Sie zuckte mit den Schultern, als ob die Angelegenheit nicht wichtig wäre. »Ich habe keine Ahnung«, antwortete sie.

»Vermutet Ihr Vater denn, dass Sie gar nicht bei dem Unfall ums Leben kamen?«, fuhr Greg fort.

Sie zögerte einen Moment lang. »Das ist möglich«, sagte sie langsam und mit einem bedeutsamen Unterton, den er nicht bemerkte.

Greg sagte mit einer Stimme, die an Verzweiflung grenzte: »Jetzt hören Sie mal zu, Miss Briggs – oder Miss Ford …«

»Alison«, sagte sie gleichmütig.

»Also gut, Alison.« Greg entspannte sich in seinem Stuhl. Dann fuhr er fort: »Ich bin nur ein Kunstmaler, verstehen Sie? Ein anerkannter, einfacher, friedliebender, sentimentaler Künstler. Ich mag nostalgische Musik, einfache Kreuzworträtsel, Bücher mit Happy Ends, Steak und Nierenpastete und ich habe eine Schwäche für Lebensversicherungen.«

Jetzt war ihr Lächeln voller Wärme. »Nichts auch nur annähernd Kompliziertes?«, warf sie ein.

»Das sehen Sie richtig!«, sagte Greg gefühlvoll. »Würden Sie mir jetzt bitte sagen, worum es hier geht?«

Sie betrachtete ihn einen Moment lang nachdenklich und Greg Forrester wurde sofort klar, welche Änderungen er an ihrem Porträt vornehmen würde. Dann sagte sie und blickte ihn dabei an: »Mr. Forrester, was halten Sie von meinem Vater?«

»Ein ganz normaler, liebenswürdiger Kerl«, sagte Greg. »Warum?«

»Für Sie ist er also ein typischer Geschäftsmann aus dem Norden?«

»Nun – ja.«

Sie nickte. »Das denken alle, das habe ich vor vier Wochen auch gedacht.« Dann schüttelte sie entschlossen den Kopf. »Aber es stimmt nicht, Mr. Forrester, überhaupt nicht.«

Er wartete auf ihre Erklärung.

»Bis vor ein paar Wochen hatte ich sehr wenig mit meinem Vater zu tun«, fuhr sie fort. »Meine Mutter starb, als ich noch ein Kind war, und dann kam ich auf ein Internat. Danach bin ich für fünf Jahre in die Schweiz gegangen, dann auf die Royale Schauspielschule und dann war ich Teil einer Repertoiretheatertruppe.«

»Davon hat er mir erzählt«, sagte Greg.

»Vor etwa sechs Wochen schrieb mir mein Vater und fragte, ob ich mit ihm ins Ausland gehen wollte. Das hat mich überrascht, denn obwohl er mir genügend Geld gab, standen wir uns – um ganz offen zu sein – nie sehr nahe. Verstehen Sie?«

Er nickte.

»Ich brauchte Urlaub«, fuhr Alison fort, »also stimmte ich zu. Wir reisten durch ganz Europa: Paris, Brüssel, Rom, Mailand. In Mailand lernte ich Lewis kennen.«

»Ich weiß«, sagte Greg.

Ein leichtes Stirnrunzeln zeichnete sich bei ihr ab. »Als wir in Mailand waren, wurde ich misstrauisch.«

»Misstrauisch weshalb?«

»Ich hatte immer gedacht, dass mein Vater Fabrikant sei«, sagte sie, »und der Hauptpartner in einer Firma namens *Briggs & Taplow*.«

»Und?«

»Ich habe herausgefunden, dass das nur eine Fassade war«, sagte sie leise. »In Wirklichkeit war er in einer ganz anderen Branche tätig.«

»Welche Art von Branche meinen Sie?«

»Ich weiß es nicht«, sagte sie, »aber Lewis wusste es. Mein Vater dachte, dass Lewis für Scotland Yard arbeitete.«

Greg lachte. »Aber das ist doch lächerlich! Mein Bruder war Journalist.«

Sie zuckte mit den Schultern. »Ich sage Ihnen nur, was mein Vater dachte. Jedenfalls war er Lewis gegenüber misstrauisch, also bat er mich, mich mit ihm anzufreunden und herauszufinden, was er in Mailand machte. Ich weigerte mich und wir hatten einen furchtbaren Streit. Am Ende verließ ich meinen Vater und fuhr nach Sorrent.«

»Alleine?«

»Ja.«

»Aber ich dachte, Ihr Vater sei auch in Sorrent gewesen?«

Sie nickte. »Er kam zwei Tage später nach. Vierundzwanzig Stunden später kam auch Lewis dort an.«

Greg runzelte die Stirn. »Verstehe ich das richtig, dass Ihre Freundschaft mit Lewis von Ihrem Vater eingefädelt wurde?«

»Anfangs ja. Aber dann ist etwas Ungeplantes passiert.« Sie zögerte und blickte ins Leere. »Wissen Sie, ich habe mich in Lewis verliebt.«

Greg Forrester war einen Moment lang nicht in der Lage, sie anzusehen. Dann sagte er: »Erzählen Sie mir, was in Sorrent geschah.«

»Nach zwei Tagen reiste mein Vater nach Sizilien weiter«, sagte sie. »Lewis und ich blieben im Hotel. Ich glaube, mein Vater tat das mit Absicht: Er wusste, dass ich mich in Lewis verliebt hatte, und er hoffte, dass ich so mehr über ihn herausfinden würde.« Ihr Gesichtsausdruck wurde ein wenig angespannt. Mit einem Räuspern in der Stimme fuhr sie fort: »Plötzlich, eines Abends, beschloss ich, die Sache mit Lewis zu beenden.«

Greg seufzte. Es sah so aus, als würde die Geschichte nach dem deprimierend vertrauten Muster von Lewis' üblichen romantischen Zwischenspielen ablaufen.

»Es war nicht so, dass sich meine Gefühle ihm gegenüber geändert hatten, aber ich hatte Angst, dass er das mit meinem Vater herausfinden und denken könnte, dass ich …« Sie brach den Satz ab und breitete ihre Hände etwas hilflos aus.

»Ich verstehe«, sagte Greg.

Alison hatte neuen Mut geschöpft und fuhr mit der Geschichte fort. »In der Nacht des Unfalls hielt ich mich in Neapel auf. Ich hatte Sorrent verlassen, weil ich es einfach nicht ertragen konnte, in der Nähe von Lewis zu sein und ihn nicht zu sehen. Wissen Sie«, sagte sie, ehe sie den Satz schlicht beendete, »ich war in ihn verliebt. Das verstehen Sie doch, oder?«

»Ja«, sagte Greg, »das tue ich.« Er lächelte etwas schief. »Ich habe Lewis sehr gut gekannt, wissen Sie.«

Sie schwieg einen Moment lang und schien ihre Gedanken zu ordnen. Dann sagte sie: »Als mir klar wurde, dass alle dachten, ich sei das Mädchen im Auto, beschloss ich, zu verschwinden.«

»Aber warum?«, fragte Greg scharf.

Ihre Augen trübten sich für einen Moment und Greg Forrester bedauerte den fordernden Ton.

Sie sagte mit zitternder Stimme: »Ich war verzweifelt wegen dem, was geschehen war. Ich wollte einfach allein sein und nichts mehr mit meinem Vater zu tun haben.«

Greg lehnte sich in seinem Stuhl vor. »Wissen Sie, wer das Mädchen im Wagen war?«

Alison schüttelte den Kopf. »Es muss jemand gewesen sein, den er spontan kennengelernt hatte … Man sagte ja auch hinterher, er hätte getrunken gehabt …« Ihre Stimme wurde leiser und verstummte kläglich.

Greg Forrester verspürte ein übermächtiges Verlangen, sie in die Arme zu nehmen, aber er musste auch die Wahrheit über Lewis' Tod herausfinden. Dieses Bedürfnis war es auch, dass den Wunsch nach der Umarmung verdrängte.

»Was hat Mary Hepburn mit der ganzen Sache zu tun?«, fragte er.

»Sie ist seit Jahren eine Freundin von mir«, sagte Alison. »Als ich wieder nach England kam, erzählte ich ihr die ganze Geschichte. Sie sagte, ich könne bei ihr bleiben.« Sie stützte ihr Kinn in ihre Hände und blickte Greg unverwandt an. »Aber was ich nicht verstehe, ist, warum mein Vater Sie aufgesucht hat. Und dieses Mädchen – Jill Stewart – hatte sie wirklich mein Kleid an?«

Greg schüttelte den Kopf. »Nein, da habe ich mich geirrt. Das Kleid sah identisch aus, aber es war nicht dasselbe. Übrigens, sind Sie Jill Stewart eigentlich jemals begegnet?«

»Ich hatte noch nie von ihr gehört, bis ich von dem Mord las.«

»Aber sie war eine Freundin von Mary Hepburn«, sagte Greg.

»Nicht gerade eine Freundin, Mr. Forrester«, sagte eine Stimme hinter ihm. Greg drehte sich um und blickte auf die Frau, die in der Tür des Wohnwagens stand. Sie war Anfang dreißig, groß, schlank, gut aussehend und bestens gekleidet.

»Ich bin Mary Hepburn«, stellte sie sich vor, »ich habe früher eine Agentur für Mannequins geleitet und Jill war eine Klientin von mir. Aber wir waren nicht befreundet.«

Alison stellte die beiden einander vor. Greg Forrester betrachtete Mary mit vorsichtigem Interesse: »Sie sagten am Telefon, Sie hätten mir etwas über Jill zu erzählen«, begann er.

»Das war nur, weil Alison Sie sehen wollte«, erklärte sie. »Sie verstand die Sache mit dem Kleid nicht.«

Greg zögerte einen Moment, dann sagte er: »Haben Sie etwas dagegen, wenn ich Ihnen eine sehr direkte Frage stelle, Miss Hepburn?« Sie lehnte sich gegen die Schlafkoje hinter ihr.

»Als Agentin ist man sehr unverblümte Fragen gewöhnt, Mr. Forrester«, lächelte sie.

»Haben Sie Jill Stewart jemals damit gedroht, sie zu ermorden?«

Mary Hepburn runzelte die Stirn, sichtlich verblüfft über die Frage. »Ich glaube, ich verstehe Sie nicht ganz«, sagte sie mit frostigem Tonfall.

»Haben Sie oder haben Sie nicht?«, beharrte Greg.

»Natürlich nicht«, entgegnete sie. »Wie kommen Sie nur auf diese Idee? Wer hat Sie darauf gebracht?«

»Jills Verlobter.«

»Ich wusste nicht einmal, dass sie verlobt war.«

»Sie war mit einem Farmer namens Henry Carmichael

verlobt«, informierte Greg Forrester sie.

Mary Hepburn zuckte unbeteiligt mit den Schultern. »Mr. Carmichael leidet offensichtlich an Halluzinationen.«

Greg betrachtete sie einige Sekunden lang aufmerksam. Sie erwiderte seinen Blick, ein halbes Lächeln auf den Lippen. Dann wandte er sich an Alison. »Etwa eine Woche nach dem Tod meines Bruders«, sagte er, »hatte ich Besuch von einem Major Colby, der sich sehr für eine bestimmte Postkarte interessierte.«

Alison sah ihn verständnislos an.

»Lewis hat sie an jemanden geschickt. Es war eine Zeichnung darauf: eine Flasche Chianti und die Hand eines Mädchens.«

Alisons Gesicht wurde heller. »Ich erinnere mich an diese Karte! Ich war an dem Tag, als Lewis sie abgeschickt hat, mit ihm zusammen.«

»Sind Sie da ganz sicher?«

Sie nickte nachdrücklich. »Vollkommen sicher.«

»Wo wurde die Karte aufgegeben?«, fragte Greg.

»In Neapel. Ich erinnere mich, dass ich Lewis wegen der Zeichnung auf den Arm genommen habe, weil ich es so seltsam fand, sie jemandem zu schicken.«

»Wissen Sie, an wen er sie geschickt hat?«

»Ja, natürlich«, sagte Alison. »Er sandte sie an einen Mann namens Peter Fenby.«

Kapitel sieben

– 1 –

Major Colby ging in seinem Büro auf und ab, wobei er gelegentlich einen Blick auf David Forrester warf, der in einem Sessel saß. Inspektor Layton hockte auf der Kante von Colbys Schreibtisch.

»Das ist die ganze Geschichte«, schloss David. »Dorking hat mir die Karte ausgehändigt und das Geld genommen. Er hat sich nicht einmal die Mühe gemacht, es zu zählen.«

»Wo ist die Karte?«, fragte Colby.

»Ich habe sie direkt ins Labor geschickt«, sagte Layton.

»Haben Sie schon einen Bericht darüber erhalten?«

Layton schüttelte den Kopf. »Noch nicht. Es sollte aber nicht mehr lange dauern.«

Colby ging weiter im Raum auf und ab. David Forrester rutschte unruhig in seinem Stuhl hin und her. »Hören Sie, Major Colby«, sagte er, »ich habe getan, was Sie wollten, aber ich sehe immer noch nicht den Sinn dahinter.«

Colby blieb vor David stehen, die Füße gespreizt und die Hände hinter dem Rücken. Er sagte: »Der Punkt ist, dass Dorking unserer Meinung nach nur ein Mittelsmann ist. Er wird das Geld an jemand anderen weitergeben. Wir wollen wissen, wer dieser Jemand ist.«

»Wie wollen Sie das herausfinden?«

Colby lächelte. »Keine Sorge, das machen wir schon.«

David wandte sich an Layton. »Inspektor, als Sie mich baten, dies für Sie zu tun, sagte ich, ich würde es unter einer Bedingung tun. Erinnern Sie sich an diese Bedingung?«

»Ich glaube, der Inspektor hat versprochen, Ihnen zu sagen, was auf der Karte steht«, warf Colby freundlich ein.

David sah ihn mit leicht zusammengekniffenen Augen an: »Stimmt, das hat er.«

»Es ist eine Zeichnung drauf«, fuhr Colby fort. »Eine Flasche Chianti und die Hand eines Mäd…«

»Ich weiß alles über die Zeichnung«, unterbrach David mit einer leichten Schärfe in seiner Stimme. »Was steht noch auf der Karte? Das ist es, was ich wissen will.«

»Wenn es die Karte ist, die wir suchen«, sagte Colby, »dann hoffen wir, dass sie eine Liste mit Namen enthält.«

David runzelte die Stirn. »Eine Liste mit Namen – ist das alles?«

Colby nickte. Er wirkte entspannt und völlig gelassen. »Das ist alles, Mr. Forrester.«

Das Telefon läutete und Layton nahm den Hörer ab. Er führte ein kurzes Gespräch, dann wandte er sich an Colby.

»Das war das Labor«, sagte er unheilvoll. »Wir haben die falsche Karte.«

Colby saß an seinem Schreibtisch und las einen Bericht. Gelegentlich machte er mit dem Bleistift eine Randnotiz. Er blickte auf, als Layton das Büro betrat.

»Forrester ist hier«, sagte Layton. »Er sagt, er wolle Sie sprechen.«

»Forrester?«

»Der andere, der Künstler«, erklärte Layton. »Er scheint wegen irgendetwas ziemlich aufgeregt zu sein.«

Colby lächelte. »Und Sie wissen natürlich, warum?«

Layton nickte. »Sie glauben, er ist gekommen, um uns von seinem Bruder und Dorking zu erzählen.«

»Genau«, sagte Colby. Er nickte mit dem Kopf in Richtung Tür. »Bitten Sie ihn herein, ja? Ach, übrigens, wer beschattet Dorking?«

»Reed«, sagte Layton.

»Das ist der junge Mann, den man den ›ahnungsvollen‹ Reed nennt, nicht wahr?«

»Genau der», sagte Layton. »Seine Ahnungen bestätigen sich oft als wahr.«

Er ging zur Tür und rief Greg Forrester herein.

Greg lehnte den Besucherstuhl ab und stellte sich vor den Schreibtisch. »Ich habe einige Neuigkeiten für Sie, Major Colby«, verkündete er.

»Tatsächlich?«, murmelte Colby und blickte zu ihm auf.

»Es geht um die Postkarte, für die Sie sich so sehr interessieren. Sie wurde in Neapel aufgegeben und an einen Mann namens Peter Fenby geschickt.«

»Der Name kommt mir bekannt vor«, sagte Layton.

»Er ist bei der *Daily Gazette*«, ergänzte Colby.

Greg nickte. »Das stimmt. Er war ein Freund von Lewis und er ist mit meinem Bruder David nach Italien geflogen.«

»Aber wir haben mit Fenby gesprochen«, sagte Layton. »Wir haben ihn wegen der Karte befragt. Er war sogar der erste, den wir deshalb aufgesucht haben. Er sagte, er wisse nichts darüber.«

»Dann hat er gelogen«, sagte Greg scharf. »Er weiß eine Menge darüber.«

»Moment mal«, sagte Colby beschwichtigend, »warum haben Sie uns nicht schon früher von dieser interessanten Theorie erzählt?«

»Das ist keine Theorie, es ist eine Tatsache. Diese Karte wurde an Peter Fenby geschickt.«

»Woher wissen Sie das?«, fragte Colby.

»Alison Ford hat es mir gesagt«, sagte Greg. Er hielt inne, um die Aussage wirken zu lassen.

Es herrschte eine kurze Stille. Dann sagte Layton: »Aber das ist doch lächerlich, das ist doch das Mädchen, das bei dem Autounfall ums Leben gekommen ist.«

»Nur, dass sie nicht getötet wurde«, ergänzte Greg.

»Wann haben Sie Alison Ford gesehen?«, fragte Colby.

»Heute Nachmittag.«

»Wo?«

»Sie wohnt bei einer Freundin«, sagte Greg. »Sie hat von dem Mord und dem Kleid gelesen und daraufhin diese Freundin gebeten, mich anzurufen.«

»Wo ist sie?«, fragte Layton.

»Ich habe mit ihr ein Treffen für morgen Nachmittag vereinbart.«

Layton sah ihn mit offenem Mund an. »*Sie* haben ein Treffen für *uns* arrangiert?«

Greg nickte gefasst.

»Hören Sie, Mr. Forrester«, sagte Layton schroff, »wenn es stimmt, was Sie über dieses Mädchen sagen, dann müssen wir sie noch heute Abend treffen – und zwar sofort!«

Greg schüttelte den Kopf. »Tut mir leid, Inspektor, Sie werden sie morgen Nachmittag um drei Uhr in meiner Wohnung treffen – nicht vorher.«

Layton warf Colby einen auffordernden Blick zu, der nur mit den Schultern zuckte, dann um seinen Schreibtisch herumging und Greg konterte. »Weiß Mr. Briggs, dass seine Tochter noch lebt?«

»Von mir jedenfalls nicht«, sagte Greg unerschüttert.

»Sie sagen also«, fuhr Colby fort, »dass Miss Briggs oder Miss Ford Ihnen gesagt hat, dass die Karte an Peter Fenby geschickt wurde?«

Greg nickte. »Ja, sie erinnert sich gut an die Karte. Sie war mit Lewis unterwegs, als er sie abschickte.«

Colby fuhr sich kurz über seinen Schnurrbart und nahm dann den Hörer ab. Er sagte: »Verbinden Sie mich mit einem Mann namens Peter Fenby. Er ist bei der *Daily Gazette*.« Dann wandte er sich wieder Greg zu. »Ich muss schon sagen, Mr. Forrester, sie haben da schon eine spektakuläre Überraschung für uns parat. Ich dachte, Sie würden uns etwas ganz anderes erzählen.«

»Was denn?«

Colbys Augen fixierten Gregs Gesicht. »Ich dachte, Sie würden uns erzählen, dass Ihr Bruder heute Nachmittag bei

Dorking war.«

»Mein Bruder war bei Dorking?«, wiederholte Greg verblüfft.

Layton nickte. »Sie sind ihm dorthin gefolgt«, sagte er. »Wir wissen alles.«

Colby lehnte sich in seinem Stuhl vor. »Ich habe Ihren Bruder zu Dorking geschickt«, sagte er. »Ich hatte den leisen Verdacht, dass Dorking die Karte herausgegeben hätte, wenn Sie das Richtige gesagt hätten.«

»Und hat denn mein Bruder das Richtige gesagt?«, erkundigte sich Greg. Colby nickte.

Greg schaute von einem zum anderen. »Dann haben Sie vermutlich die Karte jetzt?«

Colby schüttelte den Kopf. »Wir haben die Karte, die Dorking Ihrem Bruder gegeben hat. Leider ist es nicht die richtige ...« Er unterbrach den Satz, als das Telefon klingelte. Er hob ab und hielt die Sprechmuschel mit der Hand zu. »Wenn meine Vermutung richtig ist, ist das Fenby. Ich möchte, dass Sie mit ihm sprechen. Sagen Sie ihm, dass es eine neue Entwicklung gibt und dass Sie denken, dass er daran interessiert sein könnte. Bitten Sie ihn, Sie irgendwann heute Abend zu besuchen.«

Greg nickte und nahm den Hörer. Er sagte: »Spricht da Fenby?«

»Am Apparat«, sagte die Stimme am anderen Ende.

Greg zog die Augenbrauen hoch und nickte Colby kurz zu. Dann sprach er in den Hörer: »Hier ist Greg Forrester. Ich glaube, ich habe Ihnen bei unserem letzten Treffen versprochen, Sie zu informieren, wenn es weitere Entwicklungen gibt.«

»Das haben Sie«, sagte Fenby.

»Nun, es ist etwas passiert. Ich denke, Sie sollten darüber Bescheid wissen.«

Fenbys Stimme war freundlich. »In Ordnung, alter Junge. Erzählen Sie.«

»Ich kann es Ihnen nicht am Telefon sagen«, erwiderte Greg vorsichtig. »Könnten Sie vielleicht bei mir vorbeikommen? Sagen wir in einer halben Stunde?«

»Sicher«, sagte Fenby leichthin, »ich nehme an, Sie sprechen jetzt von zu Hause?«

Greg zögerte einen Moment. »Ja, natürlich. Warum fragen Sie?«

»Ach, nur so. Wir sehen uns also um sieben.«

Greg Forrester hatte es sich in einem Sessel neben der Staffelei bequem gemacht. Colby saß auf dem Sofa gegenüber. Sein gelegentlich wippender Fuß verriet, dass er ungeduldig war. Layton ging im Zimmer auf und ab und sah immer wieder auf die Uhr.

»Seien Sie doch ein wenig entspannter, Inspektor«, sagte Colby in beruhigendem Ton. »Sie hatten einen schweren Tag. Setzen Sie sich doch.«

Layton ließ sich daraufhin schwerfällig in einen Stuhl fallen. Er sagte: »Ich bezweifle, dass wir Fenby heute Abend noch zu Gesicht bekommen.«

Colby sah auf seine Uhr und verglich sie mit jener auf dem Kaminsims. »Langsam beginne ich auch daran zu zweifeln«, sagte er. »Es ist jetzt schon nach acht Uhr.«

Layton wandte sich an Greg. »Fenby hat Sie doch gefragt, ob Sie von zu Hause aus sprechen, nicht wahr?«

»Ja.«

»Ich wette einen Fünfer, dass er wusste, dass Sie nicht dort waren«, sagte Layton mürrisch. »Sie können sicher sein, dass er Sie kurz nach dem Anruf zurückrief.«

»Tut mir leid, daran habe ich gar nicht gedacht«, sagte Greg entschuldigend.

»Es lässt sich jetzt nicht mehr ändern«, sagte Colby gleichmütig. »Haben Sie Fenbys Privatadresse?«

»Nein«, sagte Greg. »Aber ich nehme an, er steht im Telefonbuch.«

Colby beugte sich vor und nahm das Telefonbuch von dem kleinen Tisch vor ihm. Während er darin blätterte, sagte er: »Wie gut kannte Ihr Bruder eigentlich Fenby, Mr. Forrester?«

»Ich glaube, sie waren ziemlich gut befreundet, sie haben viele Jahre lang zusammengearbeitet.«

»Ist Ihr anderer Bruder, David, ein Freund von ihm?« Während er sprach, fuhr Colby mit dem Finger über eine Liste von Namen im Telefonbuch.

Greg zögerte. »Nicht das, was man einen Freund nennen würde«, sagte er schließlich.

»Wann haben Sie ihn kennengelernt?«, fragte Layton.

»Vor etwa zwei oder drei Jahren«, antwortete Greg. »Mein Bruder – also Lewis – gab eine Cocktailparty. Soweit ich mich erinnere, war es eine ziemlich wilde Feier. Jedenfalls sprach Fenby mich direkt an. Er wollte unbedingt, dass ich einige Artikel illustriere, die er gerade schrieb.«

»Und haben Sie?«, fragte Layton.

»Nein«, sagte Greg. »Ich hatte zu der Zeit viel zu tun und konnte den Auftrag nicht übernehmen.«

Colby klappte das Telefonbuch zu und sah auf. »Anscheinend steht er nicht drin«, bemerkte er.

In diesem Moment läutete es an der Haustür.

»Wahrscheinlich ist er das«, sagte Greg und ging auf den Flur hinaus.

Vor der Tür stand Henry Carmichael, der einen sichtlich besorgten Gesichtsausdruck hatte. Carmichael ergriff Gregs Arm. »Sind Sie allein?«

»Nein«, sagte Greg. »Inspektor Layton und Major Colby sind hier.«

Carmichaels Gesichtsausdruck wurde immer besorgter. »Haben Sie dem Inspektor gesagt, was ich Ihnen heute Morgen über Mary Hepburn erzählt habe?«

»Nein, das habe ich nicht«, sagte Greg. »Warum?«

Der Druck von Carmichaels Griff um Gregs Arm wurde

stärker.

»Dann tun Sie es auch nicht«, sagte er eindringlich. »Wissen Sie, ich habe mich geirrt, es war nicht Mary Hepburn, die Jill bedroht hat.«

Greg runzelte die Stirn. »Aber Sie haben mir doch sehr deutlich gesagt, dass …«

»Ich habe mich geirrt«, wiederholte Carmichael. »Ich habe mich total geirrt. Es war jemand anderes.« Er blickte besorgt in Richtung Atelier. »Ich werde es Ihnen später erklären.«

Greg beäugte ihn einen Moment lang neugierig und führte ihn dann in die Wohnung. Er sagte zu Layton und Colby: »Leider ist es nicht der Mann, den wir erwartet haben.«

Layton blickte überrascht auf.

Carmichael sagte etwas unbeholfen: »Guten Abend, Inspektor.«

»Ich glaube, Sie kennen Major Colby schon«, sagte Greg.

Carmichael nickte kurz in Colbys Richtung. »Wir kennen uns«, sagte er kurz. Dann wandte er sich wieder an Greg. »Es tut mir sehr leid, dass ich so hereinplatze, Forrester. Aber ich muss Sie um einen großen Gefallen bitten. Ich wollte Sie fragen, ob ich Ihnen das Porträt von Jill abkaufen kann.«

»Ich fürchte, da müssen Sie die Zeitschrift fragen«, sagte Greg. »Die haben nämlich das Urheberrecht.«

Carmichael sah niedergeschlagen aus. »Oh, ich verstehe. Daran habe ich nicht gedacht.«

Colby beobachtete Carmichael aufmerksam. »Warum wollen Sie dieses Porträt, Mr. Carmichael?«

Henry Carmichaels Nacken wurde rot. Die Röte stieg ihm langsam die Wangen hoch. »Sie scheinen zu vergessen, dass ich mit Jill verlobt war. Ich habe nicht einmal ein anständiges Foto von ihr.«

»Ich habe ein paar Skizzen«, warf Greg hastig ein. Er mochte Henry Carmichal zwar nicht übermäßig, aber Colbys Frage fand er etwas taktlos. »Möchten Sie sie sehen?«

»Das würde ich sehr gerne«, sagte Carmichael.

»Es sind leider nur Rohskizzen.«

»Ich würde sie trotzdem schrecklich gerne sehen«, versicherte ihm Carmichael erneut.

Greg sagte: »Dann gehe ich und hole sie.« Er sah mit etwas unsicherem Blick in die kleine Gruppe und ging dann hinaus.

Als Greg den Raum verlassen hatte, sagte Colby mit trügerischer Beiläufigkeit: »Mr. Carmichael, als Sie neulich nach Scotland Yard kamen, haben Sie uns erzählt, dass Sie keinen Alkohol trinken.«

Carmichaels Stimme war desinteressiert, aber seine Augen waren wachsam. »Habe ich das?«

»Ja, das haben Sie«, sagte Colby mit sachlicher Stimme, »wir haben Ihnen von der Flasche Chianti erzählt – dem angeblichen Geburtstagsgeschenk – und Sie haben gesagt, dass Sie nicht nur nicht Geburtstag haben, sondern auch abstinent sind. Kurz gesagt, Sie haben gefolgert, dass Jill Stewart Ihnen niemals eine Flasche Wein geschenkt hätte, selbst wenn es Ihr Geburtstag gewesen *wäre*.«

»Und?«, sagte Carmichael kalt. »Ist es zu viel verlangt, eine Erklärung dafür zu erwarten, was das alles soll?«

»Ganz und gar nicht«, sagte Colby freundlich. »Sagt Ihnen der Name *Pandora* etwas?«

Carmichael murmelte zögernd: »Ist das nicht ein Club in der Weston Street?«

»Genau«, sagte Colby.

Etwas von Carmichaels Zuversicht schien zurückgekehrt zu sein. »Was ist damit?«

»Sind Sie nicht Mitglied im *Pandora*?«, fragte Colby.

Carmichaels Blick war auf seine Schuhe geneigt. »Tja, ich glaube schon.»

Colbys Unterlippe verzog sich zu einem hämischen Lächeln. »Entweder man ist Mitglied oder nicht.«

»Ich sage Ihnen doch«, antwortete Carmichael mürrisch,

»ich bin Mitglied.«

»Ein ganz besonderes, wenn ich mich nicht irre«, bemerkte Colby.

»Was meinen Sie?«, fragte Carmichael aggressiv.

»Ich bezweifle nur, dass es unter den Mitgliedern des *Pandora*-Clubs viele gibt, die abstinent sind.«

Carmichaels Augenbrauen zogen sich zu einer einzigen dicken Linie zusammen. »Hören Sie, Major Colby«, sagte er, »ich bin dem *Pandora* nur beigetreten, weil Jill mich darum gebeten hatte. Normalerweise interessiere ich mich für solche Clubs nicht.«

Colby zog die Augenbrauen hoch. »Sie waren vor zwei Abenden dort, Mr. Carmichael. Sie hatten drei Pink Gins und einen großen trockenen Martini. Ziemlich ungewöhnliche Kost für einen Antialkoholiker.«

»Jetzt habe ich aber genug«, sagte Carmichael. Sein Gesicht war rot und die Ader an seinem Hals pochte. »Haben Sie Erkundigungen über mich eingezogen?«

Colby lächelte. »Selbstverständlich. Es ist meine Aufgabe, Nachforschungen über Leute anzustellen.«

Plötzlich verlor Carmichael seine Wut. »Es stimmt tatsächlich«, sagte er heftig. »Ich war im *Pandora.* Ich war bekümmert und fühlte mich einsam und deprimiert.«

»Verstehe«, sagte Colby verständnisvoll. »Sie hatten also drei Pink Gins und einen großen trockenen Martini?«

»Ja«, sagte Carmichael. »Und die Rechnung belief sich auf neunzehn Shilling und Sixpence. Sonst noch irgendetwas?«

Bevor Colby antworten konnte, kam Greg mit einer Handvoll Zeichnungen in den Raum. Er wählte vier aus und reichte sie Carmichael. »Ich glaube, das sind die besten.«

Carmichael blätterte teilnahmslos durch die Skizzen und warf gelegentlich einen Blick auf Colby. Schließlich wählte er eine aus und sagte: »Die gefällt mir.«

»Sie gehört Ihnen«, sagte Greg.

»Vielen Dank«, sagte Carmichael. »Tja, äh, ich muss jetzt gehen. Gute Nacht, Inspektor.« Er bewegte sich entschuldigend zur Tür.

»Gute Nacht, Sir«, sagte Layton.

»Haben Sie einen Wagen, Mr. Carmichael?«, fragte Colby.

»Ja.«

»In welche Richtung fahren Sie?«

»Ähm – nach Piccadilly«, sagte Carmichael ohne Begeisterung.

»Hervorragend!«, sagte Colby. »Vielleicht wären Sie so freundlich, mich an der Park Lane abzusetzen?«

»Ja, natürlich«, sagte Carmichael. Es war eindeutig das Letzte, was er tun wollte.

»Das ist sehr nett von Ihnen«, sagte Colby. Zu Layton sagte er: »Ich werde die gewünschte Adresse herausfinden und mich später bei Ihnen melden.«

Layton nickte. »In Ordnung, Major. Ich warte dann darauf, von Ihnen zu hören.«

Colby und Carmichael gingen gemeinsam aus der Wohnung. Auch Layton wollte gerade gehen, als das Telefon klingelte. Greg nahm ab und reichte den Hörer an Layton weiter.

»Es ist für Sie, Inspektor.«

Die Stimme am anderen Ende klang besorgt. Sie sagte: »Hier ist Reed, Sir. Bei Dorking stimmt etwas nicht.«

»Was ist los?«, fragte Layton.

»Es rührt sich nichts, Sir«, sagte Reed. »Sein Büro ist völlig dunkel.«

Layton runzelte die Stirn. »Meinen Sie, er ist Ihnen entwischt?«

»Ich wüsste nicht, wie ihm das gelungen sein sollte, Sir. Wir sind hier, seit Forrester weg ist.«

»Hatte er irgendwelche Besucher?«

»Mehrere«, sagte Reed. »Eine Frau kam gegen halb sieben und holte einen Wagen ab.«

»Sind Sie sicher, dass sich Dorking nicht hinten im Wagen versteckt hat?«

»Ganz sicher, Sir. Ich habe ihn ins Büro zurückkehren sehen.«

»Und was beunruhigt Sie dann?«, fragte Layton. »Wahrscheinlich ist er die ganze Zeit drinnen und frisiert die Bücher.«

»Das ist unmöglich, Sir«, sagte Reed mit einer gewissen Endgültigkeit. »Alle Lichter sind aus.«

Layton trommelte vorsichtig mit den Fingern auf den Tisch. »Haben Sie eine Vermutung, Reed?«

»Ja, Sir. Hier scheint etwas nicht zu stimmen – und das gefällt mir nicht.«

Layton setzte seinen Hut auf. »Ich bin in fünfzehn Minuten bei Ihnen«, sagte er.

Das Büro von Reg Dorking, das ohnehin nie besonders ordentlich gewesen war, befand sich in einem Zustand kompletter Verwüstung, als es die Polizeibeamten betraten. Ein Stuhl war umgestoßen worden, das Tintenfass hatte sich über den ganzen Boden verteilt, Papiere lagen auf dem abgewetzten Teppich verstreut. Dorking lag in der Mitte des Raumes ausgestreckt auf dem Boden. Er hatte einen hässliche Wunde, die sich von seiner rechten Wange bis zum Nacken zog, und ein wenig getrocknetes Blut an den Mundwinkeln. Seine Oberlippe war aufgeplatzt und geschwollen.

Layton stürzte nach vorn und hob den schweren Körper Dorkings etwas auf. Er zog eines der Augenlider zurück und fühlte den Puls des Gebrauchtwarenhändlers.

»Ist er tot, Sir?«, fragte Reed.

»Nein«, schnappte Layton. »Rufen Sie einen Krankenwagen und einen Arzt. Es steht wohl ziemlich schlimm um ihn.«

Als Reed zum Telefon auf dem Schreibtisch ging, hob Dorking den Kopf. Er blinzelte Layton an, umklammerte seinen Bauch und stöhnte. Durch seine aufgeplatzten Lippen murmelte er: »Bank … verschlossen … Colby …«

»Es ist gut, Dorking«, sagte Layton. »Ein Arzt ist unterwegs. Bleiben Sie ganz ruhig und machen Sie sich keine Sorgen.«

Aber Dorkings Lippen bewegten sich wieder. »Colby … die Bank … Colby … Bank«, sagte er leise.

»Was sagt er, Sir?«

»Schwer zu sagen«, sagte Layton nachdenklich, »aber für mich hörte es sich an wie »Bank« und »Colby« …«

– 2 –

Greg Forrester arbeitete an einem Titelbild für eine Zeitschrift. Es zeigte ein junges, offensichtlich verliebtes Paar, das im strömenden Regen unter einem Regenschirm stand. Der Ausdruck auf ihren Gesichtern verriet, dass es den beiden egal war, wenn es ewig regnen würde.

Er hielt die Zeichnung in der Hand und betrachtete sie mit halbgeschlossenen Augen, als es mehrmals an der Haustür klingelte. Als er sie öffnete, stand Alison Ford vor ihm.

Sie sagte atemlos: »Mr. Forrester, kann ich Sie einen Moment sprechen?«

»Natürlich können Sie das«, sagte Greg und hielt ihr die Tür auf. »Wie wäre es mit einem Drink?«

Er führte sie ins Atelier und bemerkte, dass ihre Hände nervös zitterten und ihre Augen keine Sekunde still standen. Auch ihr Gesicht war leichenblass.

Greg schenkte einen starken Whisky ein, fügte ein wenig Wasser hinzu und reichte ihn ihr.

Sie trank und hustete, als der fast reine Alkohol durch ihre Kehle floss. Dann kam etwas Farbe in ihr Gesicht zurück.

»So ist es besser«, sagte Greg. »Also, was ist los? Sie wissen, dass ich Ihnen gerne helfe.«

Sie lächelte kurz und Greg Forresters überraschtes Herz machte einen kleinen Sprung. Alison sagte: »Haben Sie mich gegen halb sieben angerufen und mich gebeten, Sie in einem

Restaurant zu treffen?«

»Nein«, sagte Greg. »Das habe ich nicht. Aber – das hätte ich doch sowieso nicht gekonnt. Es gibt doch kein Telefon im Wohnwagen, oder?«

Sie schüttelte den Kopf. »Nein, aber es gibt einen Bauernhof etwa eine halbe Meile entfernt. Wenn jemand Mary erreichen will, ruft er normalerweise auf dem Hof an und hinterlässt eine Nachricht.«

»Und heute Abend hat das jemand getan?«

»Ja. Gegen halb sieben kam das kleine Mädchen, das auf dem Bauernhof wohnt, und sagte, ein Mr. Forrester habe angerufen. Die Nachricht lautete: »Würde Miss Hepburns Freundin ihn um neun Uhr im Restaurant *Firenze* treffen?««

»Aber das ist doch völliger Unsinn!«, rief Greg aus. »Wenn ich Sie zum Essen einladen hätte wollten, dann hätte ich Sie gleich heute Nachmittag gefragt.«

Wieder dieses kurze, bezaubernde Lächeln: »Das habe ich mir auch gedacht«, sagte sie.

Greg runzelte die Stirn. »War das die ganze Nachricht?«

Alison nickte. »Außer, dass das kleine Mädchen noch sagte, dass es dringend sei.«

»Kennen Sie das Restaurant *Firenze*?«, fragte Greg.

»Nein, ich habe noch nie davon gehört.«

Greg ging zum Telefonbuch und blätterte darin. Er fuhr mit dem Finger über die Restaurants mit F und sah dann auf. »Es ist in der Orchard Street«, verkündete er.

»Wo ist das?«

»Irgendwo bei der Edgware Road.« Er sah auf seine Uhr. »Es ist jetzt viertel nach neun. Derjenige, der die Nachricht geschickt hat, ist mit ziemlicher Sicherheit noch dort und wartet auf Sie.« Er dachte einen Moment lang nach. »Hören Sie, Alison, ich werde diesen Termin wahrnehmen. Warten Sie bitte hier auf mich? Ich bin so schnell wie möglich wieder da.«

Alison überlegte einen Moment, dann sagte sie: »Möchten Sie, dass ich Sie begleite?«

Greg zögerte, dann schüttelte er den Kopf. »Nein, ich glaube nicht, dass das eine gute Idee wäre.« Er ging ins Schlafzimmer, um seinen Mantel zu holen.

Als er zurückkam, sah er, dass Alison die Fotos von sich betrachtete, die er auf dem Arbeitstisch zurückgelassen hatte. »Sind das die Fotos, die Ihnen mein Vater gebracht hat?«

»Ja«, sagte Greg und ging auf die Tür zu. »Wenn jemand klingelt, gehen Sie nicht an die Tür. Ich habe einen Schlüssel und kann selbst aufschließen.«

Ohne nachzudenken legte sie ihre Hand auf seinen Arm. »Greg, was ist heute Nachmittag passiert, nachdem Sie von mir weg sind?«

»Ich habe getan, was ich Ihnen versprochen habe«, sagte er. »Ich bin direkt zu Scotland Yard gefahren.«

»Haben Sie mit dem Inspektor gesprochen?«

»Ja. Aber keine Sorge, ich habe ihm nicht gesagt, bei wem Sie wohnen.«

»Danke«, sagte Alison leise. »Wissen Sie, ich will nicht, dass Mary in diese Sache verwickelt wird. Sie ist mir wirklich eine sehr gute Freundin gewesen. Ich weiß wirklich nicht, was ich ohne sie getan hätte.«

Greg sagte mit leicht warnendem Ton in der Stimme: »Aber ich habe dem Inspektor gesagt, dass Sie ihn morgen Nachmittag treffen werden.«

Ihre Augen weiteten sich für einen Moment. »Wo?«

»Hier – um drei Uhr. Ich muss jetzt gehen …« Er brach den Satz ab und drückte sanft ihre Hand. »Es wird nicht lange dauern – und denken Sie daran, was ich Ihnen gesagt habe: Öffnen Sie niemandem die Tür!«

Sie erwiderte den Druck seiner Hand kaum merklich. »Ihr Wunsch sei mir Befehl«, sagte sie leise.

Greg Forrester bezahlte sein Taxi vor dem Restaurant *Firenze*. Es war eines dieser schäbigen kleinen Restaurants, deren baufälliges Äußeres über die hervorragende Qualität des Essens hinwegtäuscht.

Greg stieß die Tür auf und sah sich in dem schwach beleuchteten Raum um. Ihm fiel auf, dass sich die Gäste mit gedämpften Stimmen unterhielten, und dass eine schwer fassbare, intime Atmosphäre herrschte. Er ließ seinen Blick über die Tische schweifen und blieb schließlich an einer Nische hängen. Dort saß an einem Tisch Norman Briggs. Er aß Käse und Gebäck mit dem herzhaften Genuss eines Mannes mit einem astreinen Gewissen und einer ausgeglichenen Verdauung.

Auf dem Tisch stand eine Flasche Chianti.

Kapitel acht

– 1 –

Greg Forrester ging direkt zum Tisch, nahm den Chianti in die Hand und untersuchte das Etikett. Briggs blickte leicht überrascht auf.

»Mögen Sie Chianti, Mr. Briggs?«, fragte Greg und stellte die Flasche auf dem Tisch ab.

Briggs wischte sich mit der Serviette über seine Lippen und lächelte.

»Was denn, das ist aber eine angenehme Überraschung«, sagte er. »Ich habe Sie noch nie hier gesehen.«

»Ich war auch noch nie hier«, sagte Greg leise. »Ist das Ihr Lieblingslokal?«

Briggs sah verwirrt aus, aber er schien sich wohl zu fühlen: »Nun, das kann man wohl sagen. Normalerweise esse ich hier zwei- oder dreimal pro Woche, wenn ich in der Stadt bin. Das Essen ist sehr gut. Haben Sie schon zu Abend gegessen?«

»Ja«, sagte Greg kurz.

»Und sind Sie allein hier?«

Greg nickte.

Briggs wies mit einer einladenden Handbewegung auf den anderen Stuhl. »Gut, setzen Sie sich und trinken Sie einen Kaffee mit mir.« Er unterbrach das Gespräch, um einem vorbeigehenden Kellner zuzuwinken. »Eigentlich bin ich ja Teetrinker, aber ich glaube nicht, dass es hier gut ankommt, wenn man eine Kanne Tee bestellt.« Er lachte behaglich, lehnte sich zurück und betrachtete Greg mit einem freundlichen Lächeln.

»Lassen Sie sich nicht beim Essen stören«, sagte Greg.

Briggs tätschelte liebevoll seinen Bauch. »Machen Sie sich diesbezüglich keine Sorgen. Ich habe schon viel zu viel gegessen. Morgen früh werde ich es sicher bereuen.« Er lachte wieder. Für Greg Forrester war er das perfekte Abbild des sympathischen Geschäftsmannes aus dem Norden auf einem arglosen Ausflug nach London.

Der Kaffee kam und Briggs strahlte Greg an. »Tja, das ist wirklich eine schöne Überraschung – ich hatte nicht mit Gesellschaft gerechnet.«

»Tatsächlich, Mr. Briggs?«, fragte Greg und rührte unberührt in seinem Kaffee,

»Aber nein. Dachten Sie etwas anderes?«

»Eigentlich ja.«

Briggs sah plötzlich amüsiert aus. »Sie dachten wohl, ich erwarte eine Freundin, was?« Er lachte. »Für solche Sachen bin ich wohl schon ein bisschen zu alt. Ich bin jetzt in einem Alter, in dem ich eine Tasse Tee und ein heißes Bad vorziehe.«

»Ich dachte, Sie erwarten vielleicht Ihre Tochter«, sagte Greg leise.

Briggs blickte auf, die Kaffeetasse halb zum Mund geführt.

»Meine *Tochter*?«

»Ja«, sagte Greg. Briggs wurde blass. »Sie meinen Alison?«

Greg Forrester nickte. »Sie sagten mir doch, Sie hätten nur eine Tochter.«

Briggs setzte seine Tasse lautstark ab. »Aber Alison ist tot! Sie ist bei dem Autounfall mit Ihrem Bruder ums Leben gekommen. Das wissen Sie so gut wie ich!«

»Ich weiß nichts dergleichen«, erwiderte Greg. »Alison lebt. Ich war vor weniger als einer halben Stunde noch mit ihr zusammen.«

Briggs starrte ihn mit offenem Mund an. »Aber das ist doch unmöglich, Mann!« Er stützte sich mit den Ellbogen auf den Tisch und starrte Greg an. »Hören Sie, junger Freund, soll das ein Scherz sein? Denn wenn ja, ist es ein verdammt geschmackloser!«

Greg zündete sich mit kunstvoller Unbekümmertheit eine Zigarette an. »Das ist weder ein Scherz noch sonst etwas in dieser Richtung. Ihre Tochter ist am Leben. Außerdem hat man sie gebeten, mich heute Abend hier in diesem Restaurant zu treffen.«

Briggs schaute völlig perplex. »… Sie hier zu treffen?«

»Jemand hat Alison eine Nachricht geschickt«, sagte Greg, »und sie gebeten, mich hier zu treffen. Anstatt sich an die Verabredung zu halten, kam sie zu mir nach Hause. Ich möchte unbedingt wissen, wer ihr diese Nachricht geschickt hat.«

»Sie glauben doch nicht etwa, dass sie von mir stammt, oder?«

Greg zuckte mit den Schultern. »Nun, wenn Sie es nicht waren, muss derjenige, der sie geschickt hat, gewusst haben, dass Sie hier sein würden.«

»So ein Schwachsinn!«, platzte es aus Briggs heraus. »Ich glaube Ihnen nicht, dass Alison noch lebt!«

»Wenn Alison nicht mehr lebt, warum sollte ich Ihnen das alles erzählen?«

Briggs schien plötzlich zusammenzuschrumpfen: Sein blühendes Gesicht wirkte im schwachen Licht fahl und schlaff. »Forrester, ist das die Wahrheit – wirklich die Wahrheit – über Alison?«

»Jedes Wort.«

»Und Sie wussten es die ganze Zeit? Wussten Sie, dass sie an dem Tag, an dem ich die Fotos vorbeibrachte, noch am Leben war?«

»Nein«, sagte Greg, »damals nicht.«

»Seit wann wissen Sie es?«, hakte Briggs nach. »Wann haben Sie Alison zuletzt gesehen?«

»Heute Nachmittag.«

»In London?« Greg konnte ein paar kleine Schweißperlen auf Briggs' Stirn entdecken.

»Nein. Ich habe sie gesehen … wo sie wohnt.«

Briggs schlug seine geballten Fäuste auf den Tisch. »Aber warum zum Teufel versteckt sie sich? Warum hat sie sich nicht bei mir gemeldet? Ich verstehe das nicht … ihr eigener Vater … hat sie mich überhaupt erwähnt?«

»Ja.«

Briggs beugte sich gespannt vor. »Und, was hat sie gesagt?«

»Eine Reihe von Dingen. Einige davon waren nicht gerade schmeichelhaft.«

Briggs' Augen verengten sich. »Zum Beispiel?«, fragte er fordernd.

»Sie sagte, Sie hätten sie meinem Bruder vorgestellt, weil Sie vermuteten, dass er gewisse Nachforschungen anstellte«, sagte Greg absichtlich.

»Nachforschungen?«

»Ja. Über Sie und Ihre – ähm – Geschäfte.«

»Warum sollte ich dann meine Tochter mit ihm bekannt machen?«

»Weil Sie wollten, dass sie genau herausfindet, was Lewis vorhat.«

Briggs sah schockiert aus. »Hat Alison Ihnen das gesagt?«

»Das hat sie. Und ich glaube ihr.«

»Aber das ist doch absolut fantastisch!«, sagte Briggs zittrig. »Ich kann mir nicht vorstellen, dass sie so etwas tun würde.« Er hielt inne und sah Greg scharf an. »Aber sie hat Sie offenbar überzeugt.«

»Würden Sie ihr nicht glauben, wenn Sie an meiner Stelle wären?«

Briggs stieß einen tiefen Seufzer aus. »Doch, wahrscheinlich würde ich das tun«, gab er widerwillig zu. Er saß und blinzelte in das schwache Licht der Kerzen auf dem Tisch, die pummeligen Hände unter seinem Kinn. »Wissen Sie, Forrester, das Leben ist komisch. Man kann Jahre damit verbringen, sich um eine Person zu kümmern, alles für sie tun, hart verdientes Geld für sie ausgeben, und dann, wenn man sie mehr als alles andere auf der Welt braucht, lässt sie einen plötzlich im Stich.«

Greg fragte: »Sie denken also, dass Alison Sie im Stich gelassen hat?«

Briggs dachte einen Moment lang darüber nach. »Nein, ich muss fair sein«, sagte er schließlich. »Ich habe immer gewusst, wo Alisons Grenzen liegen. Mir gegenüber hat sie sich jedenfalls nie verstellt.« Greg wartete darauf, dass er fortfuhr. Briggs stützte seine Hand für einen Moment lang auf der Chianti-Flasche ab: »Sie kennen meine Tochter nicht sehr gut, oder, Mr. Forrester?«

»Ich kenne *Sie* nicht sehr gut, Mr. Briggs.«

Briggs beugte sich über den Tisch vor. Die freundliche Maske war jetzt verrutscht und das schlaffe Gesicht wirkte leicht finster. Er sagte: »Bevor wir weitermachen, sollte ich Ihnen vielleicht ein paar Dinge über Alison erzählen …«

– 2 –

Greg Forrester betrat seine Wohnung. Er runzelte leicht die Stirn. Seine Unterhaltung mit Norman Briggs war, gelinde gesagt, verstörend gewesen.

Alison schenkte im Wohnzimmer gerade Kaffee ein. Greg beobachtete sie einen Moment lang. Sie wirkte angenehm ruhig und gelassen.

»Ich hoffe, es stört Sie nicht, dass ich Kaffee gemacht habe, während Sie weg waren«, sagte sie.

»Nein, das war eine sehr gute Idee«, sagte Greg. »Ich bin froh, dass Sie daran gedacht haben.«

Er nahm eine Tasse entgegen und nippte genüsslich daran.

»Und, was ist passiert?«, fragte sie. »War jemand im Restaurant?«

»Ja.«

»Jemand, den ich kenne?«

»Ja. Jemand, den wir beide kennen.«

Sie sah ihn einen Moment lang an und sagte dann leise: »Mein Vater?«

Greg nickte. »Ja, es war Ihr Vater.«

»Und hat er mir die Nachricht geschickt, dass ich Sie dort treffen soll?«

Greg schüttelte den Kopf. »Er sagt nein.«

»Aber er muss es getan haben! Was hätte er sonst in dem Restaurant gemacht?«

»Die Nachricht könnte von jemand anderem geschickt worden sein«, antwortete Greg, »jemandem, der die Gewohnheiten Ihres Vaters kennt.«

»Ist das die Erklärung, die er Ihnen gegeben hat?«, fragte Alison.

Greg nippte an seinem Kaffee. »Es scheint doch eine ziemlich vernünftige Erklärung zu sein«, sagte er leise.

»Derjenige, der die Nachricht geschickt hat, muss also gewusst haben, dass mein Vater genau zu dieser Zeit in diesem Restaurant sein würde?«

»Ja«, sagte Greg, »aber es ist gar nicht so weit hergeholt, wie es klingt, wissen Sie. Erstens hat Ihr Vater die Gewohnheit, im *Firenze* zu essen und zweitens reserviert er zuvor meistens einen Tisch. Heute Abend hatte er einen reserviert.«

»Na und?« Alisons Stimme klang ungläubig.

»Jeder hätte im Restaurant anrufen und sich erkundigen können, ob er kommen würde«, erklärte Greg. Doch Alison blieb unbeeindruckt.

»Ich bin mir sicher, dass mein Vater diese Nachricht geschickt hat. Er wusste, dass ich Sie getroffen hatte und wollte mich durch diesen Trick dazu bringen, ihn zu treffen.«

»Alison, warum wollen Sie Ihren Vater eigentlich nicht treffen?«, fragte Greg unverblümt.

Sie antwortete angespannt: »Weil ich ihn nie wieder sehen will.«

»Er denkt diesbezüglich was Sie betrifft aber anders und er ist bereit, die Vergangenheit …«

Sie unterbrach ihn und Greg entdeckte einen unerwarteten Ton von Härte in ihrer Stimme. »Es gibt viele Dinge, die ich nicht über meinen Vater weiß, aber ich kenne ihn viel besser als Sie. Lassen Sie sich nicht von ihm täuschen.«

»Ich lasse mich nicht von ihm täuschen«, sagte Greg leise.

»Das glaube ich aber. Sagen Sie, wie war er denn eigentlich heute Abend so? Freundlich und ein bisschen sentimental – und ein bisschen wehmütig, als mein Name erwähnt wurde?«

Greg antwortete: »Ja, ich denke, das beschreibt seine Stimmung ganz gut.«

»Hat er Ihnen von meiner Mutter erzählt und was an dem Tag geschah, als sie starb? Hat er Ihnen von der ersten Schule erzählt, auf die ich gegangen bin, und wie enttäuscht er war, als er herausfand, dass ich, nun ja, nicht gerade eine Lügnerin war, aber …«

Ein wenig verlegen antwortete Greg: »Ja, das hat er.«

»Und was hat er Ihnen noch erzählt?«

»Er sagte, er musste Sie ins Ausland bringen, weil Sie eine Affäre mit einem verheirateten Mann hatten.«

Alison seufzte kaum merklich. »Fahren Sie fort.«

»Er sagte mir, dass Sie kurz nach dieser Affäre schon wieder hinter einem anderen Mann her waren. Er sagte, er hätte viel Ärger mit Ihnen gehabt, weil …«

»… weil ich ungestüm, leicht zu beeindrucken und unheilbar romantisch war«, ergänzte Alison verbittert.

Greg sah sie erstaunt an. »Das waren tatsächlich genau seine Worte. «

»Das habe ich alles schon gehört«, sagte Alison mit dem gleichen Ton der Bitterkeit. »Ich kenne es auswendig. Er hat mich doch nicht auch noch eine Nymphomanin genannt?«

»Ähm – nein.«

»Aber er hat den Eindruck erweckt, dass nicht viel dazu fehlt und dass ich abgesehen davon ja doch seine Tochter bin und er ein so netter Kerl.«

Greg sah zu ihr auf. Er konnte sehen, dass ihre Augen nicht hart und verbittert waren, sondern verletzt und den Tränen sehr nahe. Er sagte zurückhaltend: »Ja, das stimmt wohl.«

Alison sagte leise: »Erzählen Sie mir, was er noch gesagt hat.«

»Er hat Ihre Version der Geschichte mit Lewis abgestritten«, sagte Greg. »Er sagte mir, er hätte noch nie von meinem Bruder gehört, bis Sie ihn in Mailand kennengelernt hätten.«

»Das ist nicht wahr!« Alisons Stimme war jetzt bitter, fast ungestüm.

Greg sah sie eine Sekunde lang an und fuhr dann fort: »Er sagte, Sie hätten sich geweigert, nach Sizilien zu fahren, weil Sie bei Lewis bleiben wollten. Es war nie die Rede davon, dass Sie etwas herausfinden sollten.«

»Mein Vater hat mich gebeten, zurückzubleiben«, erklärte Alison. »Er drängte mich dazu, mich mit Ihrem Bruder anzufreunden. Ich habe Ihnen auch gesagt, warum: Er wollte, dass ich gewisse Dinge herausfinde.«

»Ja, aber was für Dinge?«

Sie zögerte einen Moment, dann fuhr sie fort: »Er wollte wissen, was Lewis in Italien machte. Er wollte von mir einen Bericht über die Leute, die er traf; er bat mich herauszufinden, warum Lewis mit einem Mann in Rom telefonierte – einem Mann namens Gremalda.«

Greg runzelte die Stirn. »Aber warum sollte Ihr Vater diese Dinge wissen wollen, wenn er noch nie etwas von Lewis gehört hatte?«

»Natürlich hatte er von ihm gehört!«, sagte Alison. »An dem Tag, als wir in Mailand ankamen, erkundigte er sich, ob Ihr Bruder sich im Hotel angemeldet hatte. Das war das erste, wonach er fragte.«

»Sind Sie sich da ganz sicher?«

»Völlig sicher. Ich habe ihn noch gefragt, wer dieser Lewis Forrester eigentlich sei.«

»Und was hat er gesagt?«

»Einfach, dass er ein Mann sei, mit dem er hofft, Geschäfte zu machen. Später, als Lewis ankam, bemühte sich mein Vater darum, seine Bekanntschaft zu machen.«

»Verstehe«, sagte Greg langsam, obwohl er weit davon entfernt war, es zu begreifen.

Sie sah ihn flehend an und in ihrem Blick lag etwas, das alle Zweifel, die Greg ihr gegenüber hegte, zerstreute. Plötzlich verspürte er eine heftige Wut auf Norman Briggs. Irgendetwas sagte ihm, dass er für dumm verkauft worden war. Er überlegte gerade, wie er Briggs wieder kontaktieren konnte, als Alison sagte: »Greg …«

Er blickte auf. »Ja?«

»Haben Sie meinem Vater gesagt, wo ich wohne?«

»Nein. Aber wenn er diese Nachricht geschickt hat, dann weiß er es ohnehin.«

»Aber hat er Sie gefragt, wo ich bin?«

»Nein«, sagte Greg nachdenklich, »das hat er nicht. Aber er hat gesagt, dass er Sie sehen will, und ich habe ihm gesagt, dass er mich morgen früh anrufen soll.«

Sie schüttelte mit einer entschlossenen Geste den Kopf. »Ich werde ihn nicht treffen.«

»Greg zuckte mit den Schultern. »Wie Sie meinen.«

Sie lächelte wehmütig. »Das ist ein kleines Problem, nicht wahr?«

Er nickte langsam: »Ja, Alison, das ist ein Problem. Aber es ist ein Problem, das wir lösen werden.«

Sie schien ihn nicht gehört zu haben. Sie sagte distanziert: »Sie wissen einfach nicht, wem Sie glauben sollen, nicht wahr, Greg?«

Kapitel neun

– 1 –

Es wird behauptet, dass die Ärzte, Krankenschwestern, Krankenwagenfahrer und Pförtner des St.-Amelia-Hospitals schon lange nicht mehr von irgendetwas überrascht werden können. Seit fast einem halben Jahrhundert strömt ein ständiger Strom lädierter Menschen durch die überlasteten Türen: Autofahrer, Opfer aller bekannten Arten von Übergriffen, Betrunkene, Landstreicher und Leute, die versuchten, Selbstmord zu begehen.

Die Person Reg Dorking wäre also dort normalerweise nichts Ungewöhnliches gewesen. Aber für die junge Krankenschwester auf Probe, die auf der Station Dienst hatte, war er schon sehr früh ein Problem, das außerhalb ihres üblichen Aufgabenbereichs lag. Sie redete sich wohlwollend ein, dass er schwer verletzt war und wahrscheinlich erhebliche Schmerzen hatte. Das hinderte ihn jedoch nicht daran, sie in einer Weise zu betrachten, die ihr ständig unangenehm war.

Er saß auf mehrere Kissen gestützt da und rauchte eine Zigarette. Sie hatte einen Aschenbecher in seine Reichweite gestellt, aber die meiste Asche schien ihren Weg auf den hochglanzpolierten Boden zu finden. Die Oberschwester würde *sie* für den Zustand des Bodens tadeln, nicht Reginald Dorking.

Die junge Krankenschwester beäugte Dorking mit unverhohlener Missbilligung, als sie ihm ein Thermometer in den Mund steckte, der durch die vielen Verbände kaum sichtbar war. Die Krankenschwester fragte sich vage, was mit ihm geschehen war, und verwarf den Gedanken ebenso schnell wieder: Es war nichts, was sie etwas anging und er hatte es höchstwahrscheinlich verdient.

Prompt nahm Dorking das Thermometer heraus und reichte es der Krankenschwester zurück: »Sechsunddreißig Komma neun«, verkündete er selbstgefällig.

»Woher wissen Sie das?«, fragte die Krankenschwester in forderndem Ton. Sie hatte schon öfters mit drolligen Patienten zu tun gehabt, aber dieser hier schien einen ganz eigenen Weg zu gehen.

Dorking zwinkerte mit einem blutunterlaufenen Auge. »Das ist doch normal, oder?«

»Ja«, sagte die Krankenschwester kalt.

»Ich bin eben normal«, erwiderte Dorking – er warf ihr einen scharfen Blick zu – »in jeder Hinsicht.«

»Das bezweifle ich«, sagte die Krankenschwester und trat wieder mit dem Thermometer an ihn heran. »Mr. Dorking, ich muss Ihre Temperatur messen. Vielleicht wären Sie so gut und würden …«

Dorking setzte sich auf seine Kissen. »Nun hören Sie mal, Schwesterchen«, begann er.

»Ich bin nicht ihr Schwesterchen«, sagte die junge Frau eisig. »Und jetzt machen Sie bitte den Mund auf.«

Dorking bewegte sich leicht und zuckte zusammen, als ein plötzlicher Schmerz durch ihn schoss. »Okay, Sie sind kein Schwesterchen, Sie sind wie 'ne alte Oma. Und jetzt seien Sie so gut und verschwinden Sie damit.«

»Das werde ich nicht«, sagte die Schwester in bedrohlichem Ton. In diesem Moment wünschte sie sich, sie wäre nicht mit einem Thermometer, sondern mit einem Vorschlaghammer bewaffnet gewesen.

Sie stritten sich immer noch, als Kriminalinspektor Layton das Krankenzimmer betrat. Er erfasste die Situation mit einem raschen Blick und sagte dann höflich zu der Krankenschwester: »Würden Sie diesen »Gentleman« und mich vielleicht einen Moment allein lassen?«

Die Krankenschwester schürzte die Lippen und beäugte

Layton misstrauisch.

Er zeigte ihr seinen Dienstausweis. Das war es also, dachte sie: Hinter ihrem widerspenstigen Patienten war die Polizei her.

Als die Krankenschwester gegangen war, sagte Layton: »Na, Dorking, geht's Ihnen besser?«

»Ich fühle mich großartig«, sagte Dorking. »Keine Knochen gebrochen, nur zerquetscht. Was zum Teufel wollen Sie hier?«

»Ich möchte mich ein wenig mit Ihnen unterhalten«, sagte Layton im Plauderton.

Dorking stieß ein Stöhnen aus. »Ein andermal, Inspektor. Ich bin nicht gerade in der Stimmung für einen Plausch. Kommen Sie in einem Jahr wieder.«

Layton deutete auf die Verbände. »Wer hat Sie so zugerichtet?«

»Der Lordoberrichter«, sagte Dorking.

Layton seufzte leise. »Wenn Sie unbedingt den Komiker geben wollen, dann nur zu. Aber wir werden herausfinden, wer es war, und zwar bald. Wenn Sie noch einen Funken Verstand in Ihrem Dickschädel haben …«

»Im Moment«, sagte Dorking undeutlich, »habe ich sechzehn Vorschlaghämmer und vier Pressluftbohrer drin.«

»Hören Sie auf mit Ihren Witzen«, sagte Layton knapp. »Wer hat das getan? War es der Mann, der Ihnen die Karte gab?«

»Welche Karte?«, konterte Dorking.

Layton lehnte sich in dem Stuhl, der neben dem Bett stand, vor. »Hören Sie, Dorking, wir wissen alles über David Forrester. Wir wissen alles über …«

»Verflixt nochmal!«, sagte Dorking. »Sie wissen alles über jede verdammte Sache, nicht wahr? Tun Sie mir einen Gefallen und lassen Sie mich in Ruhe, Inspektor.«

»Ich glaube, Sie verkennen den Ernst Ihrer Lage«, erinnerte Layton ihn.

»Machen Sie Witze?«

»Jemand hat Ihnen diese Karte gegeben und Ihnen gesagt, Sie sollen sie verkaufen«, fuhr Layton unerbittlich fort. »Wir wollen wissen, wer diese Person war.«

»Ich weiß nichts über irgendeine Karte«, sagte Dorking mürrisch. »Und jetzt verschwinden Sie endlich, ja?«

»Als wir Sie heute Abend fanden, erwähnten Sie den Namen Colby «, sagte Layton geduldig.

»Ich kann mich nicht erinnern«, sagte Dorking und schloss die Augen. »Sie haben etwas gesagt, das sich anhörte wie »Bank … verschlossen … Colby« oder so ähnlich. Sie haben auf jeden Fall die Worte ›Bank‹ und ›Colby‹ benutzt.«

»Ach habe ich das?«, sagte Dorking frech. »Warum sollte ich das gesagt haben?«

»Ich sag's Ihnen«, sagte Layton grimmig. »Sie dachten, Ihr letztes Stündlein habe geschlagen und wollten etwas loswerden. Sterbende sagen immer etwas, bevor sie abtreten – und Sie dachten, Sie würden sterben, Dorking. Jetzt seien Sie kein Narr – heraus damit!«

»Ich habe Ihnen doch schon gesagt«, schnauzte Dorking bösartig, »dass ich mich nicht erinnern kann.«

Layton zuckte mit den Schultern. »Wer immer Sie heute Nacht verprügelt hat, wird wahrscheinlich …«

»Mich verprügelt! Wer hat denn etwas von Verprügeln gesagt? Ein Schrank ist auf mich gekippt.«

Layton lächelte eisig. »Ja, ich weiß. Ihre Rechnungsbücher sind auf Sie gefallen.«

»Sehr witzig«, sagte Dorking säuerlich. »Nur noch eine Sache, bevor Sie gehen!«

»Was?«

»Wenn Sie das nächste Mal kommen, bringen Sie mir wenigstens ein paar Weintrauben mit.« Mit einiger Anstrengung rollte sich Dorking daraufhin auf die Seite und drehte sein bandagiertes Gesicht zur Wand.

Layton erhob sich von seinem Stuhl, um sich auf die Beine zu machen. Dabei warf er absichtlich das Scheckbuch, das auf dem Nachttisch lag, auf den Boden. Layton blickte auf das Scheckbuch und dann auf Dorking. Er nahm das Buch in die Hand und blätterte müßig darin herum, wobei er ab und zu einen Blick auf die Nummern der verbliebenen Schecks und auf die Kontrollabschnitte warf. Dann reichte er es an Dorking zurück.

»Verzeihung, Dorking«, sagte er beiläufig. »Ich werde an die Weintrauben denken.«

Er verließ das Krankenzimmer. Dorking blickte ihm böse hinterher.

– 2 –

Greg Forrester, der in Schlafanzug und Morgenmantel gekleidet war, war etwas verwirrt, als er feststellte, dass Henry Carmichael so hartnäckig an der Haustür geklingelt hatte.

»Ich wusste nicht, ob ich sofort zurückkommen sollte oder nicht«, erklärte Carmichael, dessen Stimme ebenso wie sein Gesicht von großer Aufregung zeugte. »Fast hätte ich Sie angerufen, aber ich dachte, dass Inspektor Layton vielleicht noch hier sein könnte.«

»Er ist kurz nach Ihnen gegangen«, sagte Greg. »Kommen Sie herein. Haben Sie Colby abgesetzt?«

Carmichael kam ins Wohnzimmer. »Ja, das habe ich. Colby ist ein seltsamer Kerl, nicht wahr?«

»Vermutlich«, sagte Greg ganz unverbindlich. »Also, was hat es mit Mary Hepburn auf sich?«

Carmichael antwortete besorgt: »Sie haben der Polizei doch nichts von Mary Hepburn erzählt, oder?«

»Ich habe sie nicht erwähnt«, versicherte Greg ihm.

Carmichael sah erleichtert aus. »Dem Himmel sei Dank! Ich habe einen furchtbaren Fehler gemacht, Forrester. Ich hätte wie ein Narr ausgesehen, wenn ich mit dieser Geschichte zur Polizei gegangen wäre.«

Greg konterte abrupt: »Hören Sie, Carmichael, lassen Sie

uns das klarstellen. Hat Mary Hepburn Jill mit dem Tod bedroht oder nicht?«

»Nein, das hat sie nicht«, sagte Carmichael mit Nachdruck.

»Was genau war dann der Sinn Ihrer Geschichte? Sie haben mir erzählt, dass Jill und Mary Hepburn sehr gute Freundinnen waren«, erinnerte Greg ihn. »Dann hatten sie offenbar einen heftigen Streit und Mary Hepburn drohte, sie zu ermorden. Das war Ihre ursprüngliche Geschichte.«

»Ich weiß«, sagte Carmichael in unbehaglichem Tonfall, »aber ich habe mich getäuscht.«

»Bei solchen Dingen kann man sich doch kaum täuschen. Sie sind viel zu eindeutig.«

»Ich habe mich aber getäuscht«, sagte Carmichael ein wenig verzweifelt, »es ist über ein halbes Jahr her und ich habe Mary Hepburn mit jemandem verwechselt.«

»Sie meinen, es war jemand anderes, der Jill mit Mord gedroht hat?«

Carmichael nickte unglücklich. »Ja.«

»Wer war es?«

»Das ist nicht wichtig.«

»Nicht wichtig?« Greg trat einen Schritt vor und ergriff Carmichaels Arm. »Selbstverständlich ist das wichtig – vor allem für mich. Vergessen Sie nicht, dass ich ursprünglich selbst Verdächtiger Nummer eins war.«

»Sie verstehen nicht«, sagte Carmichael. »Es ist deshalb nicht wichtig, weil die Person, die Jill bedroht hat, tot ist. Sie starb, bevor Jill ermordet wurde.«

»Ich verstehe«, sagte Greg leise.

»Das hoffe ich doch«, sagte Carmichael. »Hören Sie, Forrester, es tut mir verdammt leid. Ich weiß, Sie dachten, Mary Hepburn sei eine weitere Verdächtige.«

»Wer war diese andere Person?«, unterbrach Greg.

»Es bringt nichts, es Ihnen zu sagen«, antwortete Carmichael ausweichend. »Sie kann nicht mehr verdächtigt werden, denn sie ist tot.«

»Trotzdem möchte ich es wissen.«

Carmichael sah ihn fast trotzig an. »Na gut«, sagte er schließlich, »es war Alison Ford.«

»Machen Sie sich doch nicht lächerlich«, sagte Greg grob. »Wie können Sie sicher sein, dass Alison Jill überhaupt kannte?«

»Natürlich kannte sie Jill«, erwiderte Carmichael.

»Alison Ford war mit Mary Hepburn befreundet, ebenso wie Jill.«

»Also war es Alison, die den Streit mit Jill verursacht hat?«

»Ja.«

Greg beobachtete Carmichael genau. »Wie kamen Sie dann darauf, dass es Mary Hepburn war?«

»Das habe ich Ihnen doch schon gesagt«, sagte Carmichael gereizt. »Ich habe da etwas durcheinander gebracht. Ich wusste, dass die drei sehr befreundet waren, und ich war mir fast sicher, dass es Jill und Mary Hepburn waren, die sich gestritten hatten.«

»Stattdessen waren es aber Jill und Alison Ford?«

Carmichael zögerte einige Augenblicke, dann murmelte er: »Sie glauben mir nicht, oder, Forrester?«

Greg antwortete nicht. Stattdessen sagte er: »Worum ging es bei dem Streit?«

»Hören Sie«, appellierte Carmichael, »es hat keinen Sinn, Ihnen zu sagen, worum es bei dem Streit ging, denn Alison ist tot. Wenn sie jedoch noch leben würde …«

»Worum ging es bei dem Streit?«, wiederholte Greg.

»Also gut, ich erzähle es Ihnen«, sagte Carmichael. »Es scheint, dass Alison mit irgendeinem Schauspieler befreundet war und Jill beschuldigt hat, sie sei ihr in die Quere gekommen.«

»Ich verstehe«, sagte Greg.

»Das war aber nicht wahr«, sagte Carmichael hastig.

»Nach dem, was ich gehört habe, war Alison immer so. Sie hatte stets eine Affäre mit jemandem und wurde eifersüchtig und dann gab's Streit. Sie wissen ja, wie das so ist.«

»Ja«, sagte Greg kühl, »ich weiß, wie das so ist. Sagen Sie, Carmichael, sind Sie Alison jemals begegnet?«

»Nein.«

»Und ihrem Vater?«

»Auch nicht.« Carmichaels Tonfall wurde plötzlich versöhnlich. »Hören Sie, es hat keinen Sinn, der Polizei von all dem zu erzählen. Wäre Alison noch am Leben, sähe die Sache natürlich ganz anders aus …« Er sprach nicht weiter und sah auf seine Uhr. »Jetzt muss ich aber weiter. Kann ich bei Ihnen noch rasch telefonieren?«

»Selbstverständlich«, sagte Greg. »Benützen Sie den Apparat im Schlafzimmer.«

Carmichael ging in den Nebenraum und Greg sah ihm gedankenversunken nach, wie er die Tür sorgfältig schloss.

– 3 –

Major Colby saß an seinem Schreibtisch und schrieb einen Brief. Er beanspruchte nur selten eine Sekretärin, da der größte Teil seiner Korrespondenz von niemandem außer ihm selbst und dem Empfänger gesehen werden durfte. Colbys Schrift war klein und sauber, seine Formulierungen kurz und prägnant. Er blickte von seinem Schreibtisch auf, als Inspektor Layton den Raum betrat.

»Um wie viel Uhr ist die Verabredung mit Forrester?«, fragte Colby.

»Um drei«, sagte Layton.

Colby las sich den letzten Absatz seines Briefes durch, nahm einen Umschlag aus der Schreibtischschublade, steckte das Blatt hinein und verschloss ihn. Als er den Brief in das Fach für den Postausgang warf, bemerkte er: »Gut. Ich hatte schon befürchtet, dass es vier Uhr sein könnte. Ich muss nämlich um halb fünf zu einer Besprechung.«

Layton setzte sich auf die Armlehne eines Stuhls. »Glauben Sie, dass er das Mädchen bei sich haben wird?«

»Das sollte er unbedingt«, sagte Colby mit einem Hauch von Verbissenheit, »nach dem, was er uns gestern Abend erzählt hat.«

Layton sah nachdenklich aus. »Ich bin immer noch etwas skeptisch gegenüber Greg Forrester«, sagte er.

»Sie meinen, Sie glauben nicht, dass er Alison getroffen hat?«

»Ich weiß nicht recht, was ich davon halten soll«, sagte Layton ganz offen. »Wie auch immer, wir werden ja sehen, was heute Nachmittag passiert.«

»Was gibt es Neues über Fenby?«, erkundigte sich Colby.

»Nichts. Er war nicht im Büro, niemand hat ihn gesehen und er war gestern Abend nicht in seiner Wohnung.«

»Das hört sich aber nicht gut an«, sagte Colby. »Besser, wir geben seine Beschreibung hinaus und verständigen die Funkstreifen.«

»Das habe ich bereits getan«, sagte Layton. Er rutschte von der Armlehne des Stuhls und stellte sich direkt vor Colby.

»Erinnern Sie sich, dass Dorking gestern Abend Ihren Namen erwähnt hat?«

Colby nickte. »Sie sagten, er murmelte etwas über Colby und die Bank oder so.«

»Stimmt«, sagte Layton. »Jetzt weiß ich auch, worauf er hinauswollte.«

Colbys Augenbrauen hoben sich ein wenig.

»Er wollte mir sagen, dass er Ihnen einen Brief geschrieben und ihn bei seiner Bank deponiert hat. Gestern Abend, als ich Dorking im Krankenhaus besuchte, habe ich mich besonders darum bemüht, den Namen seiner Bank herauszufinden. Heute Morgen habe ich dann mit dem Direktor seiner Bank gesprochen.« Layton hielt inne.

Colby sagte: »Erzählen Sie weiter, das klingt interessant.«

»Es kommt noch besser«, sagte Layton mit einem Hauch

von Selbstgefälligkeit. »Offenbar hat Dorking vor ein paar Tagen Carter, dem Bankdirektor, einen Brief übergeben, der an Sie zu Hause adressiert war. Dorking hat Carter aufgetragen, dass der Brief Ihnen persönlich übergeben werden muss, falls etwas Außergewöhnliches passiert.«

»Und wie genau definierte er das?«

»Er meinte, wenn er ermordet oder in irgendeiner Weise angegriffen würde.«

»Was ja geschehen ist«, sagte Colby.

»Genau«, sagte Layton. »Carter ist unten in meinem Büro. Er hat den Brief mit …«

– 4 –

Die Atmosphäre im Atelier von Greg Forrester war unangenehm angespannt. Colby war mit Inspektor Layton anwesend. Alison und Greg standen dicht beieinander an der Staffelei, auf der eine noch feuchte Leinwand mit dem Kopf und den Schultern einer jungen Debütantin stand.

»Ich habe Ihnen die Wahrheit gesagt, Major Colby«, sagte Alison. »Ich erinnere mich sehr gut an die Karte. Es war die Zeichnung einer Chianti-Flasche und die Hand eines Mädchens.«

»Aber warum erinnern Sie sich ausgerechnet an diese Karte?«, fragte Colby.

»Weil ich bei Lewis war, als er sie abgeschickt hat.«

»Und Sie sagen, sie wurde in Neapel aufgegeben?«

»Ja«, sagte Alison und bemühte sich merklich um Geduld. »Sie wurde in Neapel aufgegeben und war an einen Mann namens Peter Fenby adressiert.«

»Sind Sie sich bei dem Namen ganz sicher?«, fragte Colby weiter.

»Absolut sicher.«

Colby nickte unverbindlich. »Danke, Miss Briggs.«

Alison drehte sich zu ihm um. »Glauben Sie mir jetzt oder nicht?«

Colby schenkte ihr sein kaltes Lächeln: »Vorhin haben Sie mir gesagt, dass es Ihnen völlig gleichgültig sei, ob ich Ihnen glaube oder nicht«, erinnerte er sie.

»Es ist egal, was ich vorhin gesagt habe! Glauben Sie mir jetzt?«

»Das tue ich«, sagte Colby kurz.

»Herzlichen Glückwunsch, Alison«, fügte Greg hinzu. »Major Colby glaubt nicht jedem, wissen Sie!«

»In diesem speziellen Fall hat Miss Briggs lediglich bestätigt, was wir bereits vermutet haben, Mr. Forrester«, sagte Layton mit äußerster Förmlichkeit.

»Kurz gesagt«, sagte Greg kühl, »sie hat Ihnen gesagt, was ich Ihnen gestern bereits erzählt habe: dass Fenby die Karte hat.«

»Oder die Karte *hatte*«, fügte Colby hinzu.

»Nun, egal ob er sie hat, hatte oder nie hatte«, sagte Greg mit einem Hauch von Verzweiflung, »wäre es nicht eine gute Idee, Fenby ein paar dieser Fragen zu stellen, anstatt Miss Briggs?«

»Das wäre es«, nickte Colby. »Können Sie Fenby für uns herzaubern?«

»Wir versuchen immer noch, ihn zu finden«, erklärte Layton. »Bis jetzt hatten wir keinen Erfolg damit, er scheint völlig verschwunden zu sein.«

»Das ist schlau von ihm«, sagte Greg nachdenklich.

Colby wandte sich an Alison. »Miss Briggs, Sie sagten doch …«

»Ford, nicht Briggs«, korrigierte Alison.

»Verzeihung«, sagte Colby. »Miss Ford, Sie sagten gerade, dass Ihr Vater Sie dazu drängte, sich mit Lewis Forrester anzufreunden und dass er Sie bat, gewisse Nachforschungen anzustellen.«

»Er wollte wissen, was Lewis in Mailand machte und warum er mit einem Mann namens Gremalda in Rom telefonierte.«

»Sonst noch etwas?«, fragte Colby.

»Ja«, sagte Alison. »Er hat mich gebeten, herauszufinden, ob Lewis ein Freund von Ihnen ist, Major Colby.«

»Und haben Sie das herausgefunden?«

Sie schüttelte den Kopf. »Lewis hat Sie nie erwähnt. Jedenfalls nicht mir gegenüber.«

Layton fragte: »Hat Ihr Vater die Karte überhaupt erwähnt, Miss Ford?«

»Nein«, sagte Alison nachdrücklich.

»Als Sie die Karte sahen, hielten Sie sie also nicht für wichtig?«, fragte Layton weiter.

»Nein, überhaupt nicht.«

»Wer ist dieser Gremalda?«, fragte Greg.

»Ein italienischer Journalist«, sagte Layton. »Er ist Kriminalreporter.«

Greg runzelte die Stirn. »War er ein Freund meines Bruders?«

Layton zuckte mit den Schultern. »Ich denke schon.«

»Aber warum sollte sich mein Vater für ihn interessieren?«, fragte Alison.

»Tja, *war* er denn überhaupt an ihm interessiert?«, konterte Layton.

»Er muss es gewesen sein«, sagte sie, »er wollte über den Anruf Bescheid wissen.«

Colby sagte: »Vor etwa einem Jahr schrieb dieser Gremalda einen Artikel für eine italienische Zeitschrift. Er wurde in einer Kurzfassung wiederveröffentlicht und erregte großes Aufsehen.«

»Worum ging es in dem Artikel?«, fragte Greg.

»Um den Arlington-Ring«, sagte Colby.

»Worum handelt es sich dabei?«, fragte Alison etwas verwundert.

»Das ist ein Name, der einer bestimmten Personengruppe gegeben wurde«, sagte Colby. »Früher gab es einen Mann namens Ross Arlington. Er starb vor etwa zwei Jahren. Seitdem wird die Gruppe von jemand anderem kontrolliert und geleitet.«

»Aber was ist das für eine Gruppe?«, fragte Greg. »Ist es eine politische Organisation?«

Colby lächelte. »An Politik sind die Leute nicht interessiert.«

»Was interessiert sie dann?«

»Diamanten«, sagte Colby kurz. »Gestohlene Diamanten auf dem Schwarzmarkt.«

Alison warf ein: »Wollen Sie damit sagen, dass dieser Arlington-Ring Diamanten schmuggelt?«

»Richtig«, sagte Colby.

»Aber doch nicht aus Italien?«

»Nein, aus Südafrika«, antwortete Colby. »Die Steine wurden nach Italien geschmuggelt, von einem Mitglied des Arlington-Rings hierher gebracht und dann nach New York weiterverfrachtet.«

»Welches Ausmaß hat diese Sache?«, fragte Greg.

»Ein gewaltiges«, sagte Colby leise. »Die Südafrikanische Diamantengesellschaft ist verzweifelt: Sie haben jede Polizeiorganisation in Europa eingeschaltet, ganz zu schweigen vom FBI.«

»Aber wird das Diamantengeschäft nicht kontrolliert?«, fragte Greg.

»Das legale Geschäft«, sagte Colby, »wird sehr sorgfältig kontrolliert. Aber der Arlington-Ring hat diese Kontrolle durchbrochen und mischt jetzt auf dem Weltmarkt mit.«

Alison sagte langsam: »Major Colby, Sie sagten vorhin, dass der Kopf der Gruppe tot ist.«

Colby nickte. »Ja, Arlington ist schon seit einiger Zeit tot, sein Platz wurde von jemand anderem eingenommen.«

»Und wissen Sie, wer dieser jemand ist?«, fragte sie.

»Wir sind nicht sicher«, sagte Colby. Er wandte sich an Greg: »Aber wir sind überzeugt, dass Ihr Bruder es wusste.«

– 5 –

Die Stimme am anderen Ende des Telefons sagte: »Ist da Greg Forrester?«

»Ja.«

»Hier spricht Peter Fenby.«

Greg sagte angespannt: »Fenby, wo zum Teufel sind Sie? Von wo aus sprechen Sie?«

»Aus einer Telefonzelle.«

»Ja, aber wo, um Himmels willen?«

Fenby antwortete leichthin: »Ganz versteckt, alter Junge. Am Ende der Welt.«

»Hören Sie«, sagte Greg eindringlich, »wir versuchen schon seit Tagen, Sie zu erreichen.«

Über die Leitung hörte er ein Geräusch, das wie ein Gähnen klang. »Tatsächlich, alter Junge?«

»Inspektor Layton möchte Sie sprechen«, fuhr Greg fort. »Es ist sehr dringend. Am besten gehen Sie gleich zu Scotland Yard.«

»Ich fürchte«, sagte Fenby desinteressiert, »das ist unter den gegebenen Umständen kein sehr kluger Vorschlag.«

»Aber sie werden gesucht«, protestierte Greg.

Fenbys Stimme wurde plötzlich durchdringend. »Das ist jetzt egal, Forrester, hören Sie mir zu. Ich habe Ihnen etwas zugeschickt. Es ist sehr wichtig und Sie werden es gleich morgen früh erhalten.«

»Was ist es?«

»Sie werden es erkennen, wenn Sie es sehen«, versicherte ihm Fenby. »Sie können selbst entscheiden, was Sie dann unternehmen. Von nun an liegt es in Ihrer Verantwortung.«

Greg begann zu protestieren, aber die einzige Antwort war ein Klicken und das Anzeichen einer toten Leitung.

Peter Fenby verließ die Telefonzelle, sah sich sorgfältig um und stieg in sein Auto. Er fuhr schnell aus Kingston heraus und nahm die Straße nach Esher. Zwischen Oxshott und

Leatherhead bog er wieder ab und fuhr durch die Tore des *Ace-Deuce*-Fliegerclubs.

Der *Ace-Deuce* war eine jener Einrichtungen, die vor allem junge Leute ansprachen, die nach allen möglichen und unmöglichen Vergnügungen an Land ihre Energien in der Luft ausleben wollten. Er hatte auch einen harten Kern von Mitgliedern, hauptsächlich ehemalige Leute von der Royal Airforce, die dafür sorgen, dass mit den Einnahmen an der Bar die Betriebskosten des Clubs mehr als gedeckt wurden.

Fenby parkte sein Auto vor einem Hangar und nahm einen kleinen Lederkoffer vom Rücksitz. Ein Mann in Flugausrüstung kam auf ihn zu. Er erkannte Charles White, ein prominentes Mitglied der Alkoholikerabteilung des Clubs, der in den Kriegsjahren am Steuer eines Jagdflugzeugs brilliert hatte, in Friedenszeiten aber leider nichts auch nur annähernd Bedeutendes geleistet hatte. Er trug einen Schnauzbart und sein rötlicher Teint war eher dem Gin als Aktivitäten im Freien geschuldet.

Fenby sagte mit einer Spur von Ironie: »Hallo, Charles. Du siehst wie immer schrecklich gut aus.«

»Ich fühle mich aber nicht besonders gut«, sagte White mürrisch. »Welche Tollerei gibt's heute, Pete?«

»Ich bin einer ganz tollen Geschichte auf der Spur«, erklärte Fenby. »Ein ganz heißer Auftrag. Ich muss um sieben Uhr in Paris sein.«

White fuhr sich über seinen Schnurrbart. »Mensch, ich kann dich doch nicht nach Paris fliegen.«

»Niemand verlangt von dir, dass du mich nach Paris fliegst«, sagte Fenby geduldig. »Du musst mich nur auf der anderen Seite absetzen.«

White schüttelte den Kopf. »Das gefällt mir nicht, Pete. Zu brenzlig.«

Fenby hob die Augenbrauen. »Zu brenzlig für dich? Hör doch auf, Charles! Du hast schon riskantere Jobs angenommen.«

»Mir gefällt das aber nicht«, sagte White entschieden. »Ach nein?«, sagte Fenby sanft. »Und wenn ich dir sage, dass er dir gefallen muss? Angenommen, ich würde jemandem etwas ins Ohr flüstern über den irren Ausflug, den du letzten Monat nach Tanger – oder war es doch Tel Aviv? – gemacht hast?«

White war es sichtlich unbehaglich zumute. »Na schön! Zum Teufel mit dir! Kein Grund, tief in der Vergangenheit herumzuwühlen.« Plötzlich bemerkte er Fenbys Koffer. »Was ist da drin?«, erkundigte er sich.

»Pfundnoten«, sagte Fenby kurz.

White lachte ohne viel Humor. »Ha, ha! Verdammt komisch! Also, legen wir los!«

Er ging voraus zu einem abgelegenen Hangar.

Kapitel zehn

Greg Forrester schlüpfte in seinen Morgenmantel, als er die Klingel an der Haustür hörte. Er war sichtlich überrascht, seinen Bruder in der Tür stehen zu sehen.

Greg sagte etwas lahm: »Ich dachte, du bist der Postbote.«

»Ich hoffe, ich habe dich nicht aus dem Bad geholt«, sagte David fröhlich.

»Um Himmels willen, nein! «, sagte Greg. »Ich bin schon seit Stunden auf – na ja, zumindest seit fünf Minuten. Was bringt dich in aller Herrgottsfrühe in die Stadt?«

»Es ist halb neun«, erinnerte David ihn. »Lehrer haben es nicht so schön wie Künstler.«

»Du scheinst in letzter Zeit sehr viele Termine in London zu haben«, sagte Greg gähnend.

»Ja, nicht wahr?«, sagte David beiläufig. »Das macht dich ganz schön neugierig, nicht wahr?«

Greg sah ihn fragend an.

»So neugierig, dass du mir neulich nachmittags zu Dorking gefolgt bist«, fuhr David fort.

Greg sah leicht verlegen aus. »Das bin ich«, gab er zu. »Tut mir leid.«

»Hat Colby es zufriedenstellend erklärt?«, fragte David.

»Ja.«

»Ich bin froh, das zu hören. Es war ein bisschen schwierig für mich, ich wusste nicht so recht, was ich dir sagen sollte.«

Greg sagte: »Du hast gelogen wie ein Profi. Ich nehme an, deine Verabredung heute Vormittag führt dich nicht wieder zu Dorking?«

David schüttelte den Kopf. »Nein, zu Sir Harold Maze.«

»Wer ist das? Hat er etwas mit *Spencer & Maze* zu tun,

den Verlegern?«

»Ja, er ist der Vorstandsvorsitzende und Geschäftsführer. Sie veröffentlichen Lehrbücher, sehr dicke Bücher zu sehr hohen Preisen.«

Greg sah verwirrt aus. »Warum will er dich sehen?«

»Er hat mir einen Job angeboten. Sie eröffnen ein Büro in Melbourne und Maze will mich als Geschäftsführer.«

»Aber du kennst dich doch im Verlagswesen überhaupt nicht aus«, protestierte Greg.

»Stimmt«, sagte David. »Aber ich habe einige ihrer Bücher gelesen.« Er fügte mit einer Spur von Zynismus hinzu: »Glaub mir, das ist eine einzigartige Qualifikation.«

Greg zündete sich eine Zigarette an und sah seinen Bruder durch die Rauchwolke an. »David, meinst du das ernst?«

»Vollkommen ernst.«

»Du willst in Australien leben?«

David zuckte mit den Schultern. »Darüber habe ich noch nicht weiter nachgedacht, aber ich möchte auf keinen Fall weiter in St. Albans bleiben.«

Greg machte eine verständnislose Geste. »Aber das ist doch nicht normal! Wirst du denn das Angebot annehmen?«

»Ich denke schon«, sagte David. »Immerhin sind es sechshundert Pfund mehr im Jahr, als ich jetzt bekomme – das ist nicht zu verachten.«

»Aber ich dachte, du liebst das Unterrichten? Du wolltest doch immer Lehrer werden.«

David schüttelte nachdrücklich den Kopf. »Es langweilt mich zu Tode, Greg. Tagein, tagaus tue ich nichts anderes, als mit einem Haufen kleiner Wüstlinge auf das große Ziel, das Abitur, hinzuarbeiten.« Er lachte ziemlich vergnügt. »Und außerdem sind da diese zusätzlichen sechshundert Pfund im Jahr.«

»Aber du hast doch immer gesagt, dass Geld für dich nicht ist. Mein Gott, wie oft hast du Lewis und mir Vorträge darüber gehalten!«

»Das war bevor ich welches hatte.«

Greg sah ihn schnell an. »Hast du denn jetzt welches?«

David lachte etwas unbehaglich. »So habe ich das eigentlich nicht gemeint.«

»Was hast du dann gemeint?«, fragte Greg und sah ihn neugierig an.

David drehte sich zu ihm um. »Hör zu, Greg, mir scheint, das Wichtigste im Leben ist, das zu tun, was man tun will.«

»Da kann ich dir nur zustimmen.«

»Nun, ich möchte nach Australien gehen, so einfach ist das.«

»Aber du wolltest nicht schon immer nach Australien gehen. Ich habe dich ein Dutzend Mal sagen hören, dass du dich in England wohlfühlst und dass du keine Ambitionen zum Reisen hast.«

David zuckte mit den Schultern. »Menschen ändern sich, weißt du.«

Greg sagte ernst: »Und wenn dieser Job in Amerika, Neuseeland oder Südafrika wäre?«

»Was dann?«

»Würdest du ihn trotzdem annehmen?«

»Natürlich würde ich das.«

»Mit anderen Worten, du willst einfach nur das Land verlassen.« In Gregs Stimme war ein neuer Tonfall zu hören.

David zuckte hilflos mit den Schultern. »Greg, ich will eine Veränderung, eine *komplette* Veränderung. Im Moment befinde ich mich in einem Vakuum, in einem geistigen Tiefkühlzustand. Wenn ich in England bleibe, weiß ich genau, was mit mir passieren wird: In fünf Jahren bin ich ein stinkender Langweiler, in zehn Jahren ein verdörrter alter Pauker.«

Greg seufzte leise. »Na ja, ich nehme an, du weißt, was das Beste für dich ist.«

»Das will ich meinen«, sagte David mit einem Lächeln. »Aber ich weiß, was ich tue.«

In diesem Moment hörten sie beide das Klappern des Briefschlitzes. Greg ging in den Flur und hob ein halbes Dutzend Umschläge von der Matte auf. Er blätterte müßig darin herum und richtete dann seine Aufmerksamkeit auf einen Umschlag. Er sah auf den Poststempel, öffnete ihn und nahm eine Postkarte heraus.

Die leichte Bewegung hinter ihm nahm er nicht wahr, so vertieft war er in die Untersuchung der Karte. Er drehte sie um, um sich die Adresse und den Poststempel anzusehen.

In diesem Moment hörte er Davids Stimme.

»Ich will diese Karte, Greg.«

In der Stimme lag ein seltsamer Tonfall, den Greg nicht kannte. Er drehte sich um und stieß beinahe gegen den Revolver, der starr auf ihn gerichtet war.

Kapitel elf

– 1 –

Greg wich einen Schritt zurück und spürte die Tür im Rücken. »Was zum Teufel soll das?«, keuchte er.

Die Muskeln in Davids Nacken hatten sich angespannt. Die Hand, die den Revolver hielt, war bedrohlich ruhig. »Die Karte«, wiederholte er und streckte seine linke Hand aus.

Greg lehnte sich gegen die Tür. »Hör mal«, sagte er nachsichtig, »solltest du nicht besser daran denken, dass du ein hoch angesehener Lehrer bist? Fehlt nur noch, dass du mir sagst, dass das Ding geladen ist.«

»Das ist es auch«, sagte David klanglos. »Ich will diese Karte, Greg.«

Gregs Augen verengten sich. Er sah auf die Karte in seiner Hand, dann auf den Revolver. Dann zuckte er mit den Schultern. »Ich werde sie dir nicht geben, David«, sagte er in einem fast entspannten Ton.

Auf Davids Wangenknochen erschienen zwei rote Flecken.

»Ich warne dich, Greg«, sagte er leise, »das hier ist kein Spielzeug. Gib mir die Karte, oder ich werde den Revolver benutzen.«

»Mach nur«, sagte Greg mit einer Gleichgültigkeit, die er keineswegs empfand.

»Ich gebe dir fünf Sekunden«, warnte David.

»Es ist mir egal, ob du mir fünf Sekunden oder fünf Stunden Zeit gibst«, sagte Greg mit einem plötzlichen Anflug von Wut. »Du bekommst diese Karte nicht und damit basta. Und das da« – er zeigte auf den Revolver – »finde ich überhaupt nicht komisch.«

David versuchte eine neue Taktik. »Ich bin verzweifelt, Greg«, appellierte er. »Ich *muss* diese Karte haben! Wenn du sie mir nicht gibst, muss ich dich umbringen.«

Greg schüttelte den Kopf. »Nein, David. Du musst entweder sehr dumm oder sehr mutig sein, um abzudrücken. Ich glaube, du bist keines von beiden.«

»Na gut«, sagte David, der seine Stimme nur schwer kontrollieren konnte. »Geh zum Telefon hinüber und ruf deinen Major Colby an. Sag ihm, dass du die Karte hast.«

»Und was geschieht, wenn ich das tue?«

»Dann erbringe ich dir den Beweis«, sage David leise, »dass ich entweder sehr dumm oder sehr mutig bin.«

Greg drehte sich um und starrte seinen Bruder an. Trotz der eisigen Gelassenheit in seiner Stimme, war Davids Gesicht leichenblass und seine freie Hand zitterte ständig.

Plötzlich sagte Greg: »David, was ist so wichtig an dieser Karte?«

»Wenn ich mich nicht sehr täusche, steht mein Name darauf«, sagte David.

»Da täuscht du dich«, sagte Greg ruhig. »Darauf ist nichts außer der Zeichnung und Fenbys Name und Adresse. Sieh doch selbst.«

Greg hielt die Karte vor seinen Bruder hin und David streckte seine Hand danach aus. In diesem Moment ergriff Greg Davids Hand mit dem Revolver und drehte sie nach oben.

Einen Moment lang schwankten sie hin und her. Greg, der normalerweise der Stärkere von beiden war, stellte fest, dass David von einer beängstigenden neuen Kraft besessen zu sein schien. Es war, als ob eine innere Angst ihn zum Kampf antrieb. Mehrere Sekunden lang rangen sie schweigend miteinander, dann gab Greg mit einer plötzlichen, heftigen Drehung seines Körpers plötzlich nach und sie stürzten gemeinsam zu Boden. In diesem Moment ertönte ein einzelner Schuss.

Greg atmete den schweren, beißenden Pulvergeruch ein, taumelte zurück und starrte David in stummem Entsetzen an. David lag auf dem Rücken und atmete schwer. Greg konnte sehen, wie das Blut sein Hemd durchtränkte. Er sagte kläglich: »David … das habe ich nicht gewollt …«

»Die Karte!«, keuchte David schwach. »Wo ist … die … Karte? Um Himmels willen …«

»Sie ist hier«, sagte Greg.

David musste sich fürchterlich beim Sprechen anstrengenden. »Die Polizei darf sie nicht bekommen«, schaffte er es schließlich. »Um Himmels willen, Greg, vernichte sie … Verstehst du denn nicht …«

Greg hob die Karte auf, die hinter die Ateliertür gefallen war. Dann ging er schnell quer durch den Raum zum Telefon.

David sagte leise: »Greg, was machst du da?«

»Ich rufe das Krankenhaus an«, sagte Greg. »Du brauchst einen Arzt.«

David kämpfte sich irgendwie in eine sitzende Position. Eine Hand umklammerte seine Brust und Greg konnte sehen, dass das Blut immer schneller floss.

»Warte«, keuchte David, »mein Gott, warte! Wirst du die Karte Colby übergeben?«

»Ja«, sagte Greg.

»Es … steht … mein Name drauf.«

Greg sah sich die Karte noch einmal an. »Ich sagte doch, es steht kein Name drauf.«

»Tut es aber!« Davids Stimme wurde nun merklich schwächer. Jedes Wort musste für ihn eine höllische Qual sein. »Wenn man sie bearbeitet … dann ist mein Name drauf … und …«

Er fiel nach hinten und Greg bemerkte, wie ihm langsam Blut aus dem Mundwinkel rann.

Greg kniete sich neben ihn. »David«, sagte er eindringlich, »was soll das alles? Du solltest es mir besser sagen.«

David klammerte sich kraftlos an Gregs Arm. »Wir sind

eine Gruppe – wir haben Diamanten geschmuggelt.«

Greg sagte angespannt: »Der Arlington-Ring?«

»Ja.«

»Bist du einer von ihnen?«

Ein Schmerzenskrampf durchzuckte Davids Gesicht. »Ja. Lewis ist uns auf die Schliche gekommen, aber er wusste nicht, dass ich ein Mitglied der Gruppe war. Er versprach, Fenby die Einzelheiten zu übermitteln – und dann, eines Nachts – in der Nacht, in der er getötet wurde – entdeckte er, dass …«

Ein plötzlicher Hustenanfall überkam David. Dann merkte Greg, dass er bewusstlos war. Er versuchte, ihn hochzuheben, aber David fiel wie tot zurück in seine Arme. Greg legte David sanft auf den Boden und eilte zum Telefon hinüber.

– 2 –

In einem Labor von Scotland Yard starrten Kriminalinspektor Layton und ein Laborassistent namens Morgan unentwegt auf ein Tablett.

Layton sagte besorgt: »Wird der Text sichtbar?«

»Ja«, sagte Morgan. Er lächelte überlegen und zeigte auf das Tablett. »Aber dieses ganze Theater wäre gar nicht nötig gewesen. Jeder hätte diese Karte mit einem gewöhnlichen ultravioletten Licht lesen können.«

Layton spitzte die Lippen. »Verflixt! Ein gewisser Peter Fenby hat genau das getan. Machen Sie Kopien und lassen Sie sie mir in einer Stunde zukommen …«

Fast auf die Minute genau eine Stunde später betrat Layton mit einer Mappe das Büro von Major Colby. Er legte sie auf Colbys Schreibtisch und sagte: »Die Kopien der Karte, Sir.«

»Danke«, sagte Colby. Er unterschrieb einen Brief und fragte: »Ist Greg Forrester hier?«

»Ja, er ist gerade aus dem Krankenhaus zurückgekommen.«

»Gibt es Neuigkeiten über seinen Bruder?«

Layton schürzte die Lippen. »Er wird es schon schaffen, aber er verweigert die Aussage.«

Colby nickte offenbar zufrieden. »In Ordnung, schicken Sie Forrester jetzt rein.«

Greg sah müde, teilnahmslos und deprimiert aus. Er ließ sich schlaff auf den von Colby zugewiesenen Stuhl fallen.

Colby sagte zügig: »Wir haben die Karte untersucht.«

»Ach?«, sagte Greg lustlos. »War es die, die Sie suchten?«

»In der Tat«, sagte Colby, »und wir sind Ihnen sehr dankbar für Ihre Mitarbeit.«

»Das haben Sie schon einmal zu mir gesagt«, sagte Greg mit müdem Zynismus.

Colby sah leicht überrascht aus. »Tatsächlich?«

»Ja, ist schon länger her.«

Colby beugte sich vor. »Forrester, es tut mir schrecklich leid, das von Ihrem Bruder zu hören. Wenn Sie ihn überreden könnten, eine Aussage zu machen …«

Greg schüttelte müde den Kopf. »Es hat keinen Zweck, fürchte ich, ich habe mich weiß Gott genug bemüht. Wussten Sie denn von Anfang an, dass er in diese Sache verwickelt war?«

Layton mischte sich von einer Ecke des Schreibtisches ins Gespräch. »Nein, das taten wir nicht. Wir haben es erst vermutet, nachdem er Dorking getroffen hatte.«

Greg saß kerzengerade in seinem Stuhl. »Aber Sie haben ihn doch zu Dorking geschickt!«

»Das haben wir«, gab Layton zu.

Colby sagte: »Forrester, wir brauchen dringend Ihre Hilfe. In Anbetracht dessen sollten Sie einige Dinge wissen.«

Er warf einen kurzen Blick auf die Karte auf seinem Schreibtisch und fuhr fort: »Vor einiger Zeit hat Ihr Bruder Lewis Forrester einen Artikel eines italienischen Journalisten namens Gremalda gelesen. Der Artikel handelte von einer internationalen Diamantenschmugglerorganisation, die als Arlington-Ring bekannt ist.«

Greg nickte. »Ja, davon haben Sie mir erzählt.«

»Gremalda vertrat darin die Meinung, dass der Anführer des Arlington-Rings ein Brite sei«, warf Layton ein, »er schrieb weiter, dass die wichtigsten Mitglieder in diesem Land ansässig seien.«

»Aber wir waren nicht Gremaldas Meinung«, fuhr Colby fort, »ebenso wenig wie Interpol oder das FBI. Wir waren überzeugt, dass der Ring sein Hauptquartier in Italien hatte und überwiegend aus Italien stammte.«

Layton fuhr mit der Erklärung fort. »Ihr Bruder Lewis erzählte uns, dass er Gremalda getroffen hatte und nach sorgfältiger Prüfung überzeugt war, dass der Italiener recht hatte.«

»Wir haben Ihrem Bruder geraten, sich auf seine Zeitungsarbeit zu konzentrieren und sich um seine eigenen Angelegenheiten zu kümmern«, sagte Colby grimmig. Er schenkte ihm ein kleines Lächeln. »Zu unserem Glück tat er das nicht.«

»Was meinen Sie damit?«, fragte Greg.

»Er setzte seine Nachforschungen fort«, erklärte Colby, »und fand heraus, dass der Arlington-Ring von jemandem in diesem Land kontrolliert wird. Er schrieb die Informationen mit spezieller Tinte auf diese Karte und schickte sie an Fenby. Er erzählte es auch einem Freund in der britischen Botschaft. So drang die Information zu uns durch.«

Layton sagte: »Die Absicht war, dass Fenby weitere Nachforschungen anstellen und dann die Geschichte für die *Gazette* schreiben sollte. Leider wurde Ihr Bruder ermordet und Fenby fasste andere Pläne.«

Greg runzelte die Stirn. »Sie meinen, er beschloss, den Ring zu erpressen?«

»Genau«, sagte Colby.

Layton stand von der Tischkante von Colbys Schreibtisch auf und begann, im Raum auf und ab zu gehen. »Fenby war kein professioneller Erpresser und wusste nicht so recht, wie er die Sache angehen sollte. Er zögerte, David direkt anzusprechen, und wandte sich an Reg Dorking. Fenby erzählte Dorking, dass die Karte wertvoll sei, aber er sagte ihm nicht, was darauf war.« Layton erlaubte sich ein kurzes, professionelles Lächeln. »Um auf Nummer sicher zu gehen, gab er Dorking eine fingierte Karte. Dorking wurde von Fenby angewiesen, *David* Forrester zu kontaktieren. Aus Versehen hat er stattdessen Sie kontaktiert.«

»Ich fange an zu verstehen«, sagte Greg langsam. »Nach einiger Zeit wurde Dorking klar, dass ich nicht die richtige Person war …«

»Weil Sie das Wort ›Nachtigall‹ nicht benutzten«, fügte Colby schnell hinzu. »Sehen Sie, er hatte von Fenby den Tipp bekommen, dass jedes legitime – wenn das das richtige Wort ist – Mitglied der Gruppe bei der Kontaktaufnahme das Kennwort ›Nachtigall‹ benutzt.«

»Aber woher wusste Fenby das?«, fragte Greg.

Colby hielt die Karte hoch. »Es steht auf der Karte.«

»Ist das der Grund, warum Briggs an dem Tag, an dem er mit den Fotos kam, das Kennwort ›Nachtigall‹ benutzte?«, fragte Greg.

»Ja«, sagte Layton. »Er wusste wahrscheinlich, dass Lewis einen Bruder hatte, der Mitglied des Rings war, aber er war sich nicht sicher, ob es *Greg* oder *David* Forrester war.«

»Aber Sie haben David doch zu Dorking geschickt«, bemerkte Greg. »Warum?«

»Weil wir dachten, dass Dorking die richtige Karte hatte«, erklärte Colby. »David Forrester dachte das auch. Tatsächlich hätte Ihr Bruder uns fast reingelegt. Wir nahmen die Karte an uns, sobald David Dorkings Büro verließ – aber er hatte sie bereits ausgetauscht und gab uns eine gefälschte Karte, die er mitgebracht hatte. Wir fanden die Karte, die Dorking ihm gegeben hatte, in den Räumlichkeiten Ihres Bruders in St. Albans.«

Greg Forrester verlor sich in Gedanken, dann sagte er

schließlich: »Jemand rief David in der Nacht an, in der Jill Stewart ermordet wurde. Er erwähnte den Namen Nachtigall. Ich erinnere mich genau daran.«

»Das war Fenby«, sagte Layton mit Bestimmtheit. »Er wollte David wissen lassen, dass er die Karte bekommen hatte. Anschließend wurde Dorking angewiesen, David zu kontaktieren.«

»Das war dann, als er mich aus Versehen kontaktierte«, sagte Greg. »Aber sagen Sie mir: Woher wissen Sie das alles?«

»Dorking«, sagte Colby, »erkannte, dass er sich auf ziemlich gefährlichem Terrain befand, also schrieb er einen Brief an mich und hinterlegte ihn bei seinem Bankdirektor. Dann sagte er Fenby, dass der Brief zugestellt werden würde, falls ihm etwas zustoßen sollte. Fenby verlor die Beherrschung und verprügelte ihn. Als er merkte, was er getan hatte, machte sich Fenby aus dem Staub. Wir haben nicht damit gerechnet, dass Fenby bei Dorking auftaucht, um das Geld abzuholen. Leider ist er unseren Leuten entwischt!«

»Und dann schickte Fenby die Karte mir«, ergänzte Greg.

Colby nickte. »Ja.«

»Aber warum mir?«

»Tja«, sagte Colby, »er sagt, dass er zu diesem Zeitpunkt merkte, dass ihm die Sache über den Kopf wuchs und dass er Angst bekam. Ich glaube, er merkte auch, wie übel er Ihrem Bruder Lewis mitgespielt hatte. Deshalb hat er die Karte an Sie geschickt und nicht an mich oder Layton.«

Greg sagte: »Weil Davids Name darauf stand?«

»Ja«, sagte Colby. »Wenn ich mich recht erinnere, sagte er: »Von jetzt an liegt es in Ihrer Verantwortung«, nicht wahr?«

»Ja, das stimmt«, sagte Greg. Er erhob sich von seinem Stuhl. »Ich nehme an, dass Sie Fenby inzwischen geschnappt haben?«

Layton lächelte grimmig. »Wir haben ihn geschnappt –

und wie. Er wollte mit einem Flugzeug nach Frankreich fliegen, aber es scheint, als hätte der Pilot – ähm – irgendwie die Kontrolle verloren. Das Flugzeug stürzte in den Ärmelkanal.«

Colby zögerte einen Moment, dann hielt er Greg die Karte hin. »Ich möchte, dass Sie sich das ansehen«, sagte er. »Es ist eine Kopie der Karte, nachdem sie bearbeitet wurde.«

Greg Forrester sah sich die Karte an und wandte sich dann mit offenem Mund an Colby. »Aber dieser Name, der zweite, ist doch …«

»Das ist die Person, hinter der wir eigentlich her sind«, sagte Colby leise. »Deshalb brauchen wir Ihre Hilfe …«

Kapitel zwölf

– 1 –

Alison Ford eilte die Landstraße entlang in Richtung der Telefonzelle. Von Zeit zu Zeit warf sie einen Blick auf das Telegramm in ihrer Hand, und ihre Stirn zog sich zu einem kleinen Stirnrunzeln zusammen.

Sie ging in die Zelle, warf die nötigen Münzen ein und wählte die Nummer von Greg Forresters Wohnung. Als Greg sich meldete, sagte Alison: »Ich habe gerade Ihr Telegramm erhalten.«

Greg antwortete eindringlich: »Ich muss Sie unbedingt sehen, Alison. Es ist *sehr* wichtig.«

»Warum, was ist denn passiert?«

»Das sage ich Ihnen, wenn wir uns sehen«, antwortete er. »Können Sie heute Nachmittag in die Stadt kommen?«

Nach einem kurzen Zögern sagte sie: »Ja, wenn es nötig ist.«

»Das ist es«, versicherte Greg ihr. »Ich möchte, dass Sie etwas für mich tun. Es hängt viel davon ab.«

Alison sagte mit einem Hauch von Misstrauen in der Stimme: »Hat es etwas mit meinem Vater zu tun?«

»Ich erzähle Ihnen alles, wenn wir uns treffen. Können Sie um zwei Uhr hier sein?«

»Ja«, sagte Alison leise. »Ich werde um zwei Uhr da sein, Greg.«

– 2 –

Norman Briggs packte in seinem Zimmer in einem Hotel in Bloomsbury einen Koffer, aber es war offensichtlich, dass er nicht bei der Sache war. Er stapelte Hemden, Schuhe und

Socken wahllos übereinander.

Er wollte sich gerade einen Schlafanzug holen, als es an der Zimmertür klopfte. Ohne in die Richtung zu blicken, rief Briggs: »Herein!«

Er drehte sich nicht um, als er Schritte im Zimmer hörte, sondern murmelte leise vor sich hin: »Es ist fast zwanzig Minuten her, dass ich geklingelt habe. Bringen Sie mir eine Kanne Tee und etwas Toast mit Butter.«

Es kam keine Antwort, also dreht Briggs sich um. In der Hand hatte er ein Paar Socken. Er rief mit erschrockener Stimme: »Alison …!«

Alison schloss vorsichtig die Tür und betrachtete ihn einen Moment lang ohne zu sprechen.

Briggs schluckte zweimal und sagte: »Ich habe nicht erwartet, dass du … Ich dachte …«

Sie deutete auf den unordentlichen Koffer. »Verreist du schon wieder?«

Briggs ließ die Socken in den Koffer fallen und sah auf den Boden. »Ja, ich reise morgen früh ab.« Plötzlich sah er auf und es platzte aus ihm heraus: »Alison, warum hast du dich nicht mehr bei mir gemeldet? Warum hast du Sorrent einfach so verlassen?«

»Du weißt warum, Vater.«

»Nein, das tue ich nicht«, widersprach Briggs vehement. »Ich dachte, du wärst bei dem Autounfall ums Leben gekommen.« Er sackte auf das Bett, das unter seinem Gewicht knarrte. »Alison, warum hast du mir das angetan? Alles, worum ich dich gebeten hatte, war, ein paar Details über einen völlig Fremden herauszufinden, einen Mann, den du noch nie zuvor gesehen hattest.«

»Ja«, sagte Alison leise. »Stattdessen habe ich ein paar Details über *dich* herausgefunden.«

Briggs' Augenbrauen zogen sich zu einem tiefen Stirnrunzeln zusammen und seine Augen blitzten panisch. »Was meinst du damit?«

»Ich weiß es«, sagte Alison leise. »Ich weiß, was du getan hast und ich weiß alles über den Arlington-Ring.« Die letzten beiden Worte betonte sie nachdrücklich.

Briggs warf einen prüfenden Blick durch den Raum. »Wer hat es dir erzählt? Wer hat dir von dem Ring erzählt?«

»Lewis Forrester. Deshalb ist er dir auch nach Sorrent gefolgt.«

Briggs drehte sich um und sah sie an. »Forrester hat einem Freund eine Karte geschickt, auf der Einzelheiten über den Arlington-Ring und einige Namen standen. Mein Name steht auf der Karte, nicht wahr?«

»Ich weiß nichts über die Karte«, sagte Alison ganz ruhig. Dann, mit einem neuen Ton der Anspannung in ihrer Stimme: »Vater – hast du Jill Stewart ermordet?«

»Großer Gott, nein!«, rief Briggs aus. »Wie kommst du bloß auf die Idee?«

»Sie wurde im Atelier von Greg Forrester gefunden.«

»Na und?«, erwiderte Briggs. »Was hat das mit mir zu tun?«

Alison beobachtete ihn genau. »Du hast einen Schlüssel zu der Wohnung, nicht wahr?«

»Ja«, gab Briggs zu. »Der Schlüssel steckte in der Tür, als ich das zweite Mal dort war um das Kleid vorbeizubringen.« Briggs unternahm einen nicht sehr erfolgreichen Versuch, ein entschuldigendes Lächeln aufzusetzen. »Forrester ließ mich eine Weile allein. Er ging hinaus, um die Modellpuppe zu holen. Während er weg war, habe ich einen Abdruck des Schlüssels gemacht.«

»Aber du hast Jill Stewart nicht ermordet«, beharrte Alison.

»Nein, das schwöre ich dir.«

Alison betrachtete ihn weiterhin misstrauisch. »Warum wolltest du, dass Greg Forrester mein Porträt malt?«

»Das wollte ich ja gar nicht«, sagte Briggs. »Hör zu, Alison, vielleicht sollte ich dir lieber alles erzählen.«

»Ich denke, das wäre ratsam«, sagte sie emotionslos.

Briggs holte tief Luft und begann: »Ich habe die Fotos aus zwei Gründen zu Greg Forrester gebracht: Erstens, weil ich wusste, dass entweder David oder Greg zu der Gruppe gehört, und ich wollte herausfinden, wer von beiden. Zweitens dachte ich, dass Forrester sich verraten würde, wenn du ihn schon kontaktiert haben solltest.«

»Ich verstehe«, sagte Alison nachdenklich.

Briggs schien an Zuversicht zu gewinnen. Er fuhr fort: »Später, nachdem ich das Kleid abgeliefert hatte, wurde mir klar, dass ich einen Fehler gemacht hatte. Nur Lewis Forrester wusste von meiner Verbindung zum Arlington-Ring. Für die Polizei existierte ich gar nicht. Ich beschloss, sowohl das Kleid als auch die Fotos zurückzuholen, denn ohne sie gab es keinen Beweis dafür, dass ich Forrester jemals besucht hatte.«

»Aber du hast das Kleid und die Fotos wieder zurückgebracht«, sagte Alison. »Warum?«

»Als ich in Rom war, las ich von dem Mord an Jill Stewart und von Greg Forresters Aussage über das Kleid«, erklärte Briggs. »Ich wusste natürlich, dass er sich geirrt hatte und dass das Kleid ein anderes war, aber mir war auch klar, dass die Polizei, wenn sie seine Geschichte glaubte, nach mir suchen würde.« Er brach ab und breitete seine Hände in einer fast verzweifelten Geste aus.

Alison sah ihn teilnahmslos an. »Erzähl weiter.«

»Man wäre doch misstrauisch geworden, wenn ich nicht aufgetaucht wäre«, fuhr Briggs fort. »Ich beschloss also, dass es das Beste wäre, die Fotos und das Kleid zurückzubringen und so zu tun, als ob ich von nichts wusste.«

»Ich beginne zu verstehen«, sagte Alison.

Briggs sah sie eindringlich an. »Alison, ich habe früher einige ziemlich üble Dinge angestellt – aber ich schwöre dir, dass ich Jill Stewart nicht ermordet habe.«

»Wer war es dann?«

Briggs zuckte hilflos mit den Schultern. »Ich weiß es

nicht.«

»Das glaube ich dir nicht!«, sagte Alison.

Briggs drehte sich um und sah sie an. »Alison, ich schwöre dir vor Gott …«

»Du brauchst weder vor Gott noch vor mir zu schwören«, sagte Alison kalt. »Ich glaube dir einfach nicht!«

Briggs zuckte erneut mit den Schultern und wandte sich ab. Seine Schultern hingen herab. Als er sprach, klang er niedergeschlagen. »Wenn du mir nicht glaubst, dann gibt es nichts mehr zu sagen.«

»Es gibt noch jede Menge zu sagen«, entgegnete Alison vehement, »und wenn du vernünftig bist, wirst du den Mund aufmachen.«

»Worauf willst du hinaus?«

»Du solltest direkt zur Polizei gehen und ihnen die ganze Geschichte erzählen.«

Briggs starrte sie erstaunt an. »Deshalb bist du also hergekommen! Hältst du mich für verrückt? Ich bin seit Jahren Teil des Spiels und bis jetzt haben sie nichts gegen mich in der Hand.«

»Da würde ich mir nicht so sicher sein«, erwiderte Alison. »Sie haben die Karte.«

Briggs' Stimme wurde wieder wütend. »Diese verdammte Karte kann mir nichts anhaben.«

»Warum ergreifst du dann die Flucht?«

»Weil ich mich zurückziehe«, sagte Briggs. »Ich bin fertig mit dem Ring und ich steige aus.«

»Ist es so einfach da auszusteigen? Du musst doch sehr viel über den Ring wissen.«

Briggs schüttelte den Kopf. »Ich bin nicht dumm, meine Liebe. Ich weiß, wann ich reden und wann ich meinen Mund halten muss. Jetzt ist es an der Zeit, den Mund zu halten – und zwar ganz fest. Und genau das werde ich auch tun.«

Alison seufzte kaum merklich. »Du scheinst mir in einer sehr gefährlichen Lage zu sein.«

Briggs antwortete zögernd: »Alison, ich werde dich vielleicht sehr lange nicht mehr sehen. Gibt es da irgendetwas, das du brauchst?«

Sie schüttelte den Kopf. »Nein, nichts.«

»Wenn es eine Frage des Geldes ist …«

»Es ist keine Frage von irgendetwas. Aber es gibt da schon etwas …«

»Was?«

»Ich will den Schlüssel«, sagte Alison entschlossen.

»Schlüssel? Welchen Schlüssel?«

»Den Schlüssel zur Wohnung von Greg Forrester.«

Briggs war einen Moment lang überrumpelt und stammelte: »Ich habe ihn nicht. Leider. Ich habe ihn …« Er war plötzlich bestürzt und hielt inne.

»Du hast ihn dem Mann gegeben, der Jill Stewart ermordet hat«, sagte Alison leise.

Briggs brach plötzlich zusammen. Er schien in wenigen Minuten um zehn Jahre gealtert zu sein. Er sagte schwer: »Na gut, du kannst den Rest auch noch wissen … Ich habe ihn dem Mörder gegeben, aber ich konnte ja keinen Moment ahnen, dass er sie töten würde …«

Alison sah ihren Vater schweigend an. Instinktiv spürte sie, dass sie immer noch an ihm zweifelte.

– 3 –

In der ruhigen Zeit zwischen dem Mittagessen und dem Beginn der Besuchszeit war Reginald Dorking – gelinde gesagt – außerordentlich aktiv. Es war gut, dass das Krankenhauspersonal vorübergehend anderweitig beschäftigt war, denn Dorking, dessen Gesicht immer noch stark bandagiert war, war aus dem Bett geklettert und kämpfte sich in seine Kleidung.

Noch schwach und zittrig, hatte er es geschafft, Unterwäsche, Hemd und Hose anzuziehen. Schwer atmend und fluchend zog er sich gerade seine Jacke an, als die Stationsschwester plötzlich erschien.

»Mr. Dorking!«, rief sie empört aus. »Was in aller Welt machen Sie da?«

»Jedenfalls keinen Striptease«, sagte Dorking in gedämpftem Ton. Er war inzwischen auf den Knien und tastete unter dem Bett nach seinen Schuhen.

»Der Arzt hat *ausdrücklich* gesagt, dass Sie das Krankenhaus vor Dienstag nicht verlassen dürfen«, sagte die Schwester,

»Tun Sie mir 'nen Gefallen, Schwesterchen«, sagte Dorking und fummelte an einem Schnürsenkel herum, »und verduften Sie!«

Die Schwester versuchte es erneut. »Der Arzt hat Sie doch gewarnt …«, begann sie.

»Der Doktor hat doch einen an der Waffel«, unterbrach Dorking unhöflich. »Ich gehe jetzt.« Er nahm seine Brieftasche, sein Zigarettenetui und sein Feuerzeug vom Nachttisch und machte sich auf den Weg zur Tür.

»Mr. Dorking«, sagte die Schwester schwach, »ich muss wirklich darauf bestehen, dass Sie sich wieder ins Bett legen.«

Ihre Worte verhallten jedoch leer in der Luft. Das Verklingen von Schritten auf dem Korridor verriet ihr, dass Dorking nicht zu weiteren Diskussionen bereit war.

Eine halbe Stunde, nachdem Reginald Dorking das St.- Amelia-Hospital überstürzt verlassen hatte, war Norman Briggs beinahe mit dem Packen fertig. Er warf das letzte Hemd in den Koffer und klappte ihn zu. Als er sich aufrichtete, klingelte neben dem Bett das Telefon.

»Ein Herr möchte Sie sprechen, Sir«, sagte die Stimme des Mädchens am Empfang.

»Mich sprechen?«, fragte Briggs. »Aber ich erwarte niemanden. Wer ist es?«

»Es ist ein Mr. Nachtigall«, sagte das Mädchen. Briggs legte langsam den Hörer auf.

Kapitel dreizehn

– 1 –

Alison kehrte in die Wohnung von Greg Forrester zurück, wo sie von den drei Männern bereits erwartet wurde. Sie erzählte ausführlich von ihrem Besuch bei ihrem Vater.

Major Colby sagte: »Sie glauben also nicht wirklich, dass der Besuch bei Ihrem Vater etwas bewirkt hat, Miss Ford?«

»Nein, leider«, antwortete Alison etwas müde.

Layton lehnte sich in seinem Stuhl vor. »Meinen Sie nicht, dass er es sich im letzten Moment noch anders überlegen könnte?«

Sie schüttelte entschlossen den Kopf. »Ich bin mir ziemlich sicher, dass er das nicht tun wird.«

Greg Forrester drückte mit einer ungeduldigen Geste eine Zigarette aus. Dann sagte er zu Layton: »Sie wissen doch, dass Briggs zum Ring gehört, weil sein Name auf der Karte steht. Warum nehmen Sie ihn nicht einfach fest?«

Layton schüttelte den Kopf. »Die Tatsache, dass sein Name auf der Karte steht, beweist uns nur, dass Ihr Bruder richtig informiert war. Aber vor Gericht würde das nicht als Beweis gelten.«

Colby sagte ernst: »Wir müssen entweder Briggs oder Ihren Bruder zum Sprechen bringen.«

»Bei David ist das völlig hoffnungslos«, sagte Greg niedergeschlagen. »Er will mich nicht einmal sehen.«

»Dann bleibt nur Briggs«, erklärte Colby.

»Aber mein Vater verlässt morgen das Land«, fügte Alison hinzu.

»Das wissen wir, Miss Ford«, sagte Layton. »Er ist auf den Zehn-Uhr-Flug nach Montreal gebucht.«

Colby drehte sich rasch zu Layton um. »Lassen Sie ihn durch den Zoll und die Devisenkontrolle kommen«, wies er ihn scharf an. »Verfolgen Sie ihn bis zum Flugzeug – lassen Sie ihn glauben, dass er wirklich damit durchkommt – und dann schnappen Sie ihn! Verstanden?«

»Verstanden«, sagte Layton grimmig und seine Augen leuchteten bei dieser Aussicht.

Das Zimmermädchen klopfte an die Tür des Hotelzimmers und holte ihren Generalschlüssel heraus, als sie keine Antwort erhielt. Norman Briggs saß an einem kleinen Tisch, auf dem eine Flasche Whisky und mehrere Gläser standen. Briggs schien zu schlafen. Seine rechte Hand umklammerte ein leeres Glas.

Das Zimmermädchen schürzte die Lippen und ging auf die ruhende Gestalt zu. Betrunken, dachte sie. Stockbetrunken! Nun gut, es ging sie ja eigentlich nichts an …

Irgendetwas an der Haltung der trägen Gestalt störte das Zimmermädchen jedoch. Es stellte das Teetablett ab und trat ein wenig näher an ihn heran. Dann hielt die junge Frau plötzlich den Atem an und wich zurück. Norman Briggs' Augen starrten sie blind an. Das Mädchen schlug eine Hand vor den Mund und stürmte aus dem Zimmer.

Dreißig Sekunden später wurde der Hoteldirektor von einem fast hysterischen Zimmermädchen darüber informiert, dass der Herr in Nummer 17 tot sei.

Major Colby saß an seinem Schreibtisch und trug den resignierten, geduldigen Gesichtsausdruck eines Laien, der dazu gezwungen wurde, sich eine Abhandlung eines Experten anzuhören. Morgan, der Laborchemiker, war voll in seinem Element: Er trug seinen weißen Laborkittel und hielt ein Gefäß in der Hand, das zur Hälfte mit einer farblosen Flüssigkeit gefüllt war.

»Natürlich«, sagte Morgan, »braucht man nur ganz wenig

von diesem Zeug. Das ist das Schöne daran. Ich muss gestehen, wenn ich jemanden vergiften wollte, würde ich zu diesem Mittel greifen.«

»Das werde ich mir merken«, sagte Colby mit kaum verhohlener Ironie.

»Sehen Sie«, fuhr Morgan fort und fand immer mehr gefallen an dem makabren Thema, »es ist praktisch geschmacksneutral, vor allem in Alkohol. Ich erinnere mich da an einen Fall aus dem Jahr 1939 …«

»Wie lange dauert es, bis es wirkt?«, fragte Colby und unterbrach damit Morgans Erinnerungen.

»Das hängt von einer Reihe von Dingen ab«, antwortete Morgan in professionellem Ton, »dem Herzen, dem Kreislauf, dem Nervensystem. Bei diesem Fall im Jahr 1939 …«

»Wie lange?«, blieb Colby hartnäckig und versuchte nur ansatzweise, sich in Geduld zu üben.

Morgan sah in vorwurfsvoll an. »Vielleicht eine Viertelstunde, vielleicht sogar weniger.«

In diesem Moment kam Layton ins Büro. Er sah müde und entmutigt aus. »Haben Sie mit dem Zimmermädchen in Briggs' Hotel gesprochen?«, fragte ihn Colby.

Layton sagte müde: »Ja, sie bestätigt, was uns der Hoteldirektor gesagt hat. Es scheint, dass ein Mann gegen halb vier im Hotel aufgetaucht ist. Er gab an, sein Name sei Nachtigall, und fragte nach Norman Briggs.«

»Hat sie Ihnen eine Beschreibung gegeben?«

»Das hat sie«, sagte Layton mürrisch. »Es könnten Sie sein, ich, Morgan oder eine Million anderer Leute.«

Colby runzelte die Stirn. »Aber er hatte doch sicher irgendein Erkennungsmerkmal?«

»Wenn, dann hat er es gut kaschiert«, sagte Layton trocken. »Sein ganzer Kopf war bandagiert und der Verband verdeckte sein ganzes Gesicht.«

Colby sah Layton einen Moment lang an und sagte dann klar und deutlich: »Gut. Damit ist die Sache erledigt. Rufen

Sie die Jungs von der Presse an und sagen Sie ihnen, sie sollen weitermachen. Dann kontaktieren Sie Greg Forrester.«

Layton schien Zweifel zu haben. »Halten Sie das für eine kluge Entscheidung, Sir?«

»Das ist der einzig mögliche Schritt, Inspektor«, sagte Colby.

– 2 –

Um Punkt sechs Uhr an diesem Abend öffnete Greg Forrester Henry Carmichael die Haustür seiner Wohnung. Greg war fast wieder der Alte, aber sein Besucher wirkte unruhig und verlegen.

Carmichael zog seinen Mantel aus und reichte ihn Greg, der ihn an die Garderobe hing. Er sagte zaghaft: »Ich hoffe, ich bin nicht zu früh.«

»Aber ganz und gar nicht«, versicherte Greg und ging ins Atelier vor. »Wie wäre es mit einem Whisky und Soda?«

»Hört sich gut an«, sagte Carmichael dankbar. »Normalerweise trinke ich ja nicht, aber ich bin etwas mit den Nerven fertig.«

Greg ging zu einem Tisch hinüber und mischte die Getränke. »Waren Sie überrascht, als ich Sie anrief?«, fragte Carmichael.

»Ehrlich gesagt, ja«, antwortete Greg ohne sich umzudrehen. »Ich habe nicht verstanden, wovon sie sprachen.« Er drehte sich um und reichte Carmichael ein Glas. »Deshalb habe ich Sie gebeten, vorbeizukommen.«

Carmichael hielt ein Exemplar der Abendzeitung in der Hand und deutete mit dem Finger auf einen Artikel in der Rubrik »Letzte Meldung«. »Ich spreche hiervon«, sagte er. »Haben Sie es denn nicht gelesen?«

Greg stellte sein unangetastetes Getränk auf dem Tisch ab und las: »Polizei meldet neue Entwicklung im Mordfall Jill Stewart. Verhaftung soll unmittelbar bevorstehen.«

Greg blickte von der Zeitung auf. »Das ist neu für mich.«

Carmichael nippte an seinem Whisky und sagte dann besorgt: »Aber wer ist es?«

»Wer ist was?«, fragte Greg mit gespieltem Desinteresse.

»Wen werden sie verhaften?«

»Ich habe keine Ahnung«, sagte Greg beiläufig, »außer, dass ich weiß, dass ich es nicht sein werde.«

Carmichaels Augen verengten sich. Zum ersten Mal bemerkte Greg, dass es eher zu kleine, tiefliegende, grüne Augen waren. »Woher wollen Sie wissen, dass Sie es nicht sein werden, Forrester?« In seiner Stimme lag ein herausfordernder Ton.

Greg zuckte unverbindlich mit den Schultern. »Müssen wir das näher erläutern?«

Carmichael antwortete: »Haben Sie Inspektor Layton in letzter Zeit gesehen?«

»Ja, er war gestern Vormittag hier.«

»Warum?«

»Ach, reine Routine.« Gregs Art war ruhig und liebenswürdig. »Zumindest hat er das gesagt. Sie kennen doch diese Polizisten – sie sagen immer: »Reine Routine, wissen Sie, Sir«.«

Carmichael nippte nachdenklich an seinem Getränk und schien daraus neue Zuversicht zu schöpfen. Er nickte in Richtung des Kleides. »Wie ich sehe, arbeiten Sie immer noch an dem Porträt.«

»Ja«, sagte Greg beiläufig. »Es geht allmählich voran.«

»Eine seltsame Geschichte mit diesem Kleid«, bemerkte Carmichael und befühlte den Stoff.

Greg hob die Augenbrauen. »Seltsam? Inwiefern?«

Carmichael sagte vorsichtig: »Offenbar ist Jill noch am selben Nachmittag, an dem sie es gesehen hat, losgezogen und hat genau das gleiche Exemplar gekauft.«

»Nicht genau das gleiche«, korrigierte Greg. »Da habe ich einen Fehler gemacht.«

»Einen ganz natürlichen Fehler«, bemerkte Carmichael

leichthin, »wenn man bedenkt, dass das andere Kleid verschwunden war.«

Greg stellte sein Glas auf den Tisch neben dem von Carmichael ab. Er sagte: »Übrigens, ich wollte Sie neulich etwas fragen. Erinnern Sie sich an den Vormittag, an dem Sie hierher kamen – nachdem das Kleid zurückgebracht worden war?«

Carmichael dachte einen Moment lang nach. »Ja, ich erinnere mich.«

»Sie haben sich das Kleid angesehen«, fuhr Greg fort, »und gesagt: »Ist das nicht das Kleid, das Jill getragen hat?« – Ich antwortete »Nein« und Sie sagten – und da erinnere ich mich ganz genau: »Ich kann nur sagen, dass es ihm verblüffend ähnlich sieht« – Wissen Sie noch?«

»Gewiss«, antwortete Carmichael mit einem leichten Schulterzucken.

»Woher wussten Sie, dass es ihm verblüffend ähnlich sah? Hatten Sie Jills Kleid schon einmal gesehen?«

Carmichael schürzte seine Lippen. »Nein, natürlich hatte ich das nicht. Sie hatte es ja erst kurz bevor sie ermordet wurde gekauft …«

»Es gibt da noch einen anderen Punkt, Carmichael«, fuhr Greg sanft fort. »Es ist nicht wirklich wichtig, aber ich dachte, ich könnte es trotzdem erwähnen.«

»Nur zu«, sagte Carmichael.

»Als Sie neulich telefonieren wollten«, sagte Greg, »schlug ich Ihnen vor, den Anschluss im Schlafzimmer zu benutzen.«

»Ja und?«

»Mir ist aufgefallen, dass Sie direkt auf das Schlafzimmer zusteuerten«, sagte Greg.

Eine leichte Röte breitete sich auf Carmichaels Gesicht aus. »Was zum Teufel haben Sie erwartet? Dass ich aus dem Fenster springe? Gütiger Himmel, ein Blinder konnte sehen, dass dort das Schlafzimmer war!« Er trat einen Schritt näher an Greg heran. »Wollen Sie mir etwas anhängen? Wenn ja, würde ich Ihnen raten, vorsichtig zu sein.«

»Vergessen Sie es, alter Junge«, sagte Greg zwanglos. »Warum sollte ich das tun wollen?« Er kramte in seiner Tasche und wandte sich dann wieder an Carmichael. »Ich nehme an, Sie haben nicht zufällig eine Zigarette dabei, oder?«

»Nein, habe ich nicht«, sagte Carmichael gereizt.

»Macht nichts«, sagte Greg. »Ich glaube, im Cocktailschrank sind noch welche.« Er drehte sich um und stöberte zwischen einigen Flaschen.

Carmichael warf einen vorsichtigen Blick auf Gregs Rücken und griff in seine Westentasche. Er holte eine kleine weiße Tablette heraus und ließ sie in Gregs Glas fallen. Sorgfältig beobachtete er Greg und rührte die Flüssigkeit mit seinem Zeigefinger um, bis sich die Tablette aufgelöst hatte.

»Ah, da ist sie ja!«, rief Greg und holte eine Zigarettenschachtel aus dem Cocktailschrank. »Nehmen Sie doch auch eine, Carmichael!« Er hielt ihm die Schachtel hin.

Henry Carmichael nahm sich eine Zigarette, machte aber keine Anstalten, sie anzuzünden. Als Greg sein Feuerzeug betätigte, fiel sein Blick auf die beiden Gläser, die nebeneinander standen. In jedem befand sich eine fast identische Menge Whisky und Soda.

Carmichael zog an seiner Zigarette und sah Greg Forrester durch die Rauchwolke an. »Haben Sie noch andere interessante Fragen, die Sie mir stellen möchten?«

»Die habe ich in der Tat«, sagte Greg freundlich. »Ist das der einzige Grund, warum Sie mich sehen wollten?« Er deutete auf die Meldung in Carmichaels Zeitung.

»Ja«, sagte Carmichael. »Wenn die Polizei wirklich herausgefunden hat, wer Jill ermordet hat …«

»Dann würden Sie gerne wissen, wer es ist«, sagte Greg.

»Natürlich. Sie erinnern sich vielleicht, dass wir verlobt waren.«

»Warum rufen Sie dann nicht einfach Inspektor Layton

an?«

»Das kann ich schlecht«, sagte Carmichael ausweichend.

Greg deutete wieder auf die Zeitung. »Denken Sie denn, das bezieht sich auf mich?«

Carmichael zögerte einen Moment lang. »Ich habe mir nur so meine Gedanken gemacht. Aber um Himmels willen, verstehen Sie mich nicht falsch, Forrester. *Ich* glaube nicht, dass Sie Jill ermordet haben, sonst wäre ich nicht hier. Aber ich habe mich gefragt, ob …«

»Ob ich noch immer unter Verdacht stehe? Nein, sicher nicht!«

Carmichael hob seinen Drink auf. »Nichtsdestotrotz haben Sie sich schon einmal in einer ziemlich schwierigen Lage befunden.«

»Ja, das stimmt«, sagte Greg. Er lächelte Carmichael an. »Aber dank Ihnen bin ich da rausgekommen.«

Carmichael hielt inne, das Glas halb an den Lippen. »Warum dank mir?«

»Sie haben mir alles über Alison Ford erzählt«, erinnerte Greg ihn. »Sie haben mir erzählt, was für ein schlechter Mensch sie war und wie sie gedroht hat, Jill zu ermorden. Erinnern Sie sich?«

»Ja, aber Alison Ford ist tot.«

Greg Forrester schüttelte den Kopf. »Oh nein, das ist sie nicht. Alison ist sehr lebendig.«

Carmichael stellte sein Getränk ab und verschüttete dabei etwas davon auf den Tisch. Mit zitterndem Finger zeigte er auf die Zeitung.

»Großer Gott! Sie meinen – sie verdächtigen Alison?«

Greg hob sein Getränk auf und betrachtete die bernsteinfarbene Flüssigkeit einen Moment lang nachdenklich. »Nein, das habe ich nicht gemeint«, sagte er schließlich. »Als Sie mir von Alison erzählten, wusste ich genau, dass Sie Briggs getroffen hatten und dass er Sie gebeten hatte, die Geschichte zu bestätigen, die er mir bereits über Alison erzählt hatte.«

Carmichael sah völlig verwirrt aus. »Briggs? Wer zum Teufel ist Briggs?«

»Sie wissen ganz genau, wer Briggs ist«, sagte Greg. »Es ist der Mann, den Sie gestern Nachmittag im Hotel in Bloomsbury besucht haben.«

Carmichael starrte ihn an. »Sind Sie verrückt geworden, Forrester? Ich habe noch nie von diesem Briggs gehört! Ich würde ihn nicht erkennen, wenn er jetzt in diesen Raum käme!«

»Ach nein?«, fragte Greg verwundert. Er sah Carmichael kurz an und ging dann ins Schlafzimmer.

Carmichael blickte Greg nach, die Stirn in Falten gelegt. Dann leerte er den Rest seines Getränks und stellte das Glas vor sich auf den Tisch.

Greg kam mit einem Foto zurück ins Atelier. Er sagte: »Zu Ihrer Information, Carmichael, das ist ein Foto von Briggs.«

Carmichael, der immer noch die Stirn runzelte, betrachtete das Foto einen Moment lang. Dann sagte er: »Ich habe diesen Mann noch nie gesehen.«

»Ich glaube, das stimmt nicht ganz«, sagte Greg leise.

Carmichael drehte sich wütend um: »Ich sage Ihnen doch, ich habe ihn noch nie gesehen!«

Greg zuckte mit den Schultern, legte das Foto weg und trank einen Schluck Whisky mit Soda aus seinem Glas. Er sah zu Carmichael hinüber und sagte: »Dann werde ich Ihnen beweisen müssen, dass Sie lügen, Carmichael. Ich werde Ihnen beweisen müssen, dass Sie Briggs besucht haben und absichtlich …« Er brach plötzlich ab und sah auf das Glas, das er in der Hand hielt. »Oh, tut mir leid, ich scheine Ihren Drink genommen zu haben.«

Die blühende Farbe wich aus Carmichaels Gesicht.

»Macht ja nichts«, fuhr Greg leichthin fort. »Ich muss aus Versehen Ihr Glas genommen haben. Na ja – aber zurück zum Thema. Soll ich Ihnen beweisen, dass …«

Er hielt kurz inne, denn Carmichael sah ihn mit einem verstörten Blick an. »Was soll das heißen, Sie haben aus Versehen mein Glas mitgenommen?«

Greg lächelte entwaffnend. »Entweder haben Sie mein Glas genommen oder ich Ihres. Ist ja letztlich egal …«

Carmichael ergriff Gregs Arm. »Woher wissen Sie das?« Er deutete mit zitterndem Zeigefinger auf das Glas in Gregs Hand. »Woher wissen Sie, dass das mein Glas ist?«

Greg blickte zuerst auf das Glas und dann auf Carmichael. »Dieses Glas ist ausgebrochen«, erklärte er. »Deshalb habe ich es Ihnen bewusst nicht gegeben.«

Carmichael taumelte rückwärts, die Hand an der Kehle. Dann sagte er ruckartig: »Mein Gott, ich muss los! Forrester, ich habe es schrecklich eilig … noch eine Verabredung …«

»Sie gehen nirgendwo hin, Carmichael«, sagte Greg ruhig und drückte ihn in einen Stuhl. »Nicht bevor wir unser kleines Gespräch beendet haben.«

»Hören Sie, Forrester, um Gottes willen … Sie verstehen nicht …!« Carmichael schluckte schwer.

»Im Gegenteil, ich verstehe sehr gut«, sagte Greg.

»Nichts verstehen Sie!«, schrie Carmichael, offensichtlich entsetzt. »Ich habe Gift genommen. … Ich muss einen Arzt aufsuchen … um Gottes willen, Mann, Sie müssen …«

Greg legte seine Hände auf Carmichaels Schultern und hielt ihn auf seinem Stuhl fest. »Sie bleiben hier«, sagte er leise.

Als Carmichael sich zu befreien versuchte, stammelte er: »Forrester, seien Sie kein Narr! Verstehen Sie denn nicht, *ich habe Gift genommen*! Ich muss hier raus, ich brauche ein Gegenmittel …«

Greg drückte ihn wieder in den Stuhl zurück. »Immer mit der Ruhe«, sagte er kompromisslos. »Ich bin das Gegenmittel, ich bin genau das, was der Arzt verordnet hat!«

Er stand über Carmichael und sah ihn leidenschaftslos an.

Carmichael fand nur mühsam seine Stimme. Er sagte verzweifelt: »Lassen Sie mich gehen, ja? Ich sage Ihnen, wenn ich nicht ins Krankenhaus komme, sterbe ich!« Er krallte sich mit den Händen am Kragen fest. »Forrester, um Gottes willen – ich muss sterben, sage ich Ihnen!«

Greg antwortete desinteressiert: »Und sterben dürfen Sie nicht, was?«

Carmichael warf ihm einen kurzen Blick zu. »Was soll das heißen?«

»Nur«, sagte Greg leise, »dass Sie Jill Stewart ermordet haben, nicht wahr?«

Carmichael leckte sich über die Lippen. »Nein … Nein … Ich …«

Greg rückte ein wenig näher. »Nein?«

Carmichael antwortete gereizt: »Verdammt noch mal, lassen Sie mich in Ruhe! Ich muss hier raus!«

»Sie haben Jill Stewart ermordet, stimmt's?«, beharrte Greg unerbittlich.

Carmichael krümmte sich plötzlich in seinem Stuhl zusammen. »Ja, ja, ich habe sie ermordet, aber …«

»Warum? Warum haben Sie Jill getötet?«

Carmichaels Stimme klang wie ein ängstliches Flüstern.

»Sie hat mit mir gespielt … die kleine Schlampe hat mich immer wieder an der Nase herum geführt und mir etwas vorgemacht … Ich wusste von einem Tag auf den anderen nicht, ob sie wirklich vorhatte, mich zu heiraten oder nicht.« Er fuhr sich mit der zitternden Hand über die Stirn und sagte beschwörend: »Forrester, ich muss in ein Krankenhaus. Es bleibt nicht mehr viel Zeit …«

Greg drückte ihn zurück in den Stuhl. »Wir haben genug Zeit. Was ist in jener Nacht passiert – in der Nacht, als ich in St. Albans war?«

Carmichael sagte mit erstickter Stimme: »Briggs sagte mir, er habe einen Schlüssel zu Ihrer Wohnung. Ich nahm den Schlüssel und kam hierher. Ich rief Jill an und ahmte Ihre Stimme nach. Ich sagte, dass Sie es sich anders überlegt hättest und nicht mit Ihrem Bruder essen, sondern sie sehen wollten. Sie kam her und trug das Kleid, das sie in der South Audley Street gekauft hatte.«

Greg sagte mit ausdrucksloser Stimme: »Sie muss verärgert gewesen sein, als sie plötzlich Ihnen gegenüberstand.«

Carmichael nickte. »Wir hatten einen Streit – und dann habe ich die Beherrschung verloren.«

»Verstehe«, sagte Greg. »Briggs kam also an jenem Abend in meine Wohnung, holte Alisons Kleid und die Fotos und dann …«

»… habe ich sie zurückgebracht«, gab Carmichael zu. »Zu diesem Zeitpunkt hatte ich ja den Schlüssel zu Ihrer Wohnung und Briggs wusste, dass ich Jill ermordet hatte. Er drohte, zur Polizei zu gehen, wenn ich nicht täte, was er wollte.«

»Und was ist mit dem Chianti? Warum hat Jill mich gebeten, Ihnen eine Flasche Chianti zu bringen?«

Carmichaels Stimme war kaum hörbar. »Das hat sie nicht.«

»Hat sie nicht?«, fragte Greg ungläubig.

Carmichael schüttelte den Kopf. »Nein, *ich* habe die Flasche hierher gebracht.«

»Wann?«

»Am selben Abend, an dem ich Jill hier traf.« Carmichael zögerte. Er starrte apathisch vor sich hin. »Briggs hatte sie mir gegeben. Ich sollte sie an einen unserer Agenten in Irland schicken – an einen Mann namens Walters. Walters sollte sie dann mit nach New York nehmen. Der Name ›Nachtigall‹ stand auf dem Etikett. Das war das Kennwort, mit dem man sich ausweisen konnte.«

»Mein Gott!«, sagte Greg leise. »Jetzt verstehe ich!« Er deutete auf das Schlafzimmer: »Sie haben Jill erwürgt, sind aus dem Schlafzimmer gestürmt – *und haben das falsche Paket genommen*! Sie haben das Päckchen genommen, das Jill mir gegeben hatte.«

Carmichael antwortete tonlos: »Richtig.« Er erhob sich halb von seinem Stuhl und blickte in Richtung der Mauernische.

»Was war in dem Päckchen?«, wollte Greg wissen.

»Ein Paar Hausschuhe.«

Greg sagte halb zu sich selbst: »Ist das die Möglichkeit!« Dann richtete er sich auf und ging von dem Stuhl weg.

Carmichael blickte verzweifelt zu Greg und dann zur Tür. Plötzlich sprang er auf und stürmte hinaus. Greg Forrester machte keinen Versuch, ihn aufzuhalten.

Colby kam ins Wohnzimmer und trug ein Glas. Er sagte: »Danke, Forrester. Das haben Sie gut gemacht.«

Greg zeigte auf das Glas. »Hat er es vergiftet?«

»Das hätten Sie ganz rasch bemerkt, wenn Sie es ausgetrunken hätten«, sagte Colby grimmig.

Layton trat ein und Colby fragte: »Alles in Ordnung, Inspektor?«

»Ja«, sagte Layton. »Wir haben ihn gerade verhaftet. Er ist uns direkt in die Arme gelaufen.«

Colby stellte das Glas ab. »Tja, das ist das Ende von Henry Carmichael und dem Arlington-Ring und ich kann nicht gerade sagen, dass es mir leid tut.« Er sah Greg an. »Ich bin Ihnen sehr dankbar, Mr. Forrester. Sie können jetzt wieder ausschließlich als Künstler arbeiten.«

»Klingt gut!«, lächelte Greg.

Colbys Blick war fragend. »Aber was passiert jetzt mit Alison Ford?«

»Ich denke«, sagte Greg Forrester vorsichtig, »dass Sie Alison ruhig mir überlassen können.«

– 3 –

Greg Forrester trat von seiner Staffelei zurück, zündete sich eine Zigarette an und betrachtete das Porträt von Alison. Wie immer, wenn er selbstkritisch wurde, kam er zu dem Schluss, dass mit dem Bild etwas ganz und gar nicht stimmte. Und natürlich wusste er nur zu gut, was es war: Er brauchte das Modell – er brauchte Alison.

Er seufzte leise und nahm seinen Pinsel wieder in die Hand. Seit drei Wochen hatte er nichts mehr von Alison gehört oder gesehen. Greg Forrester, der einen bedingten Zynismus gegenüber dem anderen Geschlecht entwickelt hatte, merkte, dass der Gedanke an Alison Ford sich zwischen ihn und seine Arbeit drängte – und in seine Träume. Er legte den Pinsel weg und betrachtete das zu drei Vierteln fertige Porträt. Es war, so sagte er sich, leidenschaftslos – ein Flop.

Er überlegte gerade, ob er noch einmal von vorne anfangen, es in den Kamin werfen oder sich einen übergroßen Drink einschenken sollte, als es an der Haustür klingelte.

In der Tür stand Alison. Sie lächelte ihn an und betrat mit einem kurzen »Hallo, Greg!« das Atelier.

Greg folgte Alison und sah sie an, ohne ein Wort zu sagen. Es war nur zu offensichtlich, dass er sich freute, sie zu sehen. Plötzlich bemerkte er, dass sie auf die Staffelei blickte, und mit einer schnellen, instinktiven Bewegung riss er das Porträt herunter.

Alison sagte: »Warum in alles in der Welt hast du das getan?«

Greg wurde plötzlich von einer Welle des Glücks überschwemmt. »Es musste sein. Jetzt kann ich von vorne anfangen.«

Sie sagte: »Aber warum? Was ist daran nicht in Ordnung?«

»Alles«, sagte Greg. Er nahm sie sanft an den Schultern und führte sie zu einem Stuhl. »Aber jetzt wird alles wieder gut. Alison, möchten Sie mir Modell stehen?«

Sie sagte leise: »Wird das nicht ziemlich lange dauern?«

»Wahrscheinlich Monate«, sagte Greg fröhlich und wählte eine neue Leinwand aus. »Ich habe einmal fast ein Jahr gebraucht, um einen kleinen braunen Krug zu malen.«

Sie entspannte sich in ihrem Stuhl und lächelte. »Bin ich schwieriger als ein kleiner brauner Krug?«

»Unendlich«, sagte Greg, »aber sehr viel hübscher.«

Es dauerte zwei Stunden, bis Greg Forrester wieder mit dem Porträt von Alison anfing. Wie Greg vernünftigerweise feststellte, hatten sie jetzt alle Zeit der Welt …

ENDE

Nachwort

von Dr. Georg Pagitz

Der Roman *Porträt von Alison* folgt dem Fernsehspiel sehr werkgetreu, fast Szene für Szene.

Auf den folgenden Seiten werden Stab- und Besetzung des Mehrteilers sowie der Kinoadaption aufgelistet und zeitgenössische Zeitungsberichte wiedergegeben.

In der Fernsehfassung hieß der Protagonist Tim Forester (und nicht Greg Forrester, die Gründe dafür wurden in der Einleitung erwähnt). Es ist auffallend, dass Durbridges Cliffhanger fast ausschließlich optischer Natur sind. Der Autor betonte mehrfach, dass das visuelle Medium andere Episodenenden begünstigte und erforderte, als das Radio.

Portrait of Alison

(Großbritannien 1955)
Sender: BBC, Episoden: 6 à ca. 30 Minuten
Ausstrahlung: immer donnerstags zwischen dem 16. Februar und dem 23. März 1955, jeweils um 19 Uhr 45

Tim Forester	PATRICK BARR
Jill Stewart	ELAINE DUNDY
David Forester	BRIAN WILDE
Det.-Insp. Layton	LOCKWOOD WEST
Major Colby	ANTHONY NICHOLLS
Norman Briggs	ARNOLD BELL
Henry Carmichael	PETER DYNELEY
Reg Dorking	WILLIAM LUCAS
Alison Ford	HELEN SHINGLER
Mary Hepburn	ELAINE WODSON
Peter Fenby	WILLIAM KENDALL

Det.-Sgt. Reed	Edward Dain
Charles White	Patrick Jordan
Krankenschwester	Anne Ridler
Stationsschwester	Grace Webb
Zimmermädchen	Gretchen Franklin

Buch	Francis Durbridge
Titelmusik	»Deep Night«
komponiert von	Charles Henderson
Szenenbild	Roy Oxley
Produktion/Regie	Alan Bromly
Eine Produktion von	BBC TV

Episode 1 (Donnerstag, 16. Februar 1955, 19.45 Uhr)

Es spielen: Patrick Barr (Tim Forester), Elaine Dundy (Jill Stewart), Brian Wilde (David Forester), Lockwood West (Det.-Insp. Layton), Anthony Nicholls (Major Colby), Arnold Bell (Norman Briggs)

Cliffhanger: Tim Forester gibt Major Colby das für Carmichael gedachte Paket. Colby öffnet es und zieht eine Flasche Chianti hervor. Die Kamera fährt auf das Etikett, auf dem *Nightingale & Son* steht.

Episode 2 (Donnerstag, 23. Februar 1955, 19.45 Uhr)

Es spielen: Patrick Barr (Tim Forester), Brian Wilde (David Forester), Lockwood West (Det.-Insp. Layton), Anthony Nicholls (Major Colby), Peter Dyneley (Henry Carmichael), William Lucas (Reg Dorking)

Cliffhanger: Tim Forester betritt seine Wohnung und schaltet das Licht ein. Er findet die Fotos von Alison und das Kleid, die irgendjemand zurückgebracht haben muss.

Episode 3 (Donnerstag, 2. März 1955, 19.45 Uhr)

Es spielen: Patrick Barr (Tim Forester), Brian Wilde (David Forester), Lockwood West (Det.-Insp. Layton), Anthony Ni-

cholls (Major Colby), Peter Dyneley (Henry Carmichael), William Lucas (Reg Dorking), Arnold Bell (Norman Briggs), Helen Shingler (Alison Ford), Elaine Wodson (Mary Hepburn), William Kendall (Peter Fenby)
Cliffhanger: Tim Forester betritt den Wohnwagen und erstarrt, als er in einer Ecke Alison Ford sitzen sieht, die ihn anblickt. Sie trägt das gleiche Kleid wie auf dem Foto und sieht genau so aus.

Episode 4 (Donnerstag, 9. März 1955, 19.45 Uhr)
Es spielen: Patrick Barr (Tim Forester), Brian Wilde (David Forester), Lockwood West (Det.-Insp. Layton), Anthony Nicholls (Major Colby), Peter Dyneley (Henry Carmichael), William Lucas (Reg Dorking), Arnold Bell (Norman Briggs), Helen Shingler (Alison Ford), Elaine Wodson (Mary Hepburn), William Kendall (Peter Fenby), Edward Dain (Det.-Sgt. Reed)
Cliffhanger: Im Restaurant *Firenze*. Tim Forester betritt das Lokal und sieht, wie ein Kellner eine Flasche Chianti auf einem Tablett serviert. Schließlich sehen wir, dass Norman Briggs an einem Tisch sitzt.

Episode 5 (Donnerstag, 16. März 1955, 19.45 Uhr)
Es spielen: Patrick Barr (Tim Forester), Brian Wilde (David Forester), Lockwood West (Det.-Insp. Layton), Anthony Nicholls (Major Colby), Peter Dyneley (Henry Carmichael), William Lucas (Reg Dorking), Arnold Bell (Norman Briggs), Helen Shingler (Alison Ford), William Kendall (Peter Fenby), Anne Ridler (Krankenschwester), Patrick Jordan (Charles White)
Cliffhanger: Tim dreht sich um und sieht, dass sein Bruder David einen sehr ernsten Gesichtsausdruck hat. David bedroht ihn mit einem Revolver und sagt sehr ernst: »Ich will diese Karte, Tim.«

Episode 6 (Donnerstag, 23. März 1955, 19.45 Uhr)
Es spielen: Patrick Barr (Tim Forester), Brian Wilde (David Forester), Lockwood West (Det.-Insp. Layton), Anthony Nicholls (Major Colby), Peter Dyneley (Henry Carmichael), William Lucas (Reg Dorking), Arnold Bell (Norman Briggs), Helen Shingler (Alison Ford), Grace Webb (Stationsschwester), Gretchen Franklin (Zimmermädchen)

Sehen wir uns nun exemplarisch drei Szenen aus dem Originaldrehbuch an. Das komplette Drehbuch zu dem Sechsteiler ist bei Williams & Whiting als Band 13 der englischsprachigen Durbridge-Edition unter dem Titel *Portrait of Alison* erschienen und bestellbar.

Beginn Episode 1 – vergleiche Roman Seite 15 bis 20

DIE ATELIERWOHNUNG VON TIM FORESTER. INNEN. TAG.

Wir befinden uns in der Atelierwohnung von TIM FORESTER, einem erfolgreichen Porträtmaler. Das Atelier befindet sich im obersten Stockwerk eines Hauses am Eaton Square in London. Es ist geräumig und gut eingerichtet. Der Raum wird sowohl als Wohnzimmer als auch als Atelier genutzt. Es gibt einen Beistelltisch mit Telefon, eine Couch, einen Ohrensessel, einen Getränketisch usw. Am Ende des Raumes befindet sich ein erhöhtes Podest. Die Eingangstür zum Atelier führt durch eine Nische. Andere Türen führen zu den Schlafzimmern, dem Bad, der Küche usw.

TIM FORESTER, ein gut aussehender Mann Anfang dreißig, malt JILL STEWART. JILL ist ein professionelles Modell, keck, jung, attraktiv. Sie sitzt auf einem Stuhl auf dem Podest gegenüber von TIM*. Weder* TIM *noch das Atelier haben etwas Mondänes oder Künstlerisches an sich. Musik kommt aus einem kleinen Radio auf einem Beistelltisch.*

JILL: Sind wir endlich fertig?

TIM: Ja. Müde?

JILL: Mm. Ein bißchen. (*Ein Augenblick*) Wie ist die Lage bezüglich der Haushälterin?

TIM: (*Sieht nicht auf, zuckt mit den Schultern*) Unverändert.

JILL: Warum suchen Sie keine?

TIM: (*Nach einem Moment, studiert die Leinwand*) Hä?

JILL: Ich sagte – warum geben Sie keine Suchanzeige auf?

Es entsteht eine Pause. TIM *blickt auf die Leinwand, dann legt er Pinsel und Palette weg, wendet sich von der Staffelei ab und schaltet das Radio aus.* JILL *erhebt sich und geht zu* TIM *hinüber.*

TIM: Ich nehme an, Sie lesen die *Times* nicht, Miss Stewart?

JILL: Nein, leider nicht.

TIM: Das sollten Sie aber. Meine Suchanzeigen sind ein regelmäßiger Bestandteil darin. Ich fühle mich mehr als Beitragszahler denn als Suchender.

JILL: (*Lacht*) Für ein paar Peanuts würde ich die Arbeit glatt selbst übernehmen.

TIM: Für ein paar Peanuts würde ich Sie auch arbeiten lassen.

JILL: (*Lächelt*) Tja – warum eigentlich nicht?

TIM: (*Sehr ernst*) Können Sie Kaffee kochen? Guten, starken, schwarzen Kaffee?

JILL: Ich bin viel besser im Zubereiten von Martinis.

TIM: (*Lacht*) Ja, das kann ich mir vorstellen!

JILL hebt ihre Pelzstola auf und setzt sich auf die Armlehne eines Stuhls. Sie blickt TIM an.

JILL: Wissen Sie, es ist schon ziemlich eigenartig. Ich bin seit fast zwei Wochen jeden Tag hier, sitze auf diesem Stuhl, sehe Ihnen beim Malen zu und weiß noch immer fast nichts über Sie. Außer, dass Sie Junggeselle sind, dass Sie keine Haushälterin haben und dass Sie starken schwarzen Kaffee mögen.

TIM: Also, was wollen Sie wissen?

JILL: Welche Art Mensch sind Sie? Welche Bücher lesen Sie? Warum haben Sie mich noch nicht zum Abendessen ausgeführt?

TIM: (*Lacht*) Sollen wir die 100-Dollar-Frage zuerst beantworten? Ich habe Sie noch nicht zum Abendessen ausgeführt wegen etwas, das Ihr Agent zu mir an dem Tag gesagt hat, an dem er Sie hierher begleitete.

JILL: Mein Agent?

TIM: Ja. Er sagte, dass Sie ein extrem gutes Mannequin sind, aber dazu neigen, besitzergreifend zu sein.

JILL: Ach hat er das?

TIM: Er hat mir auch gesagt, dass Sie mir Ihre Lebensgeschichte erzählen würden, wenn ich zu freundschaftlich mit Ihnen wäre. Ich schätze, es ist ein kurzes Leben, aber eine sehr, sehr lange Geschichte.

JILL: Gibt es da sonst noch was, das ich über mich wissen sollte?

TIM: (*Ruhig*) Ja. Er sagte, dass Sie mit einem extrem netten Mann namens Henry Carmichael verlobt sind.

JILL: (*Etwas gelangweilt*) Er hatte kein Recht, Ihnen das zu sagen.

TIM: Warum nicht? Stimmt es denn nicht?

JILL: Doch – aber darum geht es nicht.

TIM: Ich denke schon, dass es darum geht. Würde es Ihrem Verlobten gefallen, wenn ich Sie zum Essen ausführe?

JILL: Machen Sie sich doch nicht lächerlich! Er würde es nie erfahren!

TIM: Würde er nicht? Er würde wahrscheinlich am Nebentisch sitzen!

JILL lacht und geht dann zum Tisch hinüber und nimmt beiläufig – fast ohne nachzudenken – eine Postkarte in die Hand, die auf dem Tisch liegt.

TIM: Können Sie morgen Vormittag schon um zehn Uhr hier sein, Miss Stewart, statt erst um elf?

JILL: Hören Sie, auch wenn Sie mich nicht zum Abendessen ausführen wollen, denken Sie nicht, dass wir diesen Mr.-Forester-Mrs.-Stewart-Unsinn lassen sollten?

TIM: (*Lacht*) Ja, natürlich.

JILL: Ja, natürlich, Jill!

TIM: Ja, natürlich, Jill.

JILL: Um zehn Uhr?

TIM: *(Nickt)* Sehr gut.

JILL blickt auf die Postkarte, die sie in der Hand hält, und ist sichtlich amüsiert. Die Postkarte trägt einen Poststempel aus Neapel und zeigt eine grobe und übertriebene Skizze eines jungen

Mannes, der unter einer Palme sitzt. Neben ihm steht ein Eiskübel mit Champagner darin. Eine handgeschriebene Nachricht lautet: »Ich bin immer noch fleißig bei der Arbeit. Mit freundlichen Grüßen, Lewis.«

JILL: Wer ist denn Lewis?

TIM: Mein Bruder.

Erste Hälfte Episode 5 – vergleiche Roman Seite 147 bis 150

UNFALLSTATION EINES KRANKENHAUSES. INNEN. TAG.

Ein Bett in der Unfallstation eines Londoner Krankenhauses. Neben dem Bett stehen ein Stuhl und ein Nachttisch mit Schrank. Auf dem Tisch liegen eine Zigarettenschachtel, ein Scheckbuch, eine Armbanduhr und ein Feuerzeug. REG DORKING ist der Patient im Bett. Er ist in viele Verbände gehüllt und auf seinem Gesicht und seinen Händen befinden sich mehrere Pflaster. Er raucht eine Zigarette. Eine attraktive junge KRANKENSCHWESTER erscheint. Sie nimmt ihm die Zigarette aus dem Mund und steckt ein Thermometer hinein. DORKING nimmt das Thermometer sofort heraus und gibt es der KRANKENSCHWESTER zurück.

DORKING: 36,9.

SCHWESTER: Woher wissen Sie das?

DORKING: Das ist doch normal, oder?

SCHWESTER: Ja.

DORKING: Tja – und ich bin normal. (*Sieht die KRANKENSCHWESTER an*) In jeder Hinsicht.

SCHWESTER: Mr. Dorking, ich muss Ihre Temperatur messen, würden Sie also bitte …

DORKING: Jetzt hören Sie mal zu, Schwesterchen.

SCHWESTER: Ich bin *nicht* Ihr Schwesterchen!

DORKING: (*Bewegt sich und zuckt mit den Schultern*) Okay, Sie sind kein Schwesterchen – Sie sind wie ’ne alte Oma. Und jetzt seien Sie ein braves Kind und verschwinden Sie von hier.

KRIMINALINSPEKTOR LAYTON erscheint. Er sieht die KRANKENSCHWESTER an und nickt. Die KRANKENSCHWESTER geht. DORKING starrt LAYTON an. Er versucht, es sich bequem zu machen.

DORKING: Hallo! Was machen Sie denn hier?

LAYTON: Fühlen Sie sich schon besser?

DORKING: Ich fühle mich großartig. Keine Knochen gebrochen – nur gequetscht.

LAYTON setzt sich auf den Stuhl an der Seite des Bettes.

LAYTON: Ich möchte mich ein wenig mit Ihnen unterhalten, Dorking.

DORKING: Gut, alter Junge! Ich bin genau in der richtigen Stimmung für eine leichte Unterhaltung.

LAYTON: (*Zeigt auf DORKINGs Verband und Pflaster*) Wer hat das getan? Wer hat Sie verprügelt?

DORKING: Gilbert Harding. [Anmerkung: Er war ein britischer Journalist und eine Radio- und Fernsehpersönlichkeit]

LAYTON: Hören Sie, Dorking, wenn Sie in Ihrem Kopf noch etwas Verstand haben …

DORKING: Im Moment habe ich sechzehn Vorschlaghämmer und vier Pressluftbohrer in meinem Kopf.

LAYTON: Ich kann mir vorstellen, dass Sie sich ziemlich mies fühlen, aber …

DORKING: Das können Sie laut sagen!

LAYTON: ... aber ich muss dennoch mit Ihnen sprechen. (*Leise*) Wer war das? War es der Mann, der Ihnen die Karte gegeben hat?

DORKING: Welche Karte?

LAYTON: (*Ziemlich freundlich, beugt sich vor*) Dorking, wir wissen alles über David Forester. Wir wissen alles über …

DORKING: (*Hält sich den Kopf*) Okay, alter Junge, Sie wissen alles – das ist gut! Jetzt lassen Sie mich in Ruhe … (*Dreht sich um und schaut weg: ruft*) Schwester! Ich möchte einen Scotch und … (*zuckt zusammen*) … Soda …

LAYTON: (*Leise*) Wissen Sie, ich glaube nicht, dass Ihnen klar ist, wie ernst die Lage ist.

DORKING: Machen Sie Witze?

LAYTON: Jemand hat Ihnen diese Karte gegeben und Ihnen gesagt, Sie sollen sie für ihn verscherbeln. Jetzt wollen wir wissen …

DORKING: »Verscherbeln«! Das ist ein nettes Wort für einen Kriminalinspektor.

LAYTON: Wir wollen wissen, wer diese Person war, Dorking.

DORKING: (*Irritiert*) Hören Sie, ich weiß nicht, wovon Sie reden. Ich weiß nichts von einer Karte. Tun Sie mir einen Gefallen – verschwinden Sie!

LAYTON: Als wir Sie heute Abend gefunden haben, haben Sie den Namen Colby erwähnt.

DORKING: Habe ich das?

LAYTON: Ja.

DORKING: Ich kann mich nicht daran erinnern.

LAYTON: Sie sagten etwas, das sich so anhörte wie »Colby« und »Bank« – oder so etwas in der Art.

DORKING:	(*Leise, schüttelt den Kopf*) Ich kann mich nicht erinnern.
LAYTON:	Sie können sich sehr wohl erinnern (*Lehnt sich vor, vertraulich*) Sie dachten, Sie müssten sterben und wollten noch etwas loswerden. Nun kommen Sie schon! Was war es? Seien Sie ein guter Junge!
DORKING:	(*Etwas verärgert*) Ich habe es Ihnen doch schon gesagt: Ich kann mich nicht erinnern!
LAYTON:	Also, Dorking, hören Sie zu – wer auch immer Sie heute Abend verprügelt hat, wird wahrscheinlich …
DORKING:	Mich verprügelt! Was meinen Sie mit »verprügeln«? Ich hatte einen Unfall. Ein Schrank ist auf mich draufgefallen.
LAYTON:	(*Steht auf, leicht verärgert*) Sind Sie sicher, dass es nicht Ihre Rechnungsbücher waren?

LAYTON schiebt den Stuhl beiseite und wendet sich vom Bett ab.

DORKING:	(*Leise*) Inspektor …
LAYTON:	(*Dreht sich um*) Ja?
DORKING:	(*Grinst*) Wenn Sie das nächste Mal vorbeikommen, bringen Sie doch ein paar Weintrauben mit!

Ende von Episode 5 – vergleiche Roman Seite 165 bis 166

DIE ATELIERWOHNUNG VON TIM FORESTER. INNEN. TAG.

[…]

DAVID:	Tim, ich will eine Veränderung, eine *komplette* Veränderung. Im Moment befinde ich mich in einem Vakuum, in einem intellektuellen Tiefschlaf. Wenn ich in diesem Land bleibe, weiß ich genau, was mit mir geschehen wird. In fünf Jahren werde ich eine stinkender Lan-

geweiler sein, in zehn Jahren ein verdörrter alter Pauker.

TIM: (*Einen Moment, Andeutung eines Seufzers*) In Ordnung, David. Ich nehme an, du weißt, was das Beste für dich ist.

DAVID: (*Lächelt*) Das würde ich nicht sagen, Tim. Aber ich weiß, was ich tun werde.

TIM blickt plötzlich in Richtung Nische.

DER FLUR VON TIMS WOHNUNG. INNEN. TAG.

Mehrere Briefe werden gerade durch den Briefkasten geschoben. Sie fallen auf den Boden. TIM kommt aus dem Atelier. Er bückt sich und hebt die Briefe auf. Er steht da und sortiert sie. Schließlich richtet er seine Aufmerksamkeit auf einen bestimmten Umschlag. Er blickt auf den Umschlag und auf den Poststempel. Nach einem Moment öffnet er den Umschlag und nimmt eine Postkarte heraus. Sein Gesichtsausdruck ändert sich.

DIE ATELIERWOHNUNG VON TIM FORESTER. INNEN. TAG.

TIM kommt schnell aus der Nische und geht zum Telefon.

TIM: *(Zu DAVID)* Entschuldige mich, David, ich muss telefonieren.

TIM hebt den Telefonhörer ab und beginnt zu wählen.

DAVID: (*Leise*) Leg den Hörer auf, Tim! – Sei ein guter Junge!

TIM sieht auf in Richtung DAVID. Sein Gesichtsausdruck ist sehr ernst. Er legt langsam den Hörer auf.

DAVID steht nun TIM gegenüber und hält einen Revolver in der Hand.

DAVID: (*Recht freundlich, aber ernst*) Ich will diese Karte, Tim!

ENDE VON EPISODE 5.

* * *

Sehen wir uns nun einige zeitgenössische Zeitungsberichte über die TV-Serie *Portrait of Alison* an.

Neue Krimiserie (News Chronical)

Der Schauspieler des Jahres Patrick Barr wird nächsten Monat in einer neuen Krimiserie mit dem Titel *Portrait of Alison* zu sehen sein. »Ich kann Ihnen nicht viel darüber erzählen«, sagte Barr, »denn soweit ich weiß, bin ich die einzige Person, die bisher in der Besetzung steht. Ich spiele einen Maler.«

Portrait of Alison wurde von Francis Durbridge geschrieben, dem Autor von *The Teckman Biography*, dem herausragenden Fernsehkrimi des letzten Jahres.

Patrick Barrs Leistung in dieser Serie trug dazu bei, dass er den Preis als Schauspieler des Jahres erhielt.

Mr. Barr und Mr. Durbridge sorgen für gute Unterhaltung.

Top-Fernsehschauspieler und Krimiautor verbünden sich (Evening Chronicle)

Der Schauspieler des Jahres und der führende Thrillerautor des Fernsehens arbeiten in der neuen, unter der Woche ausgestrahlten Serie *Portrait of Alison* zusammen, die diesen Monat beginnt.

Patrick Barr – Sie können ihn am Sonntag bei der Verleihung seines Preises sehen – ist der Hauptdarsteller. Der Autor ist Francis Durbridge, der mit *The Teckman Biography* den bisher wohl besten Serienkrimi für das Fernsehen geschrieben hat. Durbridges Sinn für das Visuelle und sein handwerkliches Geschick sind unter den Fernsehautoren herausragend. Seine Spezialität sind straffe, rasante Geschichten.

Der Erfolg seiner *Teckman Biography* war einmalig im britischen Fernsehen. Sie wurde anschließend verfilmt und die Musik wurde zum Gassenhauer.

– kein Titel – (Northern Despatch)

Der Name Francis Durbridge bei einer Fernsehserie ist eine ausreichende Garantie für erstklassige Qualität. Sein neuestes Werk, *Portrait of Alison*, das gestern Abend begann, verspricht genauso gut, wenn nicht sogar besser zu werden als seine Vorgänger. Mr. Durbridge ist ein Meister der Spannung, und er lässt uns an einem Punkt der Geschichte zurück, der uns zwingt, nächste Woche wieder einzuschalten.

In den Durbridge-Krimis gibt es nie leere Kilometer. So viele Fernsehserien sind mit Nebensächlichkeiten überfrachtet worden – nicht so bei Mr. Durbridge. Bei ihm zählt jede Zeile des Drehbuchs und es werden uns so viele Ablenkungsmanöver geboten, dass wir am Ende einer halben Stunde fast jeden verdächtigen.

Am Ende der ersten Folge wird ein hübsches Mädchen ermordet und der Held steht unter Verdacht. Patrick Barr spielt die Rolle des Künstlers, in dessen Atelier sich das Verbrechen ereignet. Dieser Mord steht irgendwie in Verbindung mit dem Tod seines Bruders bei einem Autounfall in Italien. *Portrait of Alison* wird mich sicherlich die nächsten fünf Mittwochabende davon abhalten, irgendwelche Verpflichtungen einzugehen.

– kein Titel – (Evening Chronicle)

Francis Durbridges neue Thrillerserie *Portrait of Alison* zeigt den Altmeister der Spannung in Höchstform. Es ist die knackigste, spannendste Serie seit seiner *Teckman Biography* vor fast einem Jahr.

Die erste Folge des gestrigen Abends machte deutlich, wie weit der gewandte Mr. Durbridge seinen Konkurrenten voraus ist. Er hatte ein sicheres Händchen, sodass sie sich verzweifelt von ihren Schreibmaschinen abwenden mussten.

Sogar die Gauner sind toll … (Birmingham Gazette)

Die Regel für Mittwochabend-Serien: Entweder fangen sie so schlecht an, dass sie besser werden müssen, oder sie fangen gut an und werden schlecht.

Portrait of Alison ist eine seltene Ausnahme. Es fing gut an und wurde immer besser. Noch nie waren 30 Minuten so spannend.

Die Besetzung ist bis in die kleinsten Rollen vorzüglich. Anthony Nicholls hat aus dem Scotland-Yard-Major Colby einen echten Typen gemacht und William Lucas als zwielichtiger Autohändler ist ein kleines Juwel.

Um dieses Niveau der episodenhaften Spannung aufrechtzuerhalten, sollte Francis Durbridge sofort eine BBC-Schule für Drehbuchautoren eröffnen und ihnen die Tricks des Handwerks beibringen.

Lassen Sie sich austricksen (Evening Sentinel)

Jemand, der mehr Vertrauen in meine Auffassungsgabe hat als ich selbst, fragte mich neulich, wen ich für den Mörder in der Fernsehserie *Portrait of Alison* halte.

Was für eine Frage – als ob es darauf ankäme! Ich nehme an, der Autor – Francis Durbridge – weiß, bevor er mit diesen Geschichten beginnt, wer am Ende als Täter entlarvt wird, aber für uns, die wir die Sache nur beobachten, scheint es ein hoffnungsloses Durcheinander zu sein – und ich trotze jedem, der versucht, die Dinge logisch zu erklären.

Das ist eine Sache, die man bei einer Geschichte wie dieser nicht tun darf. Mr. Durbridge hat sich nicht umsonst seine Sporen bei Paul Temple verdient. Er kennt den Wert falscher Fährten und überraschender Enden. Ich frage mich, was wohl heute Abend passieren wird?

Man muss sich zurücklehnen und die reibungslose, hochprofessionelle Technik der Verblendung genießen und, wenn die letzte Episode kommt, behaupten, dass man es von Anfang an sowieso gewusst hat. Wenn Sie Ihre Karten richtig ausspielen, werden Sie damit durchkommen. Ich tue das jedenfalls.

Falsche Fährten (von Barrle Heads, Yorkshire Post)

Ich persönlich würde Peter Fenby nicht über den Weg trauen. Auch nicht Mr. Briggs, was das Vertrauen betrifft. Aber ich habe auch einen Verdacht gegen Major Colby. Und wenn wir schon dabei sind – an diesem Dorking ist auch etwas faul. Sie wissen schon, der, der diese Woche zusammengeschlagen wurde. Und auch bei David Forrester stimmt etwas nicht. Er sagt doch von sich, er sei Lehrer, nicht wahr? Nun, das ist seine Version der Geschichte. Ein oder zwei andere könnte ich auch noch nennen. Diese sind auch nicht ganz einwandfrei, würde ich sagen.

Es ist ein Gradmesser für den anhaltenden Erfolg der Serie *Portrait of Alison* – und in gewisser Weise auch ein Gradmesser für die vergleichsweise Monotonie der restlichen Woche –, dass man irgendwie in ihre Handlung hineingezogen wird und gespannt darauf wartet, dass das nächste unwahrscheinliche Rädchen in Gang gesetzt wird, im Bewusstsein darüber, dass das Ende einen verblüfft zurücklassen wird. Francis Durbridge hat eine der besten Fernsehserien geschrieben, die es je gab, voller Spannung, voller Action und mit köstlichen falschen Fährten.

Krimiautor Francis ist ein Von-9-bis-5-Uhr-Mann

(von Max North, Manchester Evening News)

»Was kommt als Nächstes?«, fragte ich Francis Durbridge, den Autor von *Portrait of Alison*, dem Serienerfolg, der nächste Woche endet.

»Was kommt als Nächstes in welcher Richtung?«, parierte der produktive Mr. Durbridge. »Filme? Bücher? Hörfunk? Oder Fernsehen?« Er vergaß auch, seine Comicserie zu erwähnen, die jeden Abend in den *Manchester Evening News* erscheint.

»Im Fernsehen«, antwortete ich.

»Ich habe einen Vertrag mit der BBC unterzeichnet, der beinhaltet, dass ich fünf Jahre lang zwei Fernsehserien pro Jahr schreibe. Das wissen Sie wahrscheinlich.«

Ich sagte, das ich das wüsste und dass ich mich darüber freute.

»Er wird erst Ende des Jahres gültig, also wird es eine kleine Lücke geben. Ich schreibe eine weitere Paul-Temple-Serie für den Hörfunk. Ich muss ein Buch zu schreiben. Oh, und man wird *Portrait von Alison* verfilmen

»Was den BBC-Vertrag betrifft, Mr. Durbridge, so wurde mir gesagt, dass er pro Folge 250 Pfund vorsieht, also 8 Pfund pro Minute.«

»Oh, ich fürchte, darauf kann ich nicht näher eingehen. Ich spreche nicht gerne über solche Dinge.«

»Aber man kann sagen, dass Sie damit einer der bestbezahlten Autoren heutzutage sind?«

»Ja, das kann man so sagen.«

Die Summe des Vertrags – die vermutlich die höchste ist, die die BBC jemals einem Autor angeboten hat – ist das einzige Geheimnis, das Mr. Durbridge, den Meister des Krimis, umgibt.

Der sanftmütige Zweiundvierzigjährige lebt mit seiner Frau und seinen beiden Söhnen in Walton-on-Thames, vierzig Autominuten von den Lime-Grove-Studios entfernt, wo er persönlich bei der Umsetzung seiner Serien dabei ist.

Um neun Uhr morgens geht er in sein Arbeitszimmer. Er schreibt erst mit der Hand und dann mit der Schreibmaschine.

»Niemand sonst kann meine Schrift lesen«, erklärt er. »Dann schicke ich das Ganze an eine Sekretärin, die es abtippt.«

Um fünf Uhr nachmittags kommt er wieder aus dem Büro. Seine Hobbys sind für Fans seiner Serien enttäuschend: Er liest oder geht ins Theater. Er versichert mir, dass er nie mit einem Typ wie Major Colby von der Sonderkommission zu tun hatte.

Mr. Durbridge scheint nie etwas Aufregendes zu passieren. »Ich bin lediglich ein professioneller Autor«, sagt er.

Hat Sie der Täter überrascht? (Birmingham Mail)

Sechs Wochen voller Spannung endeten mit der letzten Folge von *Portrait of Alison*, die zu den besten Fernsehserien gehört. Francis Durbridge lässt nie Langeweile aufkommen und überzeugt uns doch immer wieder davon, dass solche Dinge passieren können. Eine sehr professionelle Arbeit.

Es ist leicht, im Nachhinein klug zu sein und zu sagen, dass es offensichtlich war, wer der wahre Bösewicht ist, aber um ehrlich zu sein, hätte ich nie auf ihn getippt. Mein Hauptverdächtiger tauchte in der letzten Folge nicht einmal auf.

Die Spannung hätte jedoch noch besser gehalten werden können, wenn die BBC bei der wöchentlichen Bekanntgabe der Besetzung vorsichtiger gewesen wäre. Eine Woche im Voraus wurde uns gesagt, dass Alison nicht ermordet worden war, weil sie in Episode 3 auftrat. Gestern Abend wusste ich, dass es sich bei dem Täter nicht um Peter Fenby handeln konnte, denn er war im Laufe der Sendung verschwunden.

Patrick Barr hat zwangsläufig die ganze Zeit über brillant gespielt. Anthony Nicholls in der Rolle des Ermittlers, der mit Interpol und dem FBI zusammenarbeitet, hat eine Figur geschaffen, die man hoffentlich noch in weiteren Abenteuern sehen wird. Aber meine besondere Vorliebe für die Serie gilt William Lucas, dessen Darstellung eines spießigen Autoverkäufers brillant war.

Die Anspannung ist vorüber (Northern Dispatch)
Jetzt wissen wir, wer das Modell in dem Francis-Durbridge-Krimi *Portrait of Alison* umgebracht hat und was all die verdächtigen Personen im Schilde führten. Es war die bisher beste Serie im Fernsehen und im Gegensatz zu anderen wurde sie in der letzten Folge nicht schwächer. Der Zuschauer hatte zwar einen Verdacht, aber er konnte sich bis zur Hälfte der letzten Sendung nicht sicher sein.

Was ihn zu einem so herausragenden Thriller machte, war die Tatsache, dass Mr. Durbridge seine Lösung glaubhaft machte. Oft fesselt ein Thriller unsere Aufmerksamkeit, und der Höhepunkt enttäuscht uns dann, weil er so unglaubwürdig ist. Das war bei *Portrait of Alison* nicht der Fall.

Die einzelnen Darbietungen in den sechs Episoden waren hervorragend und Patrick Barr konnte seinen Erfolg weiter ausbauen.

In den Midlands geborener Autor knackt TV-Jackpot
(Lincolnshire Echo)

Die Erfolgsgeschichte des Serienschreibers Francis Durbridge geht in eine weitere Runde. Der in den Midlands geborene und aufgewachsene Mann, der mit seinen Abenteuern des Radiodetektivs Paul Temple Millionen von Menschen begeistert, hat erneut den Jackpot geknackt – im Fernsehen.

Seine vierte Fernsehserie, *Portrait of Alison*, ist eine seiner besten. Sie wird ihren drei Vorgängern auf die Kinoleinwand folgen, denn die Filmrechte wurden jetzt für eine hohe Summe erworben.

The Broken Horseshoe, Operation Diplomat, The Teckman Biography – sie alle wurden verfilmt. *Portrait of Alison* dürfte sich ebenso gut auf Zelluloid bannen lassen.

Der Mann, dessen Charaktere in ganz Großbritannien bekannt geworden sind, meidet selbst das Rampenlicht. Zu Informationssuchenden sagt er: »Ich halte nichts von persönlicher Publicity. Und ich spreche nie über die finanziellen

Aspekte meiner Arbeit.«

Hier ist ein kurzes Porträt von Durbridge. Er ist 42, hat eine Glatze, ist wohlhabend, duldsam, fleißig und Nichtraucher. Er lebt mit seiner Frau und zwei Söhnen in Surrey.

Seine Adresse – das *Moat House*, in Walton-on-Thames – klingt wie ein Landhaus, in dem Detektiv Temple ein nächtliches Treffen haben könnte, um Informationen in einem Fall zu erhalten. Doch Durbridge beteuert, dass es sich um ein ganz gewöhnliches Gebäude handelt, das nichts Unheimliches oder Mysteriöses hat.

Birmingham ist seine Heimatstadt, er ist dort zur Schule gegangen und hat an der dortigen Universität studiert. In den Midlands wurde auch sein erfolgreichstes Fantasieprodukt – der Kriminalschriftsteller Paul Temple – »geboren«.

Seit die erste Folge der ersten Serie mit dem smarten, kultivierten Detektiv im April 1938 aus den BBC-Studios in Birmingham ausgestrahlt wurde, hat Mr. Temple elf Abenteuer erlebt und seinem Schöpfer Tausende von Pfund eingebracht.

Die beste Nachricht für Temples Fans ist, dass es eine weitere Serie aus der Durbridge-Schreibmaschine gibt. Um sie bei Laune zu halten, wird in einigen Monaten wahrscheinlich eine Wiederholung eines der bekanntesten Abenteuer – *Der Fall Madison* – im zweiten Programm zu hören sein.

Temple hat Fans in vielen anderen Teilen der Welt, in Australien, Neuseeland und in ganz Europa. Die Fälle sind in die meisten europäischen Sprachen übersetzt worden. Die Ausstrahlung der *Gregory*-Affäre im dänischen Staatsradio im letzten Herbst hat ein solches Interesse geweckt, dass sogar Kinos ihr Programm unterbrachen, um die letzte Folge der Geschichte zu übertragen.

Temple wurde auch auf der Leinwand zu einem Hit und ist Held vieler Cartoons.

Als Schuljunge beschäftigte sich der junge Master Durbridge bereits mit Detektiven. Mit fünfzehn Jahren schrieb er einen Krimi mit dem Titel *The Great Dutton*, der zu Gunsten einer Wohltätigkeitsveranstaltung in einem Liverpooler Wohnheim aufgeführt wurde.

Während seines Studiums schrieb und spielte er in einer Revue. Im Publikum saß ein Mr. Webster, der den Zuhörern heute als Martyn C. Webster bekannt ist und als Produzent und Regisseur der Paul-Temple-Stücke. »Er hielt mich für den schlechtesten Schauspieler, den er je gesehen hatte«, erzählt Durbridge. Aber es dauerte nicht lange, bis Webster das Manuskript eines ernsten Stücks las, das ihm der eifrige junge Mann, der seine Unikarriere beendet hatte, zur Verfügung gestellte. Er produzierte es in den Studios der Midland-Region und es war so erfolgreich, dass eine Fortsetzung mit dem Titel *Dolmans* in Auftrag gegeben wurde.

Die Rufe nach »Räuber und Gendarm« hallten jedoch weiterhin in Durbridges Kopf nach. Seit einiger Zeit war er auf der Suche nach genau dem richtigen Detektiv für seinen Fall. Und er fand ihn im Zug von London nach Birmingham.

Durbridge behauptet, dass ein großer, dunkler Mann mit einem nonchalanten und freundlichen Auftreten, der ihm auf der Fahrt gegenüber saß – sie sprachen nicht miteinander – und in Leamington Spa ausstieg, eine Lawine ins Rollen brachte.

Mit etwas professioneller Ausarbeitung wurde dieser Fremde der Superdetektiv, der sich als der größte Radioerfolg des Autors erweisen sollte. (Anmerkung des Übersetzers: Die Familie des Autors behauptet heute, dass Durbridge die Geschichte von dem Mann in dem Zug für die Presse erfand, weil er von Journalisten so oft gefragt wurde, woher Paul Temple kam und er ihnen eine Erklärung geben wollte.)

Der Umstieg auf das Schreiben für das Fernsehen brachte einige Herausforderungen. »Ich konnte mich nicht auf die gleichen Methoden verlassen, die ich im Radio verwendet hatte«, sagt Durbridge. »Das Fernsehen ist ein ganz anderes und schwieriges Medium. Man muss die Handlung für eine gewisse Zeit auf einen bestimmten Schauplatz konzentrieren, um ein ständiges Wechseln der Szene zu vermeiden. Und man kann nicht eine Figur in einem Straßenanzug haben und dann in einer Abendgarderobe erscheinen lassen, ehe sie Zeit hat, sich umzuziehen. Das sind nur zwei der Unterschiede.« (Anmerkung: Bis um 1960/61 wurden alle BBC-Serien live ausgestrahlt und nicht vorab aufgezeichnet.)

Wie schafft er es, Erfolg um Erfolg zu wiederholen? Durbridge glaubt an die These »10 Prozent Inspiration, 90 Prozent schwere Arbeit«. Er arbeitet an einem normalen Tag von neun bis fünf zu Hause in seinem Arbeitszimmer.

Er hat keine feste Formel für einen erfolgreichen Thriller. »Alles kann mich auf einen Gedankengang bringen«, sagt er. »Dann interessiere ich mich für die Figuren und ihre besonderen Geschichten und die Handlung entwickelt sich.«

Ein Durbridge-Plot ist stets streng geheim – sogar vor seiner eigenen Familie. Wenn die Familienmitglieder sich für eine der Serien interessieren, werden sie – wie alle Zuhörerinnen und Zuhörer oder Zuschauerinnen und Zuschauer – bis zur Ausstrahlung der letzten Folge im Dunkeln gelassen.

* * *

Sehen wir uns nun den Kinofilm an. Dieser wurde 1955 gedreht. In der Fassung für die große Leinwand entfällt Inspektor Layton komplett, dafür wird Major Colby zum Inspektor degradiert. Die Rolle des Gebrauchtwagenhändlers Reg Dorking spielte William Lucas, der diesen Part bereits in der Fernsehfassung verkörperte. Die Titelrolle spielte Robert Beatty, der schon 1953 in der Kinoversion von Durbridges *The Broken Horseshoe* mitgespielt hatte. Der Film startete am 30. Dezember 1955 in den britischen Kinos unter dem Titel *Portrait of Alsion,* während er am 18. Januar 1956 in den USA in einer um sieben Minuten gekürzten Fassung als *Postmark for Danger* in die Lichtspielhäuser kam.

Portrait of Alison / Postmark for Danger

(Großbritannien 1955)
Kinofilm, schwarz/weiß, Dauer: 84 Minuten
Erstaufführung (GB): 30. Dezember 1955

Tim Forrester	ROBERT BEATTY
Alison Ford	TERRY MOORE
Dave Forrester	WILLIAM SYLVESTER
Jill Stewart	JOSEPHINE GRIFFIN
Colby	GEOFFREY KEEN
Henry Carmichael	ALLAN CUTHBERTSON
John Smith	HENRY OSCAR
Reg Dorking	WILLIAM LUCAS
Fenby	TERENCE ALEXANDER
Sgt. Haines	STUART SAUNDERS
Italienischer Polizist	BRUNO BARNABE
Interpolbeamter	RAYMOND FRANCIS
Rezeptionistin	MARIANNE STONE
Bill	SAM KYDD
Hausmeister	JACK MCNAUGHTON
Dorkings Kunde	NEIL WILSON
Hotelportier	ANDREAS MALANDRINOS
Polizeiarzt	GERALD ANDERSEN
Pilot	ERIC CORRIE
Kellner	REX GARNER
Polizeichemiker	REGINALD HEARNE
Portier	JACK HOWARTH
Polizeifahrer	ARTHUR HOWELL
Spurensicherer	HAL OSMOND
Sanitäter	JOE PHELPS
Briefträger	JOHN WARREN
Drehbuch	GUY GREEN
	KEN HUGHES

nach einer Idee von	FRANCIS DURBRIDGE
Musik	JOHN VEALE
Kamera	WILKIE COOPER
Schnitt	PETER TAYLOR
Ausstattung	RAY STAMM
Maske	GEORGE CLAFF
Produktionsleitung	TEDDY JOSEPH
Regie-Assistenz	DAVID W. ORTON
Ton	LEN PAGE
Tonmischung	ALFRED COX
Kameraführung	ALAN HUME
Musikaufnahmen	PHILIP MARTELL
Continuity	BERYL BOOTH
Gemälde	OLGA LEHMANN
Herstellungsleitung	TONY OWEN
Produzent	FRANK GODWIN
Regie	GUY GREEN
Eine Produktion der	INSIGNIA FILMS

Wer diesen Film sieht und die zugrundeliegende Originalgeschichte kennt, wird zwangsläufig enttäuscht. Zwar behauptete Regisseur Guy Green in einem Interview Jahre später, dass die Story voller Löcher gewesen sei und er und der Drehbuchautor Ken Hughes diese stopfen mussten, aber das eigentliche Problem ist nicht die Durbridge'sche Grundstory, die objektiv wohl nicht so löchrig war, wie behauptet, sondern das, was für die Kinoversion daraus gemacht wurde. Der Film nimmt nämlich viele Ereignisse und Wendungen, die sich im Original erst später erklären, schon im Vorhinein hinweg. Daraus resultiert eine Minderung der Spannung. Hinzu kommt, dass einige Szenen aus dem Original gestrichen und durch andere, nicht besonders sinnvolle ergänzt wurden.

Mehr soll hier nicht verraten werden, allerdings seien Cineastinnen und Cineasten gewarnt, die sich diesen Film zu Gemüte führen wollen: Auf den Covers der meisten DVDs wird die Schlussszene samt Mörder gezeigt – eine DVD hat gar den Mörder beim Versuch, eine Frau zu töten, als Titelmotiv gewählt.

Mit den Dreharbeiten wurde bereits im April 1954, also wenige Tage nach Ausstrahlung der letzten TV-Episode begonnen.

Gezeigt wurde der Film im Vereinigten Königreich, in den USA, in Südafrika, Kanada, Dänemark, Finnland, Griechenland, den Niederlanden, in Italien, Norwegen, Rumänien, Schweden und Brasilien. Eine deutsche Fassung fehlt bislang.

* * *

Schließen wollen wir mit zwei Inhaltsangaben: Mit jener, mit der der Originalroman 1962 von Hodder & Stoughton in England beworben wurde, und mit der des Goldmann-Verlags, die schon sehr viel von der Handlung vorwegnimmt und auch Ereignisse in der falschen Reihenfolge widergibt.

> »Ein rasanter und brillant durchdachter Thriller, in dessen Mittelpunkt Greg Forrester steht, ein erfolgreicher Künstler, der ein sorgloses Leben führt und schöne Mädchen malt, bis sein Bruder plötzlich bei einem Autounfall in Italien stirbt. Von da an wird das Leben von Greg und seinem Bruder, dem Lehrer David, von der Polizei gestört. Diese ist nicht geneigt, Greg den Gegenstand ihrer Ermittlungen mitzuteilen, aber bald wird er von einer Reihe von Besuchern überrannt, die ihn in die Angelegenheit hineinziehen.« (Hodder & Stoughton)

Die deutsche Ausgabe des Goldmann-Verlags in der Übersetzung von Tony Westermayr (Titel: *Das Kennwort*) aus dem Jahr 1967 ziert ein Bild von Karl Lange und Joachim Fuchsberger aus dem Film *Der Hexer*. Auf dem Cover steht außerdem der Werbespruch: »Millionen sahen die Fernsehspiele von Francis Durbridge. Millionen lesen seine Kriminalromane«. Der Klappentext lautet:

> »Der Kunstmaler Greg Forrester arbeitet an dem Porträt des attraktiven Mädchens Alison. Damit erweckte er die Eifersucht der charmanten Jill Stewart. Der völlig ahnungslose Greg bekommt plötzlich Besuch von Diamantenschmugglern, die das Kennwort wissen wollen. Als Greg sein Atelier betritt, findet er Jill ermordet vor. Sie hat Alisons Abendkleid an.« (Goldmann-Verlag)

Die Durbridge-Edition
–Williams & Whiting –

Bei Williams & Whiting sind bisher dreiundzwanzig Bände von Francis Durbridge erschienen. Sämtliche Bücher enthalten eine umfassende Einleitung und ein Nachwort mit vielen Hintergrundinformationen zu Francis Durbridge, den jeweiligen Geschichten und den Produktionsumständen der Verfilmungen bzw. Vertonungen.

Band 1 FRANCIS DURBRIDGE

Stichtag für Harry

Paul Temple und der vorausgesagte Mord

Vorwort, Nachwort und Übersetzung: Dr. Georg Pagitz

Ein junger Mann namens Peter Gibson sucht Superintendent Max Christian in Scotland Yard auf. Er berichtet, dass er in einem Café in Hampstead arbeitet und ungewollt bei der Arbeit zwei Frauen belauscht hat. Diese sagten, dass ein gewisser Harry Sherwood den Sechzehnten des kommenden Monats nicht überleben würde. Christian geht der Sache nach, muss aber feststellen, dass nichts von dem, was Gibson erzählt hatte, stimmt. Es gibt weder das Café, noch einen Mann dieses Namens. Am Sechzehnten des darauffolgenden Monats wird jedoch in einem Wohnwagen eine Leiche gefunden. Der Täter hat sein Opfer erstochen. Als Superintendent Christian den Toten sieht, glaubt er seinen Augen nicht: Es handelt sich dabei um den angeblichen Peter Gibson, der in Wirklichkeit Harry Sherwood hieß ...

Durbridge schrieb diese Geschichte als Fortsetzungsroman im Jahr 1960. Sie blieb jedoch unveröffentlicht und erscheint nun erstmals posthum.

Der Autor versuchte die Story auch als Filmtreatment deutschen Produzenten anzubieten und schrieb sie später zur Episode für eine *Paul-Temple*-TV-Folge um. Dieses Szenarium ist in dem Buch als *Paul Temple und der vorausgesagte Mord* enthalten, den Abschluss bildet eine Abhandlung über Durbridge und die Temple-TV-Serie.

Band 2 FRANCIS DURBRIDGE

Schritt ins Dunkel

Drehbuch für einen deutschen Spielfilm

Vorwort, Nachwort und Übersetzung: Dr. Georg Pagitz

In Soho geht ein gefährlicher Mörder um, der Barmädchen mit einem Messer tötet. Scotland Yard steht vor einem Rätsel. Zur gleichen Zeit befindet sich der wohlhabende Immobilienmakler Mike Hilton in einer existentiellen Krise: Nach dem Tod seiner Tochter und schwierigen Phasen in seiner Ehe verlässt ihn seine Ehefrau Ruth. Nach einer Reifenpanne nahe eines berüchtigten Pubs in Soho lernt er die attraktive Selby Brooks kennen und verliebt sich in sie. Als er die junge Dame wenig später auf einem Hausboot besuchen will, findet er ihre Leiche. Mike Hilton gerät unter Mordverdacht. Zur Tatzeit half er einem kleinen Jungen dabei, dessen Papierdrachen aus einem Baum zu befreien. Doch dieses Alibi ist nichts wert, denn der Junge scheint spurlos verschwunden zu sein und gar nicht zu existieren. Gleichzeitig erfährt Mike von Scotland Yard, dass nichts von dem, was Selby ihm erzählt hatte, stimmte. Kann er sich aus dem Teufelskreis, in dem er sich befindet, befreien und den wahren Täter finden?

Die Hintergrundgeschichte zu diesem verschollenen Drehbuch ist ebenso spannend wie die Kriminalgeschichte selbst. Francis Durbridge verfasste das Skript 1961 und verkaufte es 1962 an einen deutschen Filmproduzenten. Letztlich wurde daraus der Spielfilm *Piccadilly null Uhr zwölf*, der bis auf vier Namen nichts mehr mit der Originalstory zu tun hatte. Im Vor- und Nachwort werden die Hintergründe analysiert und dank erst kürzlich aufgefundener Originalkorrespondenz von Francis Durbridge auch die Umstände und Gründe der Änderungen rekonstruiert.

Band 3 FRANCIS DURBRIDGE

Paul Temple muss her!

Ein Kriminalstück

Vorwort, Nachwort und Übersetzung: Dr. Georg Pagitz

Scotland Yard steht vor einem Rätsel. Eine gefährliche Verbrecherbande verunsichert London durch Kindesentführungen, Lösegelderpressungen und andererseits durch spektakuläre Juwelenraube. Die Ganoven operieren unter dem Namen »Die Schlagzeilenmänner«. Dies ist gleichzeitig der Titel des Romans einer unbekannten Autorin, deren Identität niemand kennt. Nachdem Sir Graham und seine Ermittler nicht weiter kommen, fordern die Zeitungen nach Unterstützung und titeln: »Paul Temple muss her!« Der erfolgreiche Kriminalschriftsteller und Privatermittler schaltet sich daraufhin ein und weiß bald, dass der große Hintermann ein Superverbrecher namens Max Lorraine ist. Aber wer der Verdächtigen versteckt sich hinter diesem Namen? Wer ist der gefährliche Schlagzeilenmann Nummer 1?

Dieses im Jahr 1943 in Birmingham uraufgeführte Theaterstück wurde seither nie mehr gespielt. Der Autor zeigt darin sein ganzes Können und liefert Drehungen, Wendungen und atemberaubende Cliffhanger im Minutentakt. Vier Personen sterben auf der Bühne, ebenso viele Leichen gibt es aus Erzählungen. Die *Birmingham Post* schrieb damals zur Uraufführung: »Leichen fallen aus Aufzügen, Schreie hallen durch die Nacht, aus einem unverdächtig aussehenden Grammophon kommen Schüsse und Blausäure findet ihren Weg in harmlose Whiskyfläschchen. Eigentlich haben wir A oder B als Täter verdächtigt, aber dann war es plötzlich X.« Bei dem Stück handelt es sich um eine geschickte Mischung aus Paul Temples ersten beiden Hörspielabenteuern.

Band 4 FRANCIS DURBRIDGE

Schöne Grüße von Mister Brix

Kriminalroman

Vorwort und Nachwort: Dr. Georg Pagitz

Geheimnisvolle und höchst mysteriöse Umstände haben den Ex-Inspektor Richard Grant und seine Frau Margret dazu veranlasst, vorübergehend wieder in den Dienst von Scotland Yard zu treten. In einem Fischerdorf namens Shorecombe war zuvor die Leiche einer gewissen Barbara Willis, Tochter eines feinen Londoner Hauses, aus dem Meer gezogen worden. Kurz darauf bekam ihr Verlobter Robert Brown eine Dia-mantenbrosche zugeschickt. Darauf stand: »Schöne Grüße von Mister Brix«. Wenig später finden die Grants in ihrer Garage eine weitere Leiche. Peggy Gillow, die in dem Fall undercover ermittelte, wurde erdrosselt. Auch ihr Vater bekam eine mysteriöse Karte von Mister Brix mit der gleichen sarkastischen Botschaft. Steckt hinter diesem Pseudonym jener gefährliche Ariman, dessen Fall Grant einst bearbeitete? Und wenn ja, wer von den zahllosen Verdäc-htigen ist dieser unheimliche Verbrecher?

Durbridge schrieb diesen Kriminalroman 1962 für den deutschen Markt. Er basiert auf dem legendären Hörspiel *Paul Temple und die Affäre Gregory* und erzählt dieses sehr werkgetreu nach, allerdings wurden die Charaktere umbenannt. Wer schon immer wissen wollte, worum es in diesem Fall geht und ihn in voller Länge erleben wollte, kann dies nun endlich tun.

Band 5 FRANCIS DURBRIDGE

Die gelbe Windmühle

Kriminalroman

Vorwort und Nachwort: Dr. Georg Pagitz

Susan Kelford, die vierjährige Tochter des reichen Sir Cedric Kelford, dem Präsidenten der Londoner Central Bank, wird entführt. Das Mädchen war gerade in einem Londoner Park, als eine kleine gelbe Spielzeugwindmühle ihre Aufmerksamkeit erregte und sie in die Hand ihres Entführers lockte. Dieser zerrte das Kind in seinen Wagen und suchte daraufhin rasch mit seinem Komplizen das Weite. Man fordert 10.000 Pfund Lösegeld von dem Multimillionär Kelford. Inspektor Houston von Scotland Yard macht drei Tage später eine grausige Entdeckung: Sein Sohn Dennis, der in Sir Cedrics Bank arbeitet, sitzt erschossen vor dem Fernsehgerät. In den Bildschirm ist eine gelbe Windmühle eingeritzt …

Die gelbe Windmühle erschien 1954 als Fortsetzungsroman in England. Im Jahr 1965 verfasste Francis Durbridge eine eigene Fassung für den deutschen Markt, die hier erstmals als Buch vorliegt.

Band 6 FRANCIS DURBRIDGE

Mitten ins Herz

Der Mann, der das Quiz gewann

Paul Temple und die flüchtige Miss Helvin

Vorwort und Nachwort: Dr. Georg Pagitz

Gary Mason, der berühmteste und beliebteste Schauspieler Englands, wird auf dem Gelände eines Londoner Filmstudios erschossen. Wer ist der Täter? Und hatte er tatsächlich Mason als Ziel auserkoren oder war dieser Mord ein Versehen und er galt eigentlich der überaus attraktiven schwedischen Nachwuchsschauspielerin Karin Lund? Diese legt ein seltsames Verhalten an den Tag, vor allem als sie zwei Tage später dem Journalisten Michael Collins begegnet, der Augenzeuge der Tat wurde und sich danach um die junge Frau gekümmert hatte. Diesmal ignoriert Karin den Reporter und ist in Begleitung eines mysteriösen Fremden. Als Journalist Collins in der darauffolgenden Nacht von einem weiteren Mord berichten soll, ist er schockiert, als er in der Leiche Karin Lund wieder erkennt. Sie wurde erstochen ...

Mitten ins Herz wurde 1955 als *The Man Who Beat the Panel* in Großbritannien als Fortsetzungsroman veröffentlicht. Durbridge überarbeitete diese Fassung für den deutschen Markt im Jahr 1962, erweiterte und verbesserte sie um viele Handlungsstränge und machte aus einem Nicht-whodunit einen Whodunit. Später entwickelte er daraus auch ein Skript für die *Paul-Temple*-Fernsehserie namens *The Elusive Miss Helvin*, das aber nie Verwendung fand. In dieser Ausgabe sind neben der deutschen Romanfassung auch erstmals die Übersetzungen der britischen Fortsetzungsgeschichte und des Szenariums enthalten. Titel: *Der Mann, der das Quiz gewann* und *Paul Temple und die vorsichtige Miss Helvin*, beide übersetzt von Dr. Georg Pagitz.

Band 7 FRANCIS DURBRIDGE

Sie wussten zu viel

Das Gesicht der Carol West

Vorwort und Nachwort: Dr. Georg Pagitz

Victor Merton, der Geschäftsführer der Absteige *High Dive* in Belhampton, zieht beim morgendlichen Schwimmsport die Leiche eines jungen Mädchens aus dem Hotelpool. Julia Nagy, eine aus Ungarn stammende Angestellte und Mister Cooper, ein Privatgelehrter, werden Augenzeugen des Vorgangs. Ein Notizbuch der Toten führt zu einer gewissen Carol West. Außerdem findet sich darin die Telefonnummer von Scotland-Yard-Superintendent Christian Stiller, der die Tote allerdings nicht kannte. Stiller übernimmt die Ermittlungen. Immer wieder wird er in deren Verlauf von einem Anrufer mit sanfter Stimme gewarnt. Wenig später wird auf den Superintendent ein Überfall verübt, kurz darauf ein Anschlag in Scotland Yard. Alle Spuren führen erneut in die zwielichtige Absteige *High Dive* ...

Francis Durbridge hatte diesen Roman 1959 als Fortsetzungsroman für die Zeitschrift *News of the World* geschrieben. 1963 überarbeitete er diesen für den deutschen Markt unter dem Titel *Sie wussten zu viel*, führte viele neue Handlungsstränge und Figuren ein und baute die Geschichte erheblich aus. Dieses Ausgabe enthält erstmals beide Fassungen, die deutsche erweiterte Version und die davon erheblich abweichende Originalfassung, die von Dr. Georg Pagitz erstmals unter dem Titel *Das Gesicht der Carol West* ins Deutsche übertragen wurde. In einem Vor- und Nachwort des Übersetzers wird auf die Hintergründe eingegangen sowie auf Durbridges meisterliche Fähigkeiten, alte Stoffe wiederzuverwerten.

Band 8 FRANCIS DURBRIDGE

Paul Temple und der Fall Valentine

Skript für ein achtteiliges Hörspiel

Vorwort, Nachwort, Übersetzung: Dr. Georg Pagitz

London, 1946: Seit einigen Wochen wird das Westend von einer geheimnisvollen Selbstmordserie junger Frauen erschüttert. Scotland Yard ist ratlos und kann nur herausfinden, dass es wohl um Drogen und einen geheimnisvollen Hintermann namens »Valentine« geht. Für Sir Graham Forbes ist eines klar: Das ist ein Fall für Paul Temple! Der bekannte Detektiv und Schriftsteller ist zunächst jedoch gar nicht daran interessiert. Erst als eine junge Frau spurlos aus seinem Wagen verschwindet, lässt er sich doch überreden. Dann geht alles blitzschnell: Auf die Temples wird im eigenen Schlafzimmer ein Mordanschlag verübt, eine geheimnisvolle Botschaft führt Paul und Steve zu einem mysteriösen Kapitän in eine Kneipe am Fluss und schließlich findet sich eine deutliche Warnung von Valentine bei einer Leiche in einer Zahnarztpraxis. Es gibt zahllose Verdächtige und undurchsichtige Gestalten und der gefährliche Unbekannte schlägt immer wieder zu.

Dieses Buch beinhaltet das vom englischen Originalmanuskript übersetzte Temple-Abenteuer, das 2021/22 Grundlage für die neue Pidax-Hörspielproduktion Paul Temple und der Fall Valentine war. In einem Vor- und Nachwort des Übersetzers werden interessante Hintergrundinfos geliefert. Außerdem wird auf die unterschiedlichen Versionen, die im Laufe der Jahre von diesem Stoff entstanden sind, eingegangen.

Band 9 FRANCIS DURBRIDGE

Zwei Fälle für Paul Temple: McRoy/Westfield

Zwei einteilige Hörspiele

Vorwort, Nachwort, Übersetzung: Dr. Georg Pagitz

Der Fall McRoy: Paul Temple und Steve sind in Italien und befinden sich gerade auf der Weiterreise in die Schweiz, als sie auf dem Mailänder Bahnhof zufällig den Ex-Ermittler Harry McRoy treffen. Gemeinsam tritt man die Weiterfahrt an. Im Zug erzählt Harry von einem rätselhaften Auftrag und bittet Paul, einen Koffer mit geheimnisvollem Inhalt an Sir Graham Forbes zu überbringen, wenn ihm etwas zustoßen sollte. Ehe man Basel erreicht, überschlagen sich die Ereignisse und es gibt Tote …

Der Fall Westfield: Vor Jahren wurde aus dem Hause des Herzogs von Westfield Schmuck im Werte einer Dreiviertelmillion Pfund gestohlen. Es gab keine Spuren und Scotland Yard legte den Fall damals auf Eis. Paul Temple interessiert sich für die Sache, zumal es bald auch eine neue Spur zu geben scheint, als man in einem Londoner Hotel eine Leiche findet. Bei den Sachen des Toten werden ein Fahrschein für eine Fähre und ein Rezept eines gewissen Dr. Schumann gefunden. Temple geht der Sache nach …

Dieses Buch enthält die beiden Originalmanuskripte zu den 2021/22 neu produzierten Temple-Hörspielen von Pidax und HNYWOOD. In einem umfangreichen Vorwort werden die Hintergründe beleuchtet, zudem enthält dieser Band vollständige Stab- und Besetzungslisten sämtlicher Adaptionen und einige exemplarische Beispiele, wie im Fall McRoy dramaturgische Anpassungen vorgenommen wurden.

Band 10 FRANCIS DURBRIDGE

Paul Temple und der Fall Dr. Belasco

Skript für ein achtteiliges Hörspiel

Vorwort, Nachwort, Übersetzung: Dr. Georg Pagitz

Als Paul und Steve nach einem Tanzabend anlässlich Steves Geburtstag nach Hause kommen, werden sie schon von Sir Graham erwartet. Dieser hat Philip Kaufman von der Kopenhagener Polizei mitgebracht. Sie erklären, dass der berüchtigte Dr. Belasco seine Aktivitäten vom Kontinent nach England verlegt hat. Niemand kennt das Gesicht dieses gefährlichen Mannes, der das Verbrechen organisiert und für Schutzgelerpressungen aber auch Mord verantwortlich ist. Sir Graham und Kaufman bitten Temple um Hilfe. Bald schon soll der Kanadier Ross Morgan in England ankommen. Er ist ein Handlanger Dr. Belascos. Temple soll ihn im Auge behalten, doch dann gibt es einen unerwarteten Zwischenfall: Bei der Zugfahrt nach London kommt es zu einem Unfall und Morgan stirbt. Der Kanadier kann Temple jedoch noch einen wichtigen Hinweis geben. Bei seinen Sachen findet Temple ein Feuerzeug. Dieses ähnelt jenem, das Steve an ihrem Geburtstag irrtümlich von einem Mr. Nelson eingesteckt hat ...

Francis Durbridge verfasste *Paul Temple and Steve*, so der Originaltitel dieses in der Chronologie gesehenen achten Falls, im Jahr 1947. Dieser band enthält ein informatives Vorwort, einen Artikel über die Paul-Temple-Comic-Serie und Francis Durbridges für die Radio Times geschriebene Einleitung zu dem Fall.

Band 11 FRANCIS DURBRIDGE

Paul Temple und die Marquis-Morde

Kriminalroman

Vorwort, Nachwort, Übersetzung: Dr. Georg Pagitz

In London sorgt ein skrupelloser Mörder, der sich »Der Marquis« nennt, für Angst und Schrecken. Ein halbes Dutzend Personen – lauter renommierte Damen und Herren – musste schon ins Gras beißen und kein Ende ist in Sicht. Scotland Yard in Form von Sir Graham Forbes ist ratlos. Doch diesmal ist es nicht der Chefkommissar, der Paul Temple um Hilfe bittet, sondern das Innenministerium. Ein anonymer Brief des Marquis an Temple sorgt schließlich dafür, dass sich der schreibende Detektiv in die Ermittlungen einschaltet. Er trifft eine Privatdetektivin, die dem großen Unbekannten auf der Spur ist. Doch auch sie wird wenig später tot aus der Themse gezogen. Alle Spuren führen zu einem Ägyptologen namens Sir Felix Reybourn. Ist er der Marquis? Und wenn nicht, wer von den zahlreichen Verdächtigen ist es dann? Temple und seine Frau Steve setzen sich zahllosen Gefahren aus, ehe Paul den gefährlichen Mörder endlich überführen kann ...

Dieser Krimi ist der letzte nicht übersetzte Paul-Temple-Roman und erscheint nun erstmals in deutscher Sprache – fast 80 Jahre nach seinem Entstehen! Ein packender, typischer Temple voller Cliffhanger, Drehungen und Wendungen, verdächtiger Figuren und natürlich mit der obligatorischen Cocktailparty. Das Buch enthält eine informative Einleitung und ein umfassendes Nachwort, in dem die multimediale Auswertung des Stoffs, der auf einem Durbridge-Hörspiel von 1942 beruht, beleuchtet wird. 1952 entstand auch eine Verfilmung mit John Bentley und Christopher Lee.

Band 12 FRANCIS DURBRIDGE

Die Anhalterin

Kriminalroman

Vorwort, Nachwort, Übersetzung: Dr. Georg Pagitz

Der Spielwarenfabrikant David Walker nimmt in seinem eleganten Wagen eine hübsche junge Anhalterin namens Judy Clayton mit. Als das Benzin ausgeht, macht sich Walker zu Fuss auf den Weg zu einer Tankstelle. Als er zurückkommt, ist die junge Frau spurlos verschwunden. Einige Tage später taucht Kriminalinspektor Denson bei Walker auf und teilt ihm mit, dass Judy nur wenige Meter von der Stelle, an der David die Panne hatte, ermordet aufgefunden wurde. Zahlreiche Indizien deuten daraufhin, dass Walker die Frau schon länger kannte, obwohl dieser das bestreitet. Im Laufe der Ermittlungen gibt es weitere Tote und neben einem Lippenstift spielen auch ein Schlüsselbund und eine Sofortbildkamera eine wichtige Rolle ...

Dieser Kriminalroman aus dem Jahr 1977 liegt erstmals in einer deutschen Übersetzung vor. Er basiert auf Francis Durbridges Originaldrehbuch zu dem 1971 gedrehten BBC-Dreiteiler *The Passenger*, der synchronisiert unter dem Titel *Die Spur mit dem Lippenstift* ausgestrahlt wurde. Im ausführlichen Vor- und Nachwort des Übersetzers wird auf die Entstehungsgeschichte eingegangen und auch erklärt, wieso 1971 in der BRD keine deutsche Verfilmung dieses Stoffs entstand. Auszüge aus Durbridge-Interviews, Hintergründe über die Miniserie und deren französische Adaption sowie ein 2015 geführtes, exklusives Interview mit dem Regisseur Michael Ferguson, der *The Passenger* inszenierte, runden diesen Band ab.

Band 13 FRANCIS DURBRIDGE

Die Frau im Hintergrund

Kriminalroman

Vorwort, Nachwort, Übersetzung: Dr. Georg Pagitz

Torcombe, an der Küste von Cornwall. Der ehemals als Kriminalreporter in der Fleetstreet tätige Roy Burton hat sich hierher zurückgezogen, um an einem Buch zu arbeiten. Gemeinsam mit Hund Angus lebt er in einer einfachen Hütte an der Küste. Eines Tages nähert er sich bei einem Spaziergang einer verlassenen Zinnmine und wird niedergeschlagen. Als er wenig später erwacht, erzählt ihm eine gewisse Karen Silvers, dass er sich in der Mine befinde. Sie leitet dort ein geheimes wissenschaftliches Projekt der Regierung. Es geht um den Bau einer Atomrakete, die so stark ist, dass sie ganz London oder New York zerstören könnte. Die Wissenschaftlerin erklärt, dass die Arbeiter in der Mine allerdings nichts davon wissen oder nur soviel als nötig. In der Umgebung scheint sich der gefährliche Kriminelle Fabian Delouris zu befinden, der schon einen Mitarbeiter entführt hat. Gemeinsam mit gefährlichen deutschen Ex-Nazis will er die Rakete stehlen und damit die Weltherrschaft erlangen. Karen und ihr Vorgesetzter, Chefinspektor Leyland, bitten Roy daraufhin um seine Mithilfe bei der Bekämpfung der Organisation. Bald darauf werden auf Roy mehrere Mordversuche verübt und die Ehefrau und Tochter eines Pubbesitzers verschwinden spurlos. Alles deutet daraufhin, dass die kriminelle Organisation ihr Hauptquartier in einer verlassenen Abtei aufgebaut hat, zu der mehrere unterirdische Tunnel führen …

Die Frau im Hintergrund stellt unter mehreren Gesichtspunkten eine Besonderheit dar und liegt erstmals in deutscher Übersetzung vor. So ist es der einzige Kriminalroman von Francis Durbridge, der nicht nach dem Whodunit-Muster gestrickt und in dem der Täter von Anfang an bekannt ist. Eine spannende Abenteuergeschichte, in der die beiden Protagonisten gegen eine gefährliche, aus brutalen Nazis bestehende Organisation kämpfen, die die Weltherrschaft mit einer Atomrakete erzwingen will. Weltherrschaftsphantasien bewegten damals die Welt. Eine für den Autor untypische, aber spannende Geschichte mit interessanten und überraschenden Wendungen. Das Buch enthält ein interessantes Vorwort mit Hintergrundinformationen. Im Anhang werden sämtliche Bücher und Kurzgeschichten von Francis Durbridge aufgelistet und dessen Wirken als Romanautor beleuchtet. Inhaltsangaben und weitere Infos zu allen Romanen und Kurzgeschichten runden diese Ausgabe ab.

Band 14 FRANCIS DURBRIDGE

Vorsicht vor Johnny Washington!

Kriminalroman

Vorwort, Nachwort, Übersetzung: Dr. Georg Pagitz

Johnny Washington ist ein junger amerikanischer Gentleman, der nach Kent gezogen ist, um das Leben zu genießen. Eigentlich will er nur dem süßen Nichtstun nachgehen und seine Zeit mit Fischen verbringen, doch eine Serie von Verbrechen ruft ihn auf den Plan. Eine Bande Krimineller verübt diese nämlich unter seinem Namen und lässt am Tatort Visitenkarten mit dem Aufdruck »Mit besten Grüßen von Johnny Washington« zurück. Das kann der Amerikaner nicht auf sich sitzen lassen. Die Zeitungsreporterin Verity Glyn ermutigt Johnny dazu, sich auf den Fall zu stürzen. Gemeinsam mit dem geheimnisvollen Horatio Quince, einem pensionierten Lehrer, jagt er den mysteriösen Hintermann, der die Morde und Verbrechen organisiert und der sich hinter dem Decknamen »Grauer Elch« versteckt.

Dies ist der letzte nicht auf Deutsch übersetzte Roman von Francis Durbridge. Die Geschichte hat der Autor von seinem ersten Temple-Abenteuer entlehnt und sie überarbeitet. Neuer Protagonist ist Johnny Washington, der Held einer seiner Radioserien.

Band 15 FRANCIS DURBRIDGE

Zwanzig Minuten von Rom

Drehbuch für einen Fernsehkriminalfilm

Vorwort, Nachwort, Übersetzung: Dr. Georg Pagitz

Zwanzig Minuten von Rom entfernt liegt der Ort Tolero. Welche Rolle spielt er in einem mysteriösen Fall, in den der Wissenschaftler Geoffrey Ryder verwickelt ist? Der Mann steht unter Mordverdacht und besteht darauf, Alan Quinton vom MI5 zu sprechen. Nur ihm will er seine ganze Geschichte erzählen. Den Mann, den er ermordet haben soll, Walter Smedley, lernte er in einem teuren Pariser Nachtclub kennen. Er half ihm dort aus der Bredouille, woraufhin Smedley ihm anbot, während seiner eigenen Abwesenheit in seiner Londoner Wohnung unterzukommen. Ryder nimmt dankend an. Das ist der Beginn einiger mysteriöser Ereignisse. Welche Rolle spielt das goldene Zigarettenetui, das Smedley unbedingt wiederhaben will? Und warum befanden sich auf einem Mikrofilm Fotos von einer Fahrkarte für den Schlafwagen nach Rom und eine Aufnahme einer Landkarte, auf der der Ort Tolero eingezeichnet ist und auf der oberhalb handschriftlich die Notiz »Zwanzig Minuten von Rom« gemacht wurde?

Dieses unverfilmte Drehbuch stammt aus dem Jahr 1954. Es handelt sich dabei um eine ganz typische Francis-Durbridge-Geschichte mit jeder Menge Verwirrungen. Der Autor beweist hier, dass er nicht nur serielles Erzählen beherrscht, sondern auch innerhalb eines 90-Minuten-Films sein Publikum ganz schön raffiniert verwirren kann. Als übliche Zutaten gibt es einige überraschende Wendungen und die üblichen mysteriösen Gegenstände, wie ein goldenes Zigarettenetui und einen Mikrofilm, auf dem sich unerklärliche Fotografien befinden.

Band 16 FRANCIS DURBRIDGE

Das zerbrochene Hufeisen

Drehbuch für einen sechsteiligen Kriminalfilm

Vorwort, Nachwort, Übersetzung: Dr. Georg Pagitz

Dr. Mark Fenton behandelt im Londoner St. Matthews' Krankenhaus einen Mann namens Charles Constance. Er wurde bei einem Autounfall schwer verletzt, der Lenker beging Fahrerflucht. Constance liegt noch im Koma, als plötzlich eine gewisse Miss Freeman bei Fenton auftaucht, die sich für den Gesundheitszustand des Opfers interessiert. Als Constance erwacht, behauptet er, diese Frau nicht zu kennen. Noch erstaunter ist er über das zerbrochene Hufeisen, das sich auf einem Blumengesteck befindet, das sie ihm mitgebracht hat. Als der Mann wenig später entlassen wird und nicht zur Kontrolluntersuchung erscheint, stellt Fenton einen Brief zu, den Constance bei ihm hinterlassen hat. Dabei entdeckt er in einem Appartement die Leiche von Mr. Constance. Auf dem Spiegel befindet sich ein gemaltes zerbrochenes Hufeisen.

Mit dem Drehbuch zu diesem Sechsteiler legte Francis Durbridge 1952 den Grundstein als erfolgreicher Fernsehkrimiautor. Es war die erste von insgesamt zwanzig mehrteiligen Serien für die BBC, elf davon wurden auch in Deutschland verfilmt. *Das zerbrochene Hufeisen* war nicht darunter und erlebt somit seine deutschsprachige Premiere.

Band 17 FRANCIS DURBRIDGE

Operation Diplomat

Drehbuch für einen sechsteiligen Kriminalfilm

Vorwort, Nachwort, Übersetzung: Dr. Georg Pagitz

Der renommierte Arzt Dr. Mark Fenton wird von einer Unbekannten gebeten, einen Patienten zu behandeln. Fenton steigt in einen Krankenwagen ein und stellt fest, dass der Wagen leer ist. Ein weiterer Mann mit Pistole sitzt darin und erklärt, es handle sich um eine wichtige Operation. Die Reise, die Fenton in dem verdunkelten Wagen absolviert, dauert mehrere Stunden. Er wird in eine mysteriöse Villa gebracht wird. Dort ist in einem Raum ein Operationssaal aufgebaut worden und ein Deutscher namens Schröder erklärt, dass ein kranker Mann dringend operiert werden müsse. Es handelt sich dabei um den bekannten Diplomaten Sir Oliver Peters, der seit einiger Zeit spurlos verschwunden ist. Der Patient spricht im Fieber von einem »Goldenen Tal«. Assistiert wird Fenton von einer bildhübschen Krankenschwester. Nach der erfolgreichen Operation verliert er das Bewusstsein.

Operation Diplomat hat Durbridges ersten TV-Serienhelden zum Protagonisten, den Mediziner Dr. Mark Fenton, der bereits in *Das zerbrochene Hufeisen* ermittelte. Das Drehbuch entstand 1952 für einen Sechsteiler der BBC, der wie alle anderen Krimis von Francis Durbridge zum Straßenfeger avancierte.

Band 18 FRANCIS DURBRIDGE

Die Teckman-Biographie

Drehbuch für einen sechsteiligen Kriminalfilm

Vorwort, Nachwort, Übersetzung: Dr. Georg Pagitz

Philip Chance, ein junger Schriftsteller erhält einen interessanten Auftrag: Er soll eine Story über Martin Teckman schreiben. Dieser junge Testpilot ist angeblich bei der Erprobung eines neuen Flugzeugmodells verunglückt. Bei seinen Nachforschungen lernt Philip die Schwester Teckmans kennen, die junge und besonders attraktive Helen. Von da an ereignen sich seltsame Dinge, die darauf schließen lassen, dass sich irgendjemand von Teckmans Nachforschungen enorm gestört fühlt. Nicht nur, dass Gangster in seine Wohnung einbrechen, wenig später wird dort auch ein Mann ermordet aufgefunden. Es handelt sich dabei um den Konstrukteur des Versuchsflugzeugs, Mr. Garvin. Wenig später kommt es zu einem weiteren Mord: Ein Informant, der wichtige Informationen beschaffen wollte, wird ebenso von dem großen Unbekannten beseitigt ...

Die Teckman-Biographie erscheint erstmals auf Deutsch und ist die Übersetzung des gleichnamigen Drehbuchs von Francis Durbridge zu dessen dritten Fernsehmehrteiler. Neben einem interessanten Vor- und Nachwort, in dem auch auf den Kinofilm eingegangen wird, enthält das Buch außerdem ein exklusives Interview mit Alvin Rakoff, der den Mehrteiler 1953/54 im Alter von nur 26 Jahren inszenierte.

Band 19 FRANCIS DURBRIDGE

Paul Temple und der Fall Z.4

Skript für ein sechsteiliges Hörspiel

Vorwort, Nachwort, Übersetzung: Dr. Georg Pagitz

Paul Temple schreibt für die bekannte Schriftstellerin Iris Archer ein Theaterstück. Wenige Tage vor der Aufführung des Stücks tritt Iris von der Rolle zurück. Als sich Paul und Steve nach Schottland begeben, um dort Urlaub zu machen, sind beide überrascht, dort auch Iris anzutreffen. Hat ihr plötzliches Auftauchen etwas mit dem geheimnisvollen Brief zu tun, den ein aufgeregter junger Mann Paul Temple übergeben hat, mit der ausdrücklichen Anweisung, ihn John Richmond zu übergeben? Was hat der rätselhafte Dr. Steiner mit den Ereignissen zu tun? Und wer verbirgt sich hinter dem Codenamen Z.4? Auch im Urlaub ist Temple auf der Spur einer geheimnisvollen Spionageorganisation, die vor Mord nicht zurückschreckt.

News of Paul Temple, so der Originaltitel dieses Hörspiels, wurde 1939 ausgestrahlt. Das Manuskript dazu galt lange als verschollen, kann nun jedoch erstmals mit vielen Hintergrundinformationen auf Deutsch veröffentlicht werden.

Band 20 FRANCIS DURBRIDGE

Paul Temple und der Fall Sullivan

Skript für ein achtteiliges Hörspiel

Vorwort, Nachwort, Übersetzung: Dr. Georg Pagitz

Joyce Raymond wendet sich mit einer Bitte an Paul Temple, der gerade nach Kairo reisen will. Er möchte doch einem Mann namens Richard Sullivan, der dort bei einer Ölgesellschaft arbeitet, seine Brille mitzunehmen, die er bei ihr vergessen hat. Temple will der jungen hübschen Dame diesen Gefallen gerne tun und akzeptiert. In Plymouth, wo die Temples am nächsten Tag übernachten, erfährt der Kriminalschriftsteller schließlich, dass Miss Raymond ermordet wurde. Nicht genug damit, auch im Nebenzimmer der Temples findet sich eine Leiche. Von da an bemühen sich alle Personen, die den Temples auf der Reise nach Kairo über Süditalien begegnen um die mysteriöse Brille, an der allerdings von der Polizei nichts Seltsames festgestellt werden kann …

Dieses spannende Originalmanuskript erscheint erstmals auf Deutsch und stammt aus dem Jahr 1947. Die BBC-Aufnahmen aus den Jahren 1947/48 existieren nicht mehr, weshalb der britische Sender 2006 ein Remake produzierte. *Paul Temple und der Fall Sullivan* führt die Temple-Fangemeinde weit weg von der Themse: Durbridge beweist, dass seine Storys auch in Süditalien und Ägypten bestens funktionieren.

Band 21 FRANCIS DURBRIDGE

Das Messer

Drehbuch für einen dreiteiligen Kriminalfilm

Vorwort und Nachwort: Dr. Georg Pagitz

Spezialagent Jim Ellis soll den Mord an einer Mitarbeiterin des Secret Service aus Hongkong klären, deren Leiche in einem walisischen Ort aufgefunden wurde. Alle Spuren führen in das Hotel Ivanhoe, das einer gewissen Mrs. Corby gehört. Dort hat die Ermordete zuletzt gelebt. Ellis bekommt es mit einer Vielzahl von Verdächtigen und einem Mörder zu tun, der für seine Taten einen chinesischen Dolch verwendet…

Diese Ausgabe gibt das Originaldrehbuch zu dem legendären deutschen Krimimehrteiler *Das Messer* von 1971 wider, den Rolf von Sydow mit Hardy Krüger in der Titelrolle inszenierte. Die Edition enthält außerdem ein umfangreiches Vor- und Nachwort, in dem erstmals die Produktionsgeschichte dieses Straßenfegers erzählt wird.

Band 22 FRANCIS DURBRIDGE

Tim Frazer und das Rätsel von Melynfforest

Drehbuch für einen sechsteiligen Kriminalfilm

Vorwort, Nachwort, Übersetzung: Dr. Georg Pagitz

Tim Frazer erhält einen neuen Auftrag. Dieser führt ihn in das beschauliche Melynfforest in Wales, wo die Polizei den Mord an Elaine Bradford untersucht. Charles Ross informiert seinen Mitarbeiter zunächst darüber, dass die Ermordete eigentlich Thackeray hieß und für seine Auslandsabteilung in Hongkong arbeitete. Aber was tat sie in Wales und warum wurde sie ermordet? Die Spuren führen in ein Hotel namens St. Bride. Elaine Bradford (oder besser gesagt: Miss Thackery) verbrachte dort die letzten Tage ihres Urlaubs. Im Verlauf der Ermittlungen spielen ein Brieföffner, ein walisisches Volkslied und ein verschwundener deutscher Wissenschafter namens Kurt Lander eine wesentliche Rolle. Die meisten Verdächtigen sind außerdem im Umkreis von Mrs. Chrichtons Hotel zu finden.

Dieses Buch enthält erstmals in deutscher Übersetzung das Drehbuch zum dritten Tim-Frazer-Abenteuer, das zwar in England, aber nicht in der BRD produziert wurde. Francis Durbridge überarbeitete den Stoff erheblich, änderte Figuren und Ende und machte daraus den 1971 gedrehten Krimiklassiker *Das Messer.* Dank der vorliegenden Ausgabe können Fans erstmals die Urfassung mit der deutschen Variante vergleichen. Das Buch enthält ein informatives Vor- und Nachwort sowie als

Bonus das von Durbridge für das Kino geschriebene, unverfilmte Treatment *Tim Frazer und die Melvin-Affäre.*

Band 23 FRANCIS DURBRIDGE

Porträt von Alison

Kriminalroman

Vorwort, Nachwort, Übersetzung: Dr. Georg Pagitz

Der Bruder des renommierten Kunstmalers Greg Forrester verunglückt bei einem Autounfall in Italien tödlich. Auch seine Beifahrerin, die bildhübsche Schauspielerin Alison Ford überlebt das Unglück nicht. Wenig später erscheint ihr Vater in Gregs Atelier und bittet den Maler, ein Gemälde von Alison anzufertigen. Von da an überschlagen sich die Ereignisse: Das Modell Jill Stewart wird erwürgt im Kleid der verunglückten Alison in Gregs Wohnung aufgefunden. Der Maler gilt daraufhin als Hauptverdächtiger und befindet sich in einem Teufelskreis. Im Laufe des Falls spielen eine mysteriöse Postkarte, eine Weinflasche und ein Name eine wesentliche Rolle.

Dieser Kriminalroman aus dem Jahr 1962 basiert auf einem sechsteiligen Fernsehkrimi von Francis Durbridge aus dem Jahr 1955, der auch für das Kino verfilmt wurde. Erstmals erscheint das Buch, das zuletzt 1967 auf Deutsch aufgelegt wurde, in einer ungekürzten Neuübersetzung mit zahlreichen Hintergrundinformationen und einem Vergleich mit Fernsehspiel und Kinofilm.

+ +

IN VORBEREITUNG

+ +

Band 24 FRANCIS DURBRIDGE

Mein Freund Charles

Kriminalroman

Vorwort, Nachwort, Übersetzung: Dr. Georg Pagitz

Der renommierte Arzt Dr. Howard Latimer schlittert in einen mysteriösen Kriminalfall. Alles beginnt damit, dass er für seinen Freund Charles Kaufmann, einen Filmproduzenten, die Schauspielerin Freda Velden vom Flughafen abholen soll. Diese wird am nächsten Tag ermordet in seiner Wohnung aufgefunden. Für Inspektor William Dane scheint der Mörder recht rasch klar zu sein: Er verdächtigt Dr. Latimer. Dieser schlittert im Laufe der Ermittlungen immer tiefer in einen Sumpf aus Verdächtigungen und in einen Kriminalfall, in dem Rauschgiftschmuggel und Mord an der Tagesordnung stehen. Ein bronzener Kerzenhalter spielt außerdem eine wichtige Rolle. Schließlich stellt sich heraus, dass ein großer Unbekannter hinter allem steckt, ein Mann namens Hitton, dessen Gesicht niemand kennt …

Dieser Kriminalroman aus dem Jahr 1963 basiert auf einem sechsteiligen Fernsehkrimi von Francis Durbridge aus dem Jahr 1956, der 1957 auch für das Kino verfilmt wurde. Erstmals erscheint das Buch, das zuletzt 1967 auf Deutsch aufgelegt wurde in einer ungekürzten Neuübersetzung mit zahlreichen Hintergrundinformationen und einem Vergleich mit Fernsehspiel und Kinofilm.

Band 25 FRANCIS DURBRIDGE

Dreimal Tod im Radio: Tod in der Botschaft – Mr. Lucas – Die Caspary-Affäre

Originalhörspielmanuskripte

Vorwort, Nachwort, Übersetzung: Dr. Georg Pagitz

Mord in der Botschaft: In der Botschaft von Westovia geschieht in der Bibliothek während eines Balls ein Mord. Opfer ist General Rostard, der Premierminister und Dikator des mit Falkenstein verfeindeten Landes. Einige der Ballgäste hätten einen guten Grund gehabt, den Mann zu töten. Ein Mitarbeiter des Außenministeriums glaubt die Wahrheit zu kennen …

Mr. Lucas: In England treibt ein berüchtigter Hehler sein Unwesen, dessen Gesicht niemand kennt. Scotland Yard hat herausgefunden, dass ein Mittelsmann namens Sterne ihm eine wertvolle Kette überbringen sollte. Der Ganove wird geschnappt und Inspektor Crawley übernimmt dessen Part. Er weiß nur, dass er sich unter der Identität eines Mr. Lucas in einen Zug setzen und darauf warten soll, dass man ihn kontaktiert.

Die Caspary-Affäre: In einem Sanatorium in der Schweiz erzählt der Schauspieler Samuel Brent seinem Arzt die Geschichte von einer tödlichen Affäre. Darin involviert sind sein Freund Sir Edward, eine Schauspielerin und ein Pianist. Wer von den zahlreichen auftretenden Personen wird wen am Ende töten? Und warum?

Dieser 25. Band der Durbridge-Edition von Williams & Whiting enthält die Hörspielmanuskripte zu drei spannenden Whodunits aus den Jahren 1937, 1945 und 1946 erstmals in deutscher Übersetzung. *Mord in der Botschaft* ist der älteste erhaltene Durbridge-Krimi überhaupt, der Autor war beim Abfassen erst 24 Jahre alt.

Das Buch enthält neben einem ausführlichen Vorwort auch eine umfangreiche Übersicht über sämtliche Hörspielkrimis von Francis Durbridge.

Bei Williams & Whiting sind im englischen Original auch folgende Werke von Francis Durbridge erschienen:

1 *The Scarf* (Drehbuch für den Mehrteiler)
2 *Paul Temple and the Curzon* Case (Manuskript für die Radioserie)
3 *La Boutique* (Manuskript für die Radioserie)
4 *The Broken Horseshoe* (Drehbuch für den Mehrteiler)
5 *Three Plays for Radio Volume 1* (Originalmanuskripte)
6 *Send for Paul Temple* (Manuskript für die Radioserie)
7 *A Time of Day* (Drehbuch für den Mehrteiler)
8 *Death Comes to The Hibiscus* (Theaterstück)
The Essential Heart (Manuskript für ein Hörspiel)
9 *Send for Paul Temple* (Theaterstück)
10 *The Teckman Biography* (Drehbuch für den Mehrteiler)

11 *Paul Temple and Steve* (Manuskript für die Radioserie)
12 *Twenty Minutes From Rome* (Drehbuch für ein Fernsehspiel)
13 *Portrait of Alison* (Drehbuch für den Mehrteiler)
14 *Paul Temple: Two Plays for Radio Volume 1* (Hörspielmanuskripte)
15 *Three Plays for Radio Volume 2* (Hörspielmanuskripte)
16 *The Other Man* (Drehbuch für den Mehrteiler)
17 *Paul Temple and the Spencer Affair* (Manuskript für die Radioserie)
18 *Step In The Dark* (Filmdrehbuch)
19 *My Friend Charles* (Drehbuch für den Mehrteiler)
20 *A Case For Paul Temple* (Manuskript für die Radioserie)
21 *Murder In The Media* (Fortsetzungsromane und Kurzgeschichten)
22 *The Desperate People* (Drehbuch für den Mehrteiler)
23 *Paul Temple: Two Plays for Television* (Zwei Fernsehepisoden)
24 *And Anthony Sherwood Laughed* (Manuskript für die Radioserie)
25 *The World of Tim Frazer* (Drehbuch für den Mehrteiler)
26 *Paul Temple Intervenes* (Manuskript für die Radioserie)
27 *Passport To Danger!* (Manuskript für die Radioserie)
28 *Bat Out of Hell* (Drehbuch für den Mehrteiler)
29 *Send For Paul Temple Again* (Manuskript für die Radioserie)
30 *Mr Hartington Died Tomorrow* (Manuskript für die Radioserie)
31 *A Man Called Harry Brent* (Drehbuch für den Mehrteiler)
32 *Paul Temple and the Gregory Affair* (Manuskript für die Radioserie)
33 *The Female of the Species* (*The Girl at the Hibiscus* & *Introducing Gail Carlton*) (Manuskripte für die Radioserien)
34 *The Doll* (Drehbuch für den Mehrteiler)
35 *Paul Temple and the Sullivan Mystery* (Manuskript für die Radioserie)
36 *Five Minute Mysteries* (*Michael Starr Investigates* & *The Memoirs of Andre d'Arnell*) (Manuskripte für die Radioserien)
37 *Melissa* (Drehbuch für den Mehrteiler)
38 *Paul Temple and the Madison Mystery* Manuskript für die Radioserie)
39 *Farewell Leicester Square* (Manuskript für die Radioserie)
40 *A Game of Murder* (Manuskript für die Radioserie)

41 *Paul Temple and the Vandyke Affair*
(Manuskript für die Radioserie)
42 *The Man From Washington* (Manuskript für die Radioserie)
43 *Breakaway – The Family Affair* (Drehbuch für den Mehrteiler)
44 *Paul Temple and the Jonathan Mystery*
(Manuskript für die Radioserie)
45 *Johnny Washington Esquire* (Manuskript für die Radioserie)
46 *Breakaway – The Local Affair* (Drehbuch für den Mehrteiler)
47 *Paul Temple and the Gilbert Case*
(Manuskript für die Radioserie)
48 *Cocktails and Crime* (Hörspielmanuskripte)
49 *Tim Frazer and the Salinger Affair*
(Drehbuch für den Mehrteiler)
50 *Paul Temple and the Lawrence Affair*
(Manuskript für die Radioserie)
51 *One Man To Another* (Roman)
52 *Tim Frazer and the Melynfforest Mystery*
(Drehbuch f. d. Mehrteiler)
53 *News of Paul Temple* (Manuskript für die Radioserie)
54 *Operation Diplomat* (Drehbuch für den Mehrteiler)
55 *Paul Temple and the Conrad Case*
(Manuskript für die Radioserie)
56 *The Passenger* (Drehbuch für den Mehrteiler)
57 *Paul Temple and the Margo Mystery*
(Manuskript für die Radioserie)
58 *Paul Temple and the Geneva Mystery*
(Manuskript für die Radioserie)
59 *The Knife* (Drehbuch für den Mehrteiler)
60 *Paul Temple and the Alex Affair*
(Manuskript für die Radioserie)
61 *Kind Regards From Mr Brix* (Roman)
62 *Paul Temple and the Canterbury Case* (Originalfilmdrehbuch)

ohne Nummer:
Murder At The Weekend
(Fortsetzungsromane und Kurzgeschichten)

zudem:
Melvyn Barnes: *Francis Durbridge - The Complete Guide*

www.williamsandwhiting.com

www.ingramcontent.com/pod-product-compliance
Lightning Source LLC
LaVergne TN
LVHW091048080826
845145LV00002B/664

* 9 7 8 1 9 1 5 8 8 7 5 6 6 *